人民共和國文化與文學叢書

五 編
李 怡 主編

第 **18** 冊

浩然小說創作的本土性與評價史

梁曉君 著

花木蘭文化事業有限公司

國家圖書館出版品預行編目資料

浩然小說創作的本土性與評價史／梁曉君 著 — 初版 — 新北
市：花木蘭文化事業有限公司，2017〔民106〕
目 2+200 面；19×26 公分
（人民共和國文化與文學叢書 五編；第 18 冊）
ISBN 978-986-485-089-1（精裝）
1. 梁金廣　2. 中國小說　3. 文學評論
820.8　　　　　　　　　　　　　　　　106013290

ISBN-978-986-485-089-1

9 789864 850891

人民共和國文化與文學叢書
五　編　第十八冊　　　　　　　　ISBN：978-986-485-089-1

浩然小說創作的本土性與評價史

作　　者　梁曉君
主　　編　李　怡
企　　劃　北京師範大學民國歷史文化與文學研究中心
　　　　　四川大學現代中國文化與文學研究中心
總 編 輯　杜潔祥
副總編輯　楊嘉樂
編　　輯　許郁翎、王　筑　美術編輯　陳逸婷
印　　刷　普羅文化出版廣告事業
出　　版　花木蘭文化事業有限公司
社　　長　高小娟
聯絡地址　235 新北市中和區中安街七二號十三樓
　　　　　電話：02-2923-1455／傳真：02-2923-1452
網　　址　http://www.huamulan.tw 信箱 hml810518@gmail.com
初　　版　2017 年 9 月
全書字數　175040 字
定　　價　五編30 冊（精裝）台幣56,000 元

浩然小說創作的本土性與評價史

梁曉君　著

作者簡介

梁曉君，女，1976 年出生於新疆石河子，2002 年畢業於吉林大學外國語學院，獲文學碩士學位，後留校任教。2011 年於吉林大學文學院獲文學博士學位，現任教於吉林大學，從事中國當代文學和比較文學研究。曾在《文藝理論與批評》、《揚子江評論》、《作家》等刊物發表學術論文和譯作多篇。

提　要

　　浩然是中國當代文壇非常重要的作家之一，他的創作跨越了「十七年」、「文革」和新時期三個不同的階段。他不僅創作了《豔陽天》、《金光大道》、《蒼生》等多部中長篇小說，還有大量的短篇小說、散文和兒童文學作品問世。浩然一度在海內外的讀者中產生過巨大的影響，同時由於在「文革」時期與主流意識形態話語的密切關係，他也成爲當代文壇最具爭議性的人物之一。

　　本書認爲，對毛澤東文藝思想的實踐，作品中的階級鬥爭話語和鄉村敘事構成了浩然創作中鮮明的本土性特徵。在浩然的評價史研究中，本書討論了批評界所持有的「政治化」評價標準以及其中存在的問題，浩然的成長和創作一方面有著深刻的時代根源，另一方面又與他對文學的理解和個人性格密切相關。他的一生都與時代政治有著千絲萬縷的聯繫。政治曾經是浩然投身文學創作的原始動力和後續推進力，然而也曾經極大地限制和損害了他的創作。當然，任何人，包括作家在內的知識分子都不可能超越身處的具體的歷史環境。但是，從另一方面來說，浩然本人對主流意識形態話語的高度認同，對一度流行的創作觀念的無條件接受，對政治話語的文學表達方式都需要反思。只有把二者結合起來，才能夠對浩然和他的創作有更加清醒客觀的認識。

當代的意識與現代的質地——
《人民共和國文化與文學叢書》第五編引言

李　怡

　　我們對當代批評有一個理所當然的期待：當代意識。甚至這個需要已經流行開來，成為其他時期文學研究的一個追求目標：民國時期的文學乃至古代文學都不斷聲稱要體現「當代意識」。

　　這沒有問題。但是當代意識究竟是什麼？有時候卻含混不清。比如，當代意識是對當代特徵的維護和強調嗎？是不是應該體現出對當代歷史與當代生存方式本身的反省和批判？前些年德國漢學家顧彬對中國當代文學的批評引發了中國批評家的不滿——中國當代文學怎麼能夠被稱作「垃圾」呢？怎麼能夠用作家是否熟悉外語作為文學才能的衡量標準呢？

　　顧彬的論證似乎有它不夠周全之處，尤其經過媒體的渲染與刻意擴大之後，本來的意義不大能夠看清楚了。但是，批評家們的自我辯護卻有更多值得懷疑之處——顧彬說現代文學是五糧液，當代文學是二鍋頭，我們的當代學者不以為然，竭力證明當代文學已經發酵成為五糧液了！其實，引起顧彬批評的重要緣由他說得很清楚：一大批當代作家「為錢寫作」，利欲薰心。有時候，爭奪名分比創作更重要，有時候，在沒有任何作品的時候已經構思如何進入文學史了！我們不妨想一想，顧彬所論是不是大家心知肚明的事實呢？

　　不僅當代創作界存在嚴重的問題，我們當代評論界的「紅包批評」也已然是公開的事實。當代文學創作已經被各級組織納入到行政目標之中，以雄厚的資本保駕護航，向魯迅文學獎、茅盾文學獎發起一輪又一輪的衝鋒，各

級組織攜帶大筆資金到北京、上海，與中國作協、中國文聯合辦「作品研討會」，批評家魚貫入場，首先簽到，領取數量可觀的車馬費，忙碌不堪的批評家甚至已經來不及看完作品，聲稱太忙，在出租車上翻了翻書，然後盛讚封面設計就很好，作品的取名也相當棒！

當代造成這樣的局面都與我們的怯弱和欲望有關，有很多的禁忌我們不敢觸碰，我們是一個意識形態規則嚴厲的社會，也是一個人情網絡嚴密的社會，我們都在為此設立充足的理由：我本人無所謂，但是我還有老婆孩子呀！此理開路，還有什麼是不可以理解的呢！一切的讓步、妥協，一切的怯弱和圓滑，都有了「正常展開」的程序，最後，種種原本用來批評他人的墮落故事其實每個人都有份了。當然，我這裡並不是批評他人，同樣是在反省自己，更重要的是提醒一個不能忽略的事實：

> 中國當代文學技巧上的發達了，成熟了，據說現代漢語到這個時代已經前所未有的成型，但這樣的「發達」也伴隨著作家精神世界的模糊與自我偽飾。而且這種模糊、虛偽不是個別的、少數的，而是有相當面積的。所謂「當代意識」的批評不能不正視這一點，甚至我覺得承認這個基本現實應當是當代文學批評的首要前提。

因為當代文學藝術的這種「成熟」，我們往往會看輕民國時期現代作家的粗糙和蹣跚，其實要從當代詩歌語言藝術的角度取笑胡適的放腳詩是容易的，批評現代小說的文白夾雜也不難，甚至發現魯迅式的外文翻譯完全已經被今天的翻譯文學界所超越也有充足的理由。但是，平心而論，所有現代作家的這些缺陷和遺憾都不能掩飾他們精神世界的光彩──他們遠比當代作家更尊重自己的精神理想，也更敢於維護自己的信仰，體驗穿梭於人情世故之間，他們更習慣於堅守自己倔強的個性，總之，現代是質樸的，有時候也是簡單的，但是質樸與簡單的背後卻有著某種可以更多信賴的精神，這才是中國知識分子進入現代世界之後的更為健康的精神形式，我將之稱作「現代質地」，當代生活在現代漢語「前所未有」的成熟之外，更有「前所未有」的歷史境遇──包括思想改造、文攻武衛、市場經濟，我們似乎已經承受不起如此駁雜的歷史變遷，猶如賈平凹《廢都》中的莊之蝶，早已經離棄了「知識分子」的靈魂，換上了遊刃有餘的「文人」的外套，顧炎武引前人語：「一為文人，便不足觀」，林語堂也說：「做文可，做人亦可，做文人不可。」但問題是，我們都不得不身陷這麼一個「莊之蝶時代」，在這裡，從「知識分子」

演變爲「文人」恰恰是可能順理成章的。

　　在這個意義上，今天談論所謂「當代性」，這不能不引起更深一層的複雜思考，特別是反省；同樣，以逝去了的民國爲典型的「現代」，也並非離我們「當代」如此遙遠，與大家無關，至少還能夠提供某種自我精神的借鏡。在今天，所謂的批評的「當代意識」，就是應該理直氣壯地增加對當代的反思和批判，同時，也需要認同、銜接、和再造「現代的質地」。回到「現代」，才可能有眞正健康的「當代」。

　　人民共和國文學研究，我以爲這應當是一個思想的基礎。

目

次

緒　論

　　浩然（1932～2008），原名梁金廣，曾用筆名白雪、盤山等，祖籍河北寶坻（今屬天津）。1956 年冬浩然憑藉短篇小說《喜鵲登枝》登上文壇，因其清新自然的風格和濃鬱的鄉土氣息而廣受主流作家和批評家好評。此後，除了《新春曲》、《珍珠》、《蜜月》、《杏花雨》等多部短篇小說集外，浩然還創作了《豔陽天》、《金光大道》、《蒼生》、《山水情》等多部中長篇小說。浩然創作出版的各類文學作品累計達到近千萬字，是當代中國文壇最高產的作家之一。他的許多作品被改編爲電影、電視劇和廣播劇，長篇小說《豔陽天》、《金光大道》還被翻譯爲日文、英文、朝文在海外出版，可以說，在一個時期內，浩然在海內外產生過不可忽視的影響力。

　　浩然無疑是當代文學史上一個特殊的存在。作爲《豔陽天》、《金光大道》、《西沙兒女》等作品的作家，他曾經擁有廣大的讀者；同時，作爲「八個樣板戲和一個作家」中那極爲特殊的「一個」，他也成爲當代文壇最具爭議性的作家之一。浩然的創作以及他個人命運的跌宕起伏與一個時代的文學沉浮緊密地連結在一起。通過這樣一個作家的研究，我們可以看到中國當代文學變更道路上的崎嶇和艱難。因此從這個意義上來說，探討浩然、浩然的作品以及浩然的評價史對於認識那個特殊時代的文學有著十分重要的意義。

第一節　浩然創作分期

　　關於浩然創作的分期問題，有論者主張以年代爲序，把浩然創作道路劃分爲三個階段：20 世紀 50 年代的短篇小說創作至《豔陽天》的完成爲第一階

段；《金光大道》、《西沙兒女》、《百花川》等文革時期的創作為第二階段；新時期的創作為第三階段。另一種三段式的劃分與前一種基本類似，只是將《豔陽天》劃入了第二時期的創作：初期以讚美「新人新事」為基本內容的短篇小說創作，巔峰期以政治經濟運動為「經線」，以人物活動為「緯線」的長篇及中篇創作，轉折期經過反思的創作。還有論者把浩然的文學道路分為五段：初期的短篇小說；巔峰期的兩部長篇；以《西沙兒女》、《百花川》為代表的文革寫作；新時期初的以《浩然選集》為代表的重新思考的寫作；後期以《蒼生》和自傳三部曲為代表的懷舊回歸寫作。

筆者將浩然的創作分為 4 個階段：20 世紀 50 年代中後期到 60 年代前期、20 世紀 60 年代中期、「文革」時期和新時期。之所以進行這種劃分，主要是因為《豔陽天》和《金光大道》、《西沙兒女》雖然都是在「以階級鬥爭為綱」的理念下進行創作的，但是《豔陽天》較多地保留了作家的創作風格，在今天來看依然有很高的審美價值。在第一個階段，浩然創作了近百篇的短篇小說，並以此在文壇嶄露頭角；第二和第三個階段被許多研究者視為浩然創作的巔峰階段，《豔陽天》、《金光大道》和《西沙兒女》三部引起巨大轟動的小說都是在此期間問世的。在新時期最初的沉寂之後，浩然創作了數量眾多的短篇、中篇和長篇小說，其中一些作品，如《蒼生》在文壇也產生了較大的影響。

一、20 世紀 50 年代中後期到 60 年代前期

1949 年，年僅 17 歲的浩然在薊縣縣團委工作，區委書記點名要他編一齣小戲在慶祝建國的大會上演出。於是浩然模仿《兄妹開荒》、《夫妻識字》和《王寶山參軍》的形式和曲調，寫了《小兩口唱國慶》。這可以算作浩然文學創作的起源。之後，浩然經常把自己的所見所聞以小故事、小通訊、小詩歌的形式寫出來，投到報社。1954 年春天，浩然的練筆作短篇小說《兩千塊新磚》和《探望》相繼發表在《河北青年報》上。〔註1〕

浩然真正引起文壇的注意是在 1956 年。這年 11 月，浩然在趙樹理主編的《北京文藝》上發表了他的處女作——短篇小說《喜鵲登枝》。此後，在近10 年的時間裏，浩然創作了 100 多篇小說，短篇小說集《喜鵲登枝》、《蘋果

〔註 1〕浩然口述，鄭實採寫，浩然口述自傳〔M〕，天津：天津人民出版社，2008：
　　　　127～138。

要熟了》、《新春曲》、《蜜月》、《珍珠》、《杏花雨》、《老支書的傳聞》等也在這期間結集出版。

　　建國伊始，新中國的人民和這個新興的國家一樣，充滿了理想和朝氣，這些短篇小說的主要內容基本都是歌頌新農村湧現出來的新人新事。作品雖然難免幼稚粗糙，但讀者依然能夠從中看到新中國農村的現實生活圖景，感受到新中國農民的喜怒哀樂和時代脈搏。最重要的是，由於豐富的農村生活經驗和對鄉村生活的由衷熱愛，浩然這一時期的短篇小說創作鄉土氣息濃鬱，風格清新活潑，後來甚至有論者稱「從中不難看到孫犁小說的風韻」。〔註2〕

二、20 世紀 60 年代中期

　　20 世紀 60 年代中期是浩然文學創作的黃金時期，浩然不再滿足於短篇小說的創作而轉入長篇創作，並確立了要寫出「反映農業社會主義改造全過程的『農村史詩』式的小說」的目標。這一階段的代表作是三卷本長篇小說《豔陽天》。《豔陽天》第一卷在 1964 年由作家出版社，人民文學出版社分別出版，第二卷和第三卷分別在 1966 年 3 月和 5 月由人民文學出版社出版。《豔陽天》的創作完成於「文革」前，因而被雷達稱為「十七年文學的幕終之曲」。〔註3〕《豔陽天》無疑是浩然眾多作品中最優秀的一部。儘管這部小說是在階級鬥爭理論的影響下創作而成，但是由於作者豐富的農村生活體驗，對農民的性格和心理深入的瞭解，以及生動而富於鄉土情趣的語言使這部作品不僅在當年擁有大批讀者，即使在今天看來，也仍然蘊藏著動人的藝術光彩。

三、「文革」時期

　　在「文革」的最初幾年，浩然和其他作家一樣，在鬥批改、下放農村接受再教育中度過，直到 1971 年才重回創作崗位。此後，浩然創作了《金光大道》第一、二、三部，並分別刊載於《北京文藝》1971 年試刊第 2 期、1973年第 4 期和 1976 年 9 月刊。除了《金光大道》外，浩然還創作了中篇小說《西沙兒女》（包括《正氣篇》和《奇志篇》）、《百花川》（又名《三把火》）、短篇小說《雪裏紅》、《鐵面無私》、《一擔水》等，並出版了短篇小說集《楊柳風》，

〔註2〕丁帆，中國鄉土小說史〔M〕，北京：北京大學出版社，2007：234。
〔註3〕雷達，浩然，十七年文學的最後一個歌者〔J〕，北京文學，2008，（04）：145
　　　　～147。

散文《火紅的戰旗》、《大地的翅膀》等。浩然在這個階段的創作基本都是用社會的政治運動來結構作品,作品中「人和人的命運是為整個作品的『綱』和『主線』制約和服務的」。〔註 4〕許多作品的思維模式、創作方法也不僅僅是浩然個人的,而具有那個時代的普遍性。

「文革」結束後,這些作品大多被認為是「幫派文藝」、「陰謀文藝」,但是《金光大道》與這一時期浩然的其他作品還是略有不同。不同之處就在於,它雖然最後成書於 20 世紀 70 年代,但是浩然在五十年代就已經開始醞釀寫作。1982 年浩然在《關於〈豔陽天〉、〈金光大道〉的通訊與談話》中說:「《金光大道》這部長篇小說,早在五十年代就寫過大綱,文化大革命前寫出草稿,人民文學出版社的編輯謝思潔同志翻閱過,至今我還保存一部分原稿,『高大泉』等人名和書名,都是當時擬定的,1970 年我開始寫王國福的傳記長篇,次年五月,因《人民日報》發出不准寫真人真事的禁令,才把舊稿《金光大道》翻出,企圖把王國福的事跡溶入,已出版的一、二兩部,只有『引子』是以王國福為『模特』的,其餘均繫舊稿修改而成。」〔註 5〕作為浩然傾注多年心血、一生鍾愛的代表作,這部作品雖然有著濃厚的政治色彩,但是在文本的縫隙中,作家的農村生活經驗和農民情感的積澱仍然依稀可見,並不能完全看作是「時代共鳴的演繹」。

四、新時期的創作

「文革」後,浩然被撤消了四屆人大代表的資格,從政治舞臺上消失。他回到京郊農村,一面養病,一面跟著農民和基層幹部一起,「反省過去,思考未來」。儘管浩然立志要「甘於寂寞,安於貧困,深入農村,埋頭苦寫」,實際上視寫作為生命的他是不甘寂寞的:從 1977 年左右到 1993 年患病前,浩然每年都有新的作品問世。他陸續出版了 7 部長篇小說:《山水情》(1980年)(後改編為電影,易名為《花開花落》)、《晚霞在燃燒》(1985 年)、《鄉俗三部曲》(1986 年)、《蒼生》(1988 年)、《迷陣》(1988 年)和自傳體小說《樂土》(1989 年)、《活泉》(1993 年)。中篇小說集《嫁不出去的傻丫頭》(1985年)、《他和她在晨霧裏》(1986)、《碧草岩上吹來的風》(1991 年)以及《小

〔註 4〕浩然,懷胎不只十個月〔A〕,孫大祐,梁春水,浩然研究專集〔M〕,天津:百花文藝出版社,1994:178。

〔註 5〕浩然,關於《艷陽天》、《金光大道》的通訊與談話〔A〕,孫大祐,梁春水,浩然研究專集〔M〕,天津:百花文藝出版社,1994:181。

說創作經驗談》（1989 年）、紀實文學集《婚姻小路上的愛情坎坷》（1993 年）也在這期間完成。1984 年起，百花文藝出版社還陸續出版了五卷本《浩然選集》。

浩然在這一時期的創作實現了從寫政治運動、經濟變革到寫人、寫人生觀念的轉變。作品的敘事語言重新回歸到淳樸自然的本色，內容也逐漸地從緊跟形勢、配合運動轉變爲「寫人的心靈轍印，人的命運軌道」。許多小說，如《山水情》、《晚霞在燃燒》、《鄉俗三部曲》、《晨霧》、《新婚》等，都涉及到了家庭、婚姻、愛情等倫理道德問題。其中《蒼生》標誌著浩然的小說創作登上了一個更新的臺階，可視爲作家在新時期的代表作。

第二節　浩然研究述評及存在的問題

對浩然及其作品的評價以 1977 年爲界大致可分爲兩個時期。1977 年以前評論界對浩然的評價幾乎全部是從意識形態的角度出發持肯定的態度，學術性的批評非常之少。1977 年以後，對浩然的研究逐漸重回學術軌道，在性質上卻發生了根本的轉變，對他的批評遠遠大於對他的肯定。

第一個時期以「文革」的爆發爲標誌又可以分爲前後兩個階段。在第一階段，以《講話》爲理論指導，主流的文藝評論家或評價其創作的意義，或對作品的主題、題材和創作手法進行分析。整體上來看，評論界對於這隻初登文壇的「喜鵲」持充分肯定的態度。這一階段的研究儘管呈現出政治性批評的色彩，但還是具有文學評論的特點，能夠從具體的文本出發來挖掘作品的文學價值和創作意義。這一階段比較重要的批評文章有：葉聖陶的《新農村的新面貌——讀〈喜鵲登枝〉》、巴人的《略談〈喜鵲登枝〉及其他》、艾克恩的《說長道短——評浩然的短篇小說集〈蘋果要熟了〉》和徐文斗的《談浩然的短篇小說》。

對浩然的短篇小說創作較早給予關注的是葉聖陶和巴人。葉聖陶在《新農村的新面貌——讀〈喜鵲登枝〉》一文中詳盡地分析了作品中的人物形象和創作手法，認爲「所用語言樸素、乾淨，有自然之美」。〔註 6〕巴人也積極地評價了浩然作品中所透露出的生活氣息，但在肯定作家的同時，巴人也指出

〔註 6〕葉聖陶，新農村的新面貌——讀《喜鵲登枝》〔A〕，孫大祐，梁春水，浩然研究專集〔M〕，天津：百花文藝出版社，1994：334。

了作家創作當中潛在的問題，即對政策的緊密配合。艾克恩的觀點基本與巴人類似，認爲浩然的創作一方面體現了強烈的時代特徵，另一方面作家也有生活經驗不足的弱點。

　　相比之下，徐文斗的評論比較激進。他認爲作家能夠及時配合政策，反映時代的精神面貌，因而作品具有新鮮、明朗、健康、向上的特徵。但他同時又認爲作品中的「先進人物還可以更加理想化一些，更加高大一些」。〔註7〕徐文斗的評論文章發表於 1964 年。從他的評論中，我們不難看出當時的文學批評對「革命浪漫主義」和「典型化」創作方法的認同。

　　隨著「文革」的開始，文學界業已遵循多年的大多數文藝理論和創作規律被完全否定，而另一些理論，比如「典型化」的創作方法和「政治標準第一，藝術標準第二」的批評原則被推向了極端。「社會主義文藝根本任務論」、「三突出」的創作原則、「兩結合」的創作方法大行其道。主流文學由從屬於政治演變爲融入政治，徹底喪失了自身的主體性。與此同時，文藝批評也被納入了國家政治運作的軌道。當批評的標准由「政治標準第一，藝術標準第二」演變爲「政治標準唯一」的時候，文藝批評完全變成了政治行爲，墮落成爲政治鬥爭的工具。這一階段對浩然創作的批評主要集中在《豔陽天》、《金光大道》、《西沙兒女》等幾部作品。批評的模式也如出一轍：首先引用經典的馬列毛語錄，尤其是毛澤東語錄，然後從這些偉大領袖的思想出發，結合作品進行比附，而批評的主要目的是加深對無產階級專政理論的理解。此時，主流批評對浩然的肯定達到了頂峰。然而，當對作家、作品的評判以政治性評判爲最終依據的時候，作品的藝術價值也被最大限度的遮蔽了。

　　這一階段需要特別提出的是臺灣旅加學者嘉陵發表在香港《七十年代》雜誌上的《我看〈豔陽天〉》，這可以說是當時少有的眞正具有學術價值的研究性論文。論文共分爲 11 個章節，長達五萬多字。嘉陵在文中首先坦言「一向對含有政治目的的文學作品抱有成見，更怕看滿紙革命鬥爭的字眼，卻對《豔陽天》產生了濃厚興趣」，「由初讀再讀到三讀，從喜歡到仔細分析進而找有關資料做一番研究」。〔註8〕通過研究，嘉陵從主題、結構、人物形象和

〔註7〕徐文斗，談浩然的短篇小說〔A〕，孫大祐，梁春水，浩然研究專集〔M〕，天津：百花文藝出版社，1994：383。

〔註8〕嘉陵，我看艷陽天〔A〕，孫大祐，梁春水，浩然研究專集〔M〕，天津：百花文藝出版社，1994：470～542。

寫作技巧等四個方面肯定了《豔陽天》，繼而又從浩然的生活經歷、寫作熱情和民間文學的滋養等幾個方面分析了作品之所以成功的原因。這篇論文即使在今天看來也還是有一定價值的。

另外，這一時期還有兩個值得注意的現象。一是浩然的整體研究開始出現。南京師範學院中文系 1973 年 4 月出版了《浩然作品研究資料》，並於 1974 年 4 月修訂再版。資料包括作者簡介、創作談和評介選載等三個部分，其中有許多文章是 1994 年百花版《浩然研究專集》中所未見。二是浩然的影響逐漸擴大至國外，主要表現在浩然的作品出版了英語、日語等外文本，比如《豔陽天》在日本由日本青年出版社出版發行，一版就印了 10 萬冊。香港和國外的一些學者也開始研究浩然的創作。《大公報》1972 年刊載了《浩然談文壇近況及其他》，日本的《咿啞》1976 年發表了《浩然作品目錄及浩然作品評論等資料》，嘉陵除了上文所提到的《我看〈豔陽天〉》外，1977 年還在美國《星島日報》連載了《〈豔陽天〉中蕭長春與焦淑紅的愛情故事》。

隨著「文革」的結束，學術研究開始恢復並步入了正常的軌道，對浩然的研究也進入了第二個時期。這個階段的研究可以大體分爲三個階段：新時期初期，即 70 年代末的幾年；80 年代初到 90 年代初和 90 年代中後期。

新時期初期對浩然評價的關鍵詞是「泛政治化」解讀。在粉碎「四人幫」後撥亂反正的時代大潮中，浩然作爲「文革」主流文化塑造的「樣板」被重新評價。浩然在「文革」後期創作的《金光大道》和《西沙兒女》也成爲重新評價作家的重要依據。通過挖掘作家的寫作意圖和文本與主流文藝政策之間的關係，浩然可疑的政治身份被凸顯出來，他作爲與「四人幫陰謀文藝」有牽連的「準幫派分子」的身份受到了主流話語的質疑。這一時期對浩然的批評主要是針對浩然的創作與「文革」主流話語之間的聯繫，而對其作品藝術層面的分析極其有限。

在 80 年代初到 90 年代初的這一段時間，經過一段沉寂之後的浩然以驚人的毅力和速度創作了大量的作品。這一時期對於具體的創作進行評論的文章有蔡葵的《書寫普通人的命運和悲歡——讀浩然的長篇新作〈山水情〉》（《文藝報》1981 年第 5 期）和《一個十足的農民形象——讀〈趙百萬的人生片段〉》（《新港》1984 年第 4 期）、趙秀忠的《評浩然新作——〈山水情〉》（《百柳》1981 年第 6 期）、金梅的《〈山水情〉——浩然小說創作的一個新發展》（《長城》1981 年第 2 期）、陳山的《邁向新的藝術表現世界——讀浩然的近作〈新

婚》》(《鴨綠江》1986 年第 6 期)、劉懷章的《簡評〈老隊長的婚禮〉》(《文藝報》1983 年第 7 期)等等。這一時期的評論最大的一個變化就是意識形態色彩的逐漸淡化和學理性研究的逐漸深入。這些文章或者贊揚浩然通過在作品中大力批判「血統論」、「唯成分論」實現了思想上的轉變，或者贊揚他在人物形象塑造、故事情節構思和藝術技巧使用，尤其是對人物內心的挖掘等方面所取得的新的進步。

80 年代的許多批評者已不滿足於對單部作品的解讀，而力圖對浩然在 1978 年到 1988 年的創作進行整體性的研究，這也是浩然研究日益深入的一個標誌。比較有價值的研究成果有金梅的《浩然十年創作描述》(《文藝理論與批評》1988 年第 1 期)、周德生的《浩然圖式——對浩然小說創作演變軌跡的描述和評析》(《創作論壇》1988 年第 1 期)、沈太慧的《浩然第三個十年的新貢獻》(《當代文學研究・資料與信息》1988 年 11、12 月號)。這些研究成果的共同之處在於它們都把浩然及其作品放在一個宏觀變化的軌跡中進行考察，通過比較指出了浩然的創作在構思佈局、情節安排、敘述視角等方面的顯著變化。但是大多數文章仍然停留在對作品本身的闡釋和解讀上，這不能不說是一種缺陷。

從文學史的角度率先對浩然進行研究的當屬雷達。在《舊軌與新機的纏結——從〈蒼生〉返觀浩然的創作道路》中，雷達試圖「以《蒼生》為回溯的起點，把浩然作為身跨『十七年』和『新時期』的一種處於轉換季的特殊文學形態加以反觀」。〔註 9〕在文章中，作者把浩然的創作劃分為「頌歌階段」、「戰歌階段」和「反思階段」，並將每一時期的創作與當時的社會背景與文學思潮結合起來。此外，1991 年孫達祐在《浩然創作心態》(《北京文學》1991 年第 9 期)中對浩然的創作動機和創作心理進行了全面的研究。這些都使對浩然的考察達到了前所未有的深度。

90 年代中後期，具體的說是自 1994 年開始，短短幾年內，浩然先後在文壇引起了兩場「風波」。第一次是 1994 年《金光大道》由京華出版社重版並一次出齊四卷；第二次是 1998 年 9 月 20 日《環球時報》發表了記者盧新寧、胡錫進採寫的題為《浩然要把自己說清楚》的長文，文中披露了浩然幾個「驚人的觀點」，一石激起千層浪，引起比第一次更為強烈和持久的反應。

〔註 9〕雷達，舊軌與新機的纏結——從《蒼生》反觀浩然的創作道路〔J〕，文學評論，1988，(01)：23～32。

　　1994 年的爭議主要集中在《金光大道》究竟是眞實的反映了歷史還是歪曲了生活。浩然本人堅持作品「用小說的形式記錄下中國農業社會主義改造的全過程」〔註 10〕，並如實的記錄了那個時期農村的面貌、農民的心態和作家自己當時對現實生活的認識。顯然大多數的評論家是不贊成這個觀點的。《關於〈金光大道〉也說幾句》（艾青《文匯讀書週報》1994 年 10 月 29 日）、《關於「名著」〈金光大道〉再版的對話》（叔綏人《文學自由談》1994 年第 4 期）、《癡迷與失誤》（楊揚《文匯報》1994 年 11 月 13 日）等文章都表達了相同的觀點：這部作品是缺乏藝術眞實性的。而張德祥在《「神話」的創造與破產——「金光大道」現象及其他》（《文藝爭鳴》1995 年第 4 期）一文中則批評了當時「簡單化的思維方法」和「『政治標準唯一』的價值標準」，認爲這部產生於「文革」時期的作品還是有其存在的價值的。〔註 11〕

　　1998 年的爭議主要集中在作家在「文革」中的表現。針對浩然的觀點，有兩方不同的意見。一方認爲浩然在回答記者的提問時並沒有一個對歷史負責任的態度，他歪曲了農業合作化給農村帶來的負面影響，在爲自己辯護的同時企圖抹殺自己不光彩的過去，他應該寫的是懺悔錄。這方面代表性的文章有：焦國標發表於《文學自由談》的《您應該寫的是懺悔錄》、吳躍民在《雜文報》發表的《不後悔什麼？》、章明發表於《今晚報》的《浩然的確是個「奇跡」》、袁良駿發表於《中華讀書報》的《「奇跡」浩然面面觀》、周東江發表於《文學自由談》的《他的運氣爲何這麼好》、王彬彬發表於《文學自由談》的《理解浩然》、吳培顯發表於《文學自由談》的《有關浩然的兩個問題》等等。而另一方則認爲，浩然一直保持了和農民的血肉聯繫，這是浩然的可貴之處，而且他的創作也並沒有歪曲歷史。代表性的文章有：鳳翔和蘇連碩分別發表於《今晚報》的《「輕薄爲文」可以休矣》、《浩然的氣度》、張德祥發表於《名家》的《我所理解的浩然》等等。這個時期，除了極個別的文章，不論是聲討的一方還是辯解的一方在很大程度上都脫離了文學評論的軌道，政治批評變成了雙方的基本武器，扣帽子、打棍子是雙方，尤其是批判一方常見的武器，有些甚至上升到侮辱謾罵的程度。

〔註10〕浩然口述，鄭實採寫，浩然口述自傳〔M〕，天津：天津人民出版社，2008：303。

〔註11〕張德祥，「神話」的創造與破產——「金光大道」現象及其他〔J〕，文藝爭鳴，1995，（04）：55～58。

90 年代，陳徒手的《浩然：豔陽天中的陰影》（《讀書》，1999 年第 5 期）是一篇非常重要的文章。作者收集了浩然本人以及與之有關的一些文壇親歷者的採訪，以紀事的手法對浩然在「文革」中及「文革」後紛繁複雜的思想衍變和心態變化過程進行了梳理，爲浩然研究提供了新的方法和範式。

進入新世紀以後，趨於客觀、理性的闡釋和評價基本全面取代了簡單、粗暴的批評模式。研究者從文本、文學史、語言學等各個不同的角度對浩然和他的作品進行了深入地研究。這個時期出現了對浩然作品，尤其是《豔陽天》的「再解讀」。余岱宗、楊守森的文章都很典型。更多的研究者，如洪子誠、李雲雷等，將浩然和浩然的創作納入了文學史的範疇加以研究。此外，2000 年以後還出現了對浩然評價的再評價。這些文章對浩然研究都很有啓示意義。

2008 年 2 月 20 日浩然在北京去世後，許多報刊雜誌發表了一批由作家、批評家撰寫的紀念性文章。在這些文章中，他們回憶了浩然的作品曾給他們帶來的精神滋養，正是從這裡，他們獲得了最初的文學教育；他們還說浩然是個好人，爲人本分，低調。一時間，人們再一次把目光投向了這位曾經在晚年苦悶寂寞，業已不在人世的老人。其中李敬澤的《浩然：最後的農民與僧侶》（《南方周末》2008 年 2 月 28 日）、程光煒的《我們這一代人的文學教育》（《南方文壇》2008 年第 4 期）和李雲雷的《一個人的「金光大道」——關於浩然研究的幾個問題》（《文藝理論與批評》2008 年第 3 期）都爲重新評價浩然和他的作品提供了新鮮的思路。李敬澤認爲：「浩然屬於中國現當代文學中一個邊緣而光輝的、很可能已成絕響的譜系——趙樹理、柳青、浩然、路遙，他們都是農民，他們都是文學的僧侶，他們都將文學變爲了土地，耕作勞苦忠誠不渝。浩然爲一代人的生命和奮鬥所做的熱情辯護仍然值得後人愼重傾聽。」程光煒和李雲雷指出，評價浩然，不能拘泥於上世紀 80 年代的那些所謂「結論」，而應該從歷史的角度出發去觀照浩然的創作。2008 年 8 月在李潔非的新作《典型文壇》中，作者也專門闢出一章來談浩然。這些都標誌著對浩然及其作品的研究進入到一個更深入的階段。

五十餘年來，浩然研究在逐步地走向深入，但也存在著幾個問題：第一，浩然的一生都在眞誠追隨和忠實奉行毛澤東文藝思想路線，然而這種深受毛澤東文藝政策影響的創作理念也是浩然在「文革」後爲人詬病的原因之一。這裡的問題是，在五、六十年代，在文學創作中全心全意實踐毛澤東的文藝

思想，自覺地以自己的創作去配合黨的工作的作家有一大批，爲什麼只有浩然不能被原諒？而且在當時的情境中，浩然在創作中眞誠的踐行毛澤東的文藝思想，這是可以理解的。進入新時期之後，浩然仍然多次談到毛澤東文藝思想對他的影響，那麼是什麼力量能讓他對毛澤東文藝思想終生無條件服膺？

第二，對於浩然在六十年代創作的長篇小說《豔陽天》，我們今天應該怎樣評價？這部作品在那個年代曾經給予了浩然至高的榮耀和聲譽，那麼在今天還有沒有重讀的必要？當我們把作品中階級鬥爭的元素剝離出去之後，這部作品是不是還成立？答案顯然是肯定的。

《金光大道》普遍被認爲是「按照當時倡導的『典型化』和革命浪漫主義的創作方法，對黨內『兩條路線』的鬥爭進行圖解」〔註12〕的作品。而浩然卻幾次公開表示《金光大道》是他最喜歡的一部作品。這恐怕不僅僅是一種激憤之言。《金光大道》與同時期的《虹南作戰史》、《牛田洋》有沒有不同的地方呢？答案顯然也是肯定的。

第三，縱觀浩然的創作軌跡，我們可以發現，五十年代到六十年代初，浩然的作品清新明快，彌漫著田園牧歌的情調，從《豔陽天》開始，越來越多的階級鬥爭元素逐漸佔據作品的中心地位，最後發展爲《西沙兒女》、《百花川》這樣的作品。這種變化的原因是什麼？難道僅僅與作家寫作理念的轉變有關嗎？當時的文學環境、文學批評有沒有起到推手的作用呢？浩然爲什麼會成爲「八個樣板戲和一個作家」中的那個浩然？哪些責任應該由作家本人來承擔？哪些責任又應該由時代承擔？今天，文學界對浩然的評價，尤其是那些批評的意見，傾向於讓作家來承擔所有的責任，這顯然是一種不夠客觀的態度。回顧過去的歷史，不應該是了然於心的聰明，更多的應該是懷著對歷史的同情。以前的文藝政策出現了問題，但文學生產的全部複雜性決定了文學並不完全是文藝政策的詮釋，因此完全否定相關的作家和作品是有問題的，我們不能夠要求一個作家來承擔整個時代的錯誤。

通過以上的分析，我們可以看到評論界對浩然的研究還是存在一些問題的，浩然其人其文作爲一種文學、文化現象仍具有分析研究的理論價值。本文的選題正是基於這樣的一點認識。

本文認爲，浩然的作品，無論是從創作理念、情節結構、人物形象還是

〔註12〕丁帆，中國鄉土小說史〔M〕，北京：北京大學出版社，2007：237。

語言風格來說，都體現了強烈的本土性特徵。這種特徵在全球化、國際化的今天更顯得彌足珍貴。而浩然本身作為一位作家，他的產生過程也有鮮明的「中國特色」，他的成長和創作都與那個時代有著密切的關係，他小說中所存在的問題也絕不僅僅屬於他個人，而具有深刻的時代根源。從另一個角度說，「如果想對一個作家的『歷史形象』有較全面的瞭解，僅僅憑藉文學批評、文學史是不夠的，也還要看作家本人的『反應』，允許他在『歷史』中說話，否則，只能犧牲掉研究文學史過程中的矛盾性和豐富性」。〔註13〕浩然的命運與他自身的創作理念和性格也有密不可分的關係，這些從浩然的口述自傳和自傳體三部曲小說是顯而易見的。

第三節　研究的方法

本研究將以傳統的社會歷史批評方法為主，並結合文化研究、比較研究、傳記批評和文本分析的方法。每一種研究方法都有自己的範疇和相應的局限性。多種研究方法的綜合可以使我們多角度、多層次的觀察、分析作家和作品，因而也會得出更全面更客觀的結論。

對於作家的研究自然離不開具體的作品，而對於作品的解讀又離不開文本細讀和分析以揭示其文學性。但是要全面的理解一個作家和一部文學作品，必須將它置於產生它的歷史背景中去考察才能準確地把握其前因後果，梳理其形成和發展的脈絡，從而指出其複雜的歷史含義。尤其對浩然這樣一位與時代有著密切關聯的作家，僅僅從文本出發是不夠的。對浩然，應「具歷史之同情」。正確的解讀浩然，我們應該把他放在中國當代的社會歷史中，甚至是中國 20 世紀的歷史背景中去考察浩然的來龍去脈。要研究浩然，我們必須要研究文學與政治的關係，文學與歷史的關係，作家的精神結構與作品的關係。

比較的方法有助於我們發現問題，打開思路，因為對於任何一個作家和一部文學作品的研究都不可能孤立的進行。只有在比較中，我們才能更準確的理解某一位作家不同於其他作家的特質。作家的生平經歷對創作有很大的影響，可能會關係到作家對題材的選擇、挖掘，也可能關係到作家的創作方法和創作風格。從這個角度來說傳記研究是深刻理解、準確把握作家創作的

〔註13〕程光煒，我們這一代人的文學教育〔J〕，南方文壇，2008，（04）：34～36。

一個重要途徑。況且，瞭解與敘述作家的生平不單單是爲了更深地理解其作品，作家的生活本身就是文學史獨立的對象與內容，畢竟，只有文而不見人的文學史也是不完全的。

第一章　毛澤東文藝思想的踐行者

　　1982 年 4 月，毛澤東《在延安文藝座談會上的講話》發表四十週年之際，在通州的浩然寫了一篇紀念文章《永遠追隨這面光輝旗幟》，卻因故未能發表，後來這篇文章收入了《泥土巢寫作散論》。在文中，浩然首先解釋這篇文章是爲紀念《講話》40 週年而寫，當時一位編輯認爲其「調子太老」而未予發表。他繼而寫道：「小文的確寫得不很精彩，但它表白了我的眞實信仰。人們的信仰並非一朝一夕形成，也不可以由於偶然的外界什麼人、什麼力量一討厭一反對，就能夠改變得了。信仰決不同於趕行市的蘿蔔、青菜，新的就一定比老的鮮亮、值錢；尤其是爲最終實現共產主義而奮鬥的革命作家，應該把他的信仰比作常青樹，越老越綠得蒼勁壯美，越老越綠得堅強不衰。不具備以這樣的精神和品格爲鍛鍊、追求目標的人，就不配『革命作家』這個聖潔的稱號。」﹝註1﹞的確，浩然對毛澤東文藝思想的認同和實踐，貫穿了他一生的創作。浩然文學觀念中幾個非常重要的觀點：「文學爲了宣傳」、「永遠歌頌」、「寫農民，爲農民寫」，都深受毛澤東文藝思想的影響，尤其是《在延安文藝座談會上的講話》對浩然的創作心理和創作方法產生了直接而持久的影響。

　　如浩然自己所說：「毛澤東同志的《講話》精神，養育了我終生爲人爲文的信念。」﹝註2﹞他曾在創作談和個人口述自傳中多次談到《講話》對自己的

﹝註 1﹞浩然，永遠追隨這面光輝旗幟〔A〕，浩然，泥土巢寫作散論〔M〕，開封：河南大學出版社，1997：99。

﹝註 2﹞浩然，永恒的信念〔A〕，孫大祐、梁春水，浩然研究專集〔M〕，天津：百花文藝出版社，1994：36。

深刻影響和具體指導。浩然是以區幹部的身份開始文學創作的。當時他雖然被聘爲通訊員，卻不知「文學爲何物」，既不知道寫什麼，也不知道怎樣寫，更無法理解寫作的意義。但是「憑著年輕人的好強和興趣，拿起了筆」，結果自然很不理想，寄出的稿子頻頻被退回。後來雖然有一些人物通訊和故事得以發表，但要強的浩然對這種狀況是很不滿意的。1952 年，浩然前往設在保定的河北省團校學習，正值《講話》發表十週年之際，浩然第一次讀到了這本被他稱爲「寶書」的理論著作。在《爲誰而創作》一文中，浩然寫到：「我永遠記著這個時刻。陽光燦爛的早晨，我坐在那開滿野花的草地上，打開了這本寶書。我的心緊緊地被那眞理和智慧的力量吸引住……我是幸福的……因爲我們還沒有拿起筆來的時候，毛主席已經科學的總結了文藝鬥爭經驗，爲我們指出了金光大道。我們終生的任務就是對毛主席革命文藝方向和路線加深理解，努力實踐」。〔註3〕10 年後，浩然回顧這段經歷：「我一口氣讀了兩遍。它（毛澤東《在延安文藝座談會上的講話》，筆者注）像是當空的太陽，把光和熱都融進我的心裏。我的兩眼明亮了，渾身升起一股強大的信心和力量。」〔註4〕《講話》使浩然豁然開朗，「許多條方向性、根本性的觀點，像用刀子刻在心靈上」，不僅使他明白了「生活和藝術實踐的眞正意義」，同時也「奠定了作品的寫作基調」。〔註5〕

　　1990 年在一篇創作談中，浩然深情地談到《講話》對他的巨大的影響和指導意義：「我是吸吮著《在延安文藝座談會上的講話》的乳汁成長起來的新一代文學作者……即使前幾年《講話》橫遭一些人莫名其妙的仇視和貶斥，誰若表示對《講話》敬佩，就會招惹到無情的嘲諷、咒罵的那些日子裏，我也是這麼理直氣壯地說。」在回顧了自己的創作經歷後，浩然寫到：「瓜兒離不開秧，孩兒離不開娘。我要想使自己的藝術青春盡可能地延長些，就要嘴含住《講話》的『乳頭』不放開。不管風雲還有什麼變幻，潮流還有何等起伏，相信《講話》這個眞理的太陽會永放光芒。」〔註6〕聯繫浩然的成長和創

〔註3〕浩然，爲誰而創作〔A〕，南京師範學院中文系資料室，浩然作品研究資料〔M〕，南京：南京師範學院中文系資料室，1974：31～32。

〔註4〕浩然，永遠歌頌〔A〕，孫大祐、梁春水，浩然研究專集〔M〕，天津：百花文藝出版社，1994：29。

〔註5〕浩然，永恒的信念〔A〕，孫大祐、梁春水，浩然研究專集〔M〕，天津：百花文藝出版社，1994：38。

〔註6〕同註5，36～41。

作經歷，我們不難看出此番表白並非虛妄之言。

　　在《浩然口述自傳》中，晚年的浩然再次談到：「講話裏的好多話好像都針對我講的……它（《講話》，筆者注）像當空的太陽，把光和熱都融進了我的心裏」。〔註7〕《講話》對浩然的意義竟沒有隨著時間的消逝而有所改變。

　　那麼，這裡有必要回顧一下毛澤東《在延安文藝座談會上的講話》，看看它究竟何以對浩然產生了如此大的影響，以至於在30多年的創作生涯中，浩然每每提及都有如此感慨呢？

　　1942年5月2日至23日，中共中央在黨內整風的基礎上召開了有文藝工作者、中央各部門負責人共100多人參加的延安文藝座談會。在會上毛澤東以黨的最高領導人的身份做了發言，發言包括5月2日的引言和5月23日的結論兩個部分。1943年10月19日當時的黨報《解放日報》刊發了全文，這一舉動事實上賦予了《講話》獨一無二的權威地位。作為黨的重要歷史文件，《講話》奠定了中國新文藝的發展方向，規定了未來數十年內新中國文學藝術的秩序、標準和原則。事實上，它的重要性一直延續到今天。在過去的六十多年中，《講話》「始終保持著一個穩固的地位……至今仍是國家意識形態的主要資源之一，仍是被定期紀念的一種象徵」。〔註8〕

　　在《講話》的開篇，毛澤東明確地指出：「我們今天開會，就是要使文藝很好地成為整個革命機器的一個組成部分，作為團結人民、教育人民、打擊敵人、消滅敵人的有力的武器，幫助人民同心同德地和敵人作鬥爭。」〔註9〕在毛澤東看來，無論是文藝思想理論還是文學藝術作品，都不是獨立存在的，而是「實現社會變革目標的工具之一」，他對於文學藝術作品所期待的，就是「能夠幫助動員最廣大的人民群眾，把人民組織到實現偉大構想的行動中去」。〔註10〕文藝的工具價值和社會作用是毛澤東文藝思想的核心，而從政治效用來要求文學，是毛澤東文藝功能觀的集中體現：政治是文學的目的，文學則是政治力量為達到自身目標可能選擇的手段之一。

〔註7〕浩然口述，鄭實採寫，浩然口述自傳〔M〕，天津：天津人民出版社，2008：146。

〔註8〕李洁非、楊劼，解讀延安──文學、知識分子和文化〔M〕，北京：當代中國出版社，2010：128。

〔註9〕毛澤東，在延安文藝座談會上的講話〔A〕，毛澤東，毛澤東選集〔M〕，北京：人民出版社，1991：847～879，下同。

〔註10〕孟繁華，中國20世紀文藝學學術史〔M〕，北京：中國社會科學出版社，2006：14～15。

在《講話》中，毛澤東將文藝的社會作用簡約明瞭地概括爲人民服務和爲政治服務。他具體解釋說：「現在世界上，一切文化或文學藝術都是屬於一定的階級，屬於一定的政治路線的。爲藝術的藝術，超階級的藝術，和政治並行或互相獨立的藝術，實際上是不存在的。無產階級的文學藝術是無產階級整個革命事業的一部分，如同列寧所說，是整個革命機器中的『齒輪和螺絲釘』」。文藝的階級性決定了它的政治性，黨的文藝工作就必須「服從黨在一定革命時期內所規定的革命任務」，因爲它最終會「給予偉大的影響於政治」。

在結論中，毛澤東首先談到了文藝是「爲什麼人的問題」，因爲這「是一個根本的問題，原則的問題」。在毛澤東看來，我們的文藝不是爲地主階級、資產階級和漢奸服務的，我們的文藝應該是「爲最廣大的人民大眾服務的」，他們是「占全人口百分之九十以上的人民，是工人、農民、兵士和城市小資產階級」。而在這「最廣大的人民大眾」中，首先是「爲工農兵的，爲工農兵而創作，爲工農兵所利用」，其次才是爲城市小資產階級群眾和知識分子服務的。因此，他特別強調文藝的大眾化、民族化、中國風格和中國氣派，尤其強調對能體現新文化的新形象的創作。

毛澤東毫不諱言他文藝思想的功利性，相反，他指出：「唯物主義者並不一般地反對功利主義……世界上沒有什麼超功利主義，在階級社會裏，不是這一階級的功利主義，就是那一階級的功利主義」。他自信是代表最廣大群眾的目前利益和將來利益的，因此是無產階級的、革命的功利主義者。

爲什麼人服務的問題解決了，《講話》接下來談到了文藝如何爲人民服務的問題，也就是普及與提高的問題。毛澤東認爲，普及和提高是不能截然分開的，但是「在目前條件下，普及的任務更爲迫切」；無論普及還是提高，都要面向工農兵，從工農兵出發，因爲「只有從工農兵出發，我們對於普及和提高才能有正確的瞭解，也才能找到普及和提高的正確關係」。這就要求「中國的革命的文學家藝術家，有出息的文學家藝術家，必須到群眾中去，必須長期地無條件地全心全意地到工農兵群眾中去，到火熱的鬥爭中去，到唯一的最廣大最豐富的源泉中去，觀察、體驗、研究、分析一切人，一切階級，一切群眾，一切生動的生活形式和鬥爭形式，一切文學和藝術的原始材料，然後才有可能進入創作過程」。

浩然對《講話》所體現的文學觀念的接受是徹底的，可以說《講話》成

為貫穿他一生的文學思想，他在一篇文章中談到其中對他影響最大的理論：
一是「我們的文學藝術都是為人民大眾的，首先是為工農兵的，為工農兵而
創作，為工農兵所利用的」；二是「文學藝術是團結人民、教育人民、打擊敵
人、消滅敵人的有力武器」；三是「一切危害人民群眾的黑暗勢力必須暴露之，
一切人民群眾的革命鬥爭必須歌頌之」。這些話從他看到的那一刻起，就「深
深地印入了腦海中」。〔註11〕縱觀浩然的創作，從上世紀五六十年代一直到新
時期，浩然一直在創作中忠實地實踐著《講話》的精神，以下三節將從不同
角度論述浩然對毛澤東文藝思想的實踐。

第一節　文學為了宣傳

作為一名工農兵作者，浩然的身上具有那個時代工農兵和青年小知識分
子出身的寫作者們所共有的一個顯著特點，「首先加入了革命行列，參加革命
行列志在解放全中國被壓迫的勞動大眾，消滅剝削制度，創建繁榮、富強的
社會主義新的天下，在這基礎上才拿起筆來寫作」。〔註12〕對浩然來說，他首
先是「文藝戰士」，是「革命工作者」，其次才是作家。這種「革命作家」的
定位對浩然來說是非常重要的。因為是「文藝戰士」，是「革命作家」，因而
文學創作就是「革命事業的一部分」，作家的寫作必須首先要服從革命工作的
需要，要「宣傳先進的革命思想，更有力地團結人民、教育人民，打擊敵人、
消滅敵人，推動社會和時代朝前發展進步」。〔註13〕

事實上，在浩然讀到《講話》之前，就已經從實踐中看到了文學作為一
種工具、一種武器的重大作用。浩然在區裏當通訊員的時候，政府號召植樹
造林，由於得不到眼前利益，加上那時還是分散的個體小農經濟，不論怎麼
發動，都沒有農民響應。浩然偶然間發現上倉的一個婦女幹部帶領幾名婦女
在公共的水坑邊沿上種了一片樹林，於是寫了一篇表揚稿。稿子發表後，「引
起全區的轟動，村裏的幹部帶頭植樹，還有的村幹部派人找上門來，讓我也
給他們『揚揚名』」。這件事使浩然認識到「寫作的重要性，是宣傳革命道理、

〔註11〕浩然，為誰而創作〔A〕，南京師範學院中文系資料室，浩然作品研究資料〔M〕，
　　　　南京：南京師範學院中文系資料室，1974：31～32。
〔註12〕浩然，永遠耕耘在生活的沃土〔A〕，孫大祐、梁春水，浩然研究專集〔M〕，
　　　　天津：百花文藝出版社，1994：73。
〔註13〕同註11。

教育發動群眾的武器」。〔註14〕

還有一位房東大嫂，按國家法律她應該繼承的財產被侵吞，告到區裏、縣裏問題都得不到解決。浩然得知以後，就此事寫了篇批評稿件投到《河北日報》。稿子雖然沒有發表，卻被轉到專署，專署立即派人到鄉下做了認真而公正的處理。這不僅使那位房東大嫂絕路逢生，也讓浩然驚異地認識到手中的筆竟有如此之大的威力。可以說，從開始文學創作的那一刻起，浩然就把自己的創作當作革命工作的一部分，把他手中的筆當作爲革命事業服務的武器，來闡釋當時的政治話語。

在當時，浩然並不是唯一一個把文學工具化的作家。縱觀當代文學在 1949年到 1976 年的發展，可以發現它始終是在「號召」、「宣傳」和「下任務」的思想指導下組織文學生產的。從 1949 年 7 月第一次文代會到 1953 年 9 月第二次文代會的四年間，土地改革的任務已在全國範圍內基本完成；國民經濟恢復工作提前實現預定目標，全國工農業生產在 1952 年底已達到最高水平；第一個五年計劃即將開始；抗美援朝剛剛結束，新民主主義向社會主義過渡有了一定的基礎。這時中央提出了過渡時期的總路線。爲配合這一形勢，中國文聯決定召開第二次文代會。周恩來在爲大會做的政治報告中明確提出：「今天文藝創作的重點，應該放在歌頌的方面」，「首先歌頌工農兵中的先進人物」。在此背景下，活躍在當時文壇上的作家，如孫犁、周立波、趙樹理、歐陽山、李準、康濯、秦兆陽、杜鵬程、聞捷等創作了一大批主動爲現實服務、在過渡時期產生了明顯宣傳和教育作用的文藝作品。他們真誠地、自覺地以自己的創作來配合黨的實際工作，「寫中心」、「寫任務」、「寫政策」，《風雲初記》、《鐵水奔流》、《三里灣》、《吐魯番的情歌》等作品都誕生於這個時期。

浩然自然不例外。他認爲寫作就是宣傳他「所虔誠信仰的政治、政策的一種工具」；〔註15〕「天底下沒有一個作家不是在搞宣傳和教育，提筆寫作的時候，都會自覺或不自覺地宣傳自己的某種觀點」。〔註16〕但不同於其他作家

〔註14〕浩然，永恒的信念〔A〕，孫大祐、梁春水，浩然研究專集〔M〕，天津：百花文藝出版社，1994：37。

〔註15〕浩然，我常到那裏溜溜彎兒〔A〕，浩然，泥土巢寫作散論〔M〕，開封：河南大學出版社，1997：57。

〔註16〕浩然，《浩然選集》自序〔A〕，孫大祐、梁春水，浩然研究專集〔M〕，天津：百花文藝出版社，1994：50。

的是，「文學爲了宣傳」是浩然始終堅持的文藝觀。即使在經過「文革」之後，浩然依然初衷不改。在 1980 年和 1983 年，浩然分別談到：

> 我主張文學藝術有宣傳教育的功能，我爲宣傳教育而搞創作：通過藝術形象和故事情節，宣傳馬列主義、毛澤東思想，教育同胞們同心同德地搞社會主義。〔註17〕

> 在以往不算短的歲月裏，我們把文學作品的宣傳作用理解得偏狹了，機械了，形而上學式的了。那是另一回事情。但不能因此就徹底否定文學作品的宣傳作用……迴避文學作品的宣傳功能，跟把這種宣傳扭曲得偏狹、機械和形而上學式的同樣有害而無益。

> 文學創作既然具有宣傳這個功能，這就給作家提出一個嚴肅的問題：宣傳什麼才能符合人民大眾的利益，才能起到推動時代前進的作用呢？回答是：宣傳先進的革命思想，宣傳先進的革命事物戰勝落後和反動的事物。〔註18〕

統觀浩然的創作，無論是最初的短篇小說，還是後來的中、長篇小說，浩然始終採取了一種積極配合主流意識形態的態度，在作品中及時地反映黨的路線、方針、政策，爲革命搖旗吶喊。對於這一點他也從來不否認，他曾經說過：「我從來沒有想過迴避或擺脫黨的方針政策和正發展著的各種運動對我創作的影響力；正好相反，作爲一個信仰馬列主義的共產黨員作家，總希冀配合得緊密些、更好些。」〔註19〕

浩然在上世紀五、六十年代創作的短篇小說創作最好的詮釋了「文學爲了宣傳」的理念。浩然的第一部短篇小說集《喜鵲登枝》共有 11 篇小說，基本上每個故事都宣傳了黨的一項政策。比如：《喜鵲登枝》通過韓興老頭兒上門相女婿的故事，宣傳了婚姻法和婚姻自由的政策；《春蠶結繭》中通過講述「姑娘尖兒」蘭芬帶領長城農業社的姑娘們學習養蠶技術的故事，宣傳了中央勤儉辦社的號召；《夏青苗求師》寫了一個高中生拜師學習養羊的故事，這無疑是對黨號召中學生下鄉生產政策的及時回應；《一匹瘦紅馬》中的社員焦貴想盡

〔註17〕浩然，我是農民的子孫〔A〕，孫大祐，梁春水，浩然研究專集〔M〕，天津：百花文藝出版社，1994：24。
〔註18〕浩然，作品與人品〔A〕，孫大祐，梁春水，浩然研究專集〔M〕，天津：百花文藝出版社，1994：54～55。
〔註19〕浩然，關於《艷陽天》、《金光大道》的通訊與談話〔A〕，孫大祐，梁春水，浩然研究專集〔M〕，天津：百花文藝出版社，1994：191。

各種辦法把社裏的一匹病馬調教成良馬，宣傳的是黨的勤儉建社的政策精神。

除了《喜鵲登枝》之外，這個時期浩然其他的短篇小說創作也體現了「宣傳」的文學觀念。如《蘋果要熟了》中的培紅高中畢業後離開城市，參加了後山村的青年果樹隊，宣傳黨號召城市青年到農村參加工作的政策；《往事》中的朱大成老頭年輕時一直想要買一頭毛驢，卻終因商人和糧販聯合起來坑害農民，始終未能實現這個夢想，宣傳了黨的統購統銷政策；《水生》中的水生姑娘掙脫了奶奶的懷抱，走出家院參加集體勞動，是對黨號召婦女參加社會主義建設政策的反映。

進入新時期之後，經過最初的矛盾和痛苦，浩然開始反思自己的創作，他在關於《山水情》的創作談中回顧到：「我要重新認識歷史，重新認識生活，重新認識文學，重新認識自己。通過這樣的重新認識，凡是過去做對了的，就堅持在今後做下去；凡是做錯了的，就毫不猶豫地改正，學習新的、正確的做法。」〔註20〕在繼續深入生活的同時，浩然一邊閱讀中外（尤其是外國文學）名著，一邊反思自己的過去的創作，他認識到自己的「兩塊病竈」其中之一就是「在創作實踐中，我常常不能把藝術內容同思想內容的關係處理好……為使作品達到宣傳的目的，我往往把思想性看得比藝術性重要」。〔註 21〕在另一篇文章中，浩然也談到：

> 文學作品具有宣傳和教育的功能。這是我的文學觀念核心之一。經過重新認識，我堅定了自己的看法。但同時發現：我以往把「宣傳和教育」功能理解得偏狹、機械。文學作品是藝術品，只有把文學作品處理得藝術化，才能夠使之發揮「宣傳和教育」的作用。
> 於是在創作方法和手法上我努力探索更新。〔註22〕

對浩然而言，這種「創作方法和手法上的更新」體現在新時期的創作中，就是不再把社會變更、政治運動和黨的政策作為主線來表現，而把「人」作為貫穿作品的主線，「寫人的心靈轍印、人的命運軌道；政治、經濟，及整個社會動態動向，只充當人的背景和天幕」。〔註23〕但即使在這些作品中，我們

〔註20〕浩然，懷胎，不只十個月——漫談《山水情》的醞釀過程〔A〕，孫大祐，梁春水，浩然研究專集〔M〕，天津：百花文藝出版社，1994：170～178。

〔註21〕同註20。

〔註22〕浩然，我的一個進步〔A〕，浩然，泥土巢寫作散論〔M〕，開封：河南大學出版社，1997：67。

〔註23〕浩然，追趕者的幾句話〔A〕，孫大祐，梁春水，浩然研究專集〔M〕，天津：

也不難發現浩然的創作仍然緊跟黨的方針政策，體現了文學的宣傳觀。《山水情》、《老人和樹》、《浮雲》都從不同側面反映了當時主流話語對極左路線、浮誇風、大躍進等政治運動的批判和反思。

《山水情》中的羅小山出身不好，婚姻問題遲遲不能解決。為了結婚生子，他落戶到了雁落灘。由於他的純樸本分和勤勞能幹，羅小山很快獲得了燕落灘村民和支書康守榮的信任，也贏得了富農女兒劉惠玲的芳心。但是由於富農劉三的干擾，更是由於二人認識上難以溝通，第一次婚事很快告吹。支書女兒康秀雲中學畢業，是林業隊的新聞報導員。隨著天長日久的接觸，特別是在親眼見到羅小山舍己救人的場面後，康秀雲開始勇敢地追求羅小山。二人的結合卻受到了更多的干涉：他們首先要面對世故又僵化的支書康守榮，甚至連被羅小山從洪水中救過的革命英雄、工人鄭永紅聽說羅小山的出身後，也堅決反對二人結合。她不僅把康秀雲留在城裏，私自扣留了二人的往來書信；還「釜底抽薪」，把康秀雲介紹給老革命幹部的兒子董欣；並且和康守榮建立同盟，左右夾擊，一心要扼殺二人的愛情。羅康二人像地下黨一樣秘密談戀愛，最終好容易見了面，羅小山卻摔下懸崖，深度昏迷，生死難料。

《浮雲》敘述了唐明德、宋素蘭夫妻半生的經歷。剛結婚時，趕上大躍進，宋素蘭因為勞動過量而小產，儘管她因此獲得了「當代穆桂英」的美名，卻也因此造成了身體的損傷，難以再次懷孕；進城後夫妻倆為了懷孕四處求醫問藥，慕名而去的大夫變成了反動醫學權威受到政治審查；後來宋素蘭以地下工作的方式與名醫取得了聯繫，終於成功地懷孕，生下了兒子。可是平靜的生活再一次被打破。農村基層政權在「文革」動盪的政治運動衝擊下無人主政，唐明德被動員回到老家做了替喬連科頂罪的村支書，一家人再次承擔了巨大的經濟和精神壓力，陷入苦難之中。

《老人和樹》中講述了褚大六次栽樹、六次希望破滅的故事。樹是大東溝農民幸福生活的寄託和象徵，通過它在大東溝幾生幾滅的歷史，作者批判和控訴了荒謬而無情的政治運動給農村和農民帶來的災難。

除此之外，《晚霞在燃燒》、《趙百萬的人生片斷》等創作於上世紀 80 年代的作品都在不同程度上體現了當時的主流話語。這些作品反思了中國農村和農民走過的曲折道路，通過主人公的生活故事，反映了極左路線對農村經

百花文藝出版社，1994：62。

濟和農村生活的摧殘，批判了血統論、唯成分論、浮誇風、大躍進等等等等。值得深思的是，這些曾經是浩然在五、六十年代的作品中熱情宣傳的東西，而今它們又變成了浩然大力批判的目標。這裡體現的就不僅僅是浩然對主流話語的追隨和宣傳，同時也從一個側面揭示了浩然命運的隱秘。

第二節 「永遠歌頌」

1962 年，浩然寫過一篇創作談《永遠歌頌》。在這篇文章中，他談到：

> 你為什麼要寫作？為個人興趣呢，還是個人的名利？把它作為個人的事業呢，還是作為革命事業的一部分？你寫什麼？站在什麼立場和角度上觀察、表現生活？是歌頌，還是暴露？這些，都是一個搞文學創作人的根本性的問題，並非僅僅是寫作形式和方法；它是革命作家與非革命作家的分界線。……我要當一個文藝戰士，拿起文藝這個武器，為革命事業服務，把「一切人民群眾的革命鬥爭必須歌頌之」這句話，作為我的戰鬥任務。〔註24〕

「歌頌還是暴露」不僅僅是寫作形式和方法的問題，同時也是搞文學創作「根本性的問題」，是「革命作家與非革命作家的分界線」。作為一名革命作家和黨員作家，浩然做出了自己的選擇，並在創作實踐中矢志不渝地履行著自己的承諾：「永遠歌頌」。對他來說，這是一個「必然的、自覺的」選擇。他這樣解釋他的選擇：

> 第一，我們是無產階級革命隊伍裏的一員，我們的奮鬥目標是共產主義；以文學為武器，參加我們的鬥爭，是我們的不可推卸的光榮職責。這就規定了：槍口只能對敵人，不能對自己。
>
> 第二，共產主義事業是廣大勞動人民自己的事業，它符合人民的最根本利益。為了實現這個偉大目標，人民需要自己的文學，幫助他們團結、進步，給他們鼓勁的文學。相反的，使他們離心離德，使他們洩勁的文學，他們就決不會批准。
>
> 第三，乾坤扭轉，時代大變，生活面貌是嶄新的，它的主流是朝著人類最美好未來前進的，任何力量也不能阻擋；這一切，為文

〔註24〕浩然，永遠歌頌〔A〕，孫大祐、梁春水，浩然研究專集〔M〕，天津：百花文藝出版社，1994：29～31。

學提供了最崇高的、最豐富的創作素材，所以，我們的文學只有歌
頌這個主流，爲其勝利開道，創作本身的道路和天地才是最寬廣，
最自由的。〔註25〕

在另一篇作文章中，浩然也表達了類似的觀點：

我們歌頌社會主義的勝利，歌頌爲奪取這一勝利而鬥爭的人民
群眾……這是我們義不容辭的光榮任務。我們要永遠堅持這個方
向……〔註26〕

如前所述，在浩然看來，寫作是革命工作的一個部分，革命需要作家寫什麼，
怎麼寫，作家就應該寫什麼，怎麼寫。既然人民需要「幫助他們團結、進步，
給他們鼓勁的文學」，那麼作家就應該朝著這個方向努力。在這樣的方向指引
下，作家就應該表現生活的「本質」——各種不良現象、工作中的失誤都是
非主流、非本質的東西，是前進過程中不可避免的挫折；新生活的本質是好
的、向上的、革命的。文學應該歌頌生活而不是暴露黑暗，並且，是歌頌還
是暴露也體現了作家對待人民、對待黨、對待革命的不同態度。

對於「歌頌」這個問題，在 40 年代初的延安就有過爭論並形成了兩派，
一派以「魯藝」爲代表，周揚爲首的主張歌頌光明，另一派以「文抗」爲代
表，以丁玲爲首的主張暴露黑暗。客觀地說，在仍屬於文人自由論爭的階段，
論辯雙方在陳述自己的觀點時，都注意到了問題的兩個方面，因而是全面的。

《在延安文藝座談會上的講話》發表之後，毛澤東一錘定音，他說：「歌
頌呢，還是暴露呢？這就是態度問題。究竟哪種態度是我們需要的？我說兩
種都需要，問題是在對什麼人。」毛澤東主張：「對於敵人，對於日本帝國主
義和一切人民的敵人，革命文藝工作者的任務是在暴露他們的殘暴和欺騙，
並指出他們必然要失敗的趨勢，鼓勵抗日軍民同心同德，堅決地打倒他們。
對於統一戰線中各種不同的同盟者，我們的態度應該是有聯合，有批評，有
各種不同的聯合，有各種不同的批評。他們的抗戰，我們是贊成的；如果有
成績，我們也是贊揚的。但是如果抗戰不積極，我們就應該批評。如果有人
要反共反人民，要一天一天走上反動的道路，那我們就要堅決反對。至於對

〔註25〕浩然，永遠歌頌〔A〕，孫大祐、梁春水，浩然研究專集〔M〕，天津：百花文
藝出版社，1994：29～31。

〔註26〕浩然，爲誰而創作〔A〕，南京師範學院中文系資料室，浩然作品研究資料〔M〕，
南京：南京師範學院中文系資料室，1974：33。

人民群眾，對人民的勞動和鬥爭，對人民的軍隊，人民的政黨，我們當然應該贊揚。」當然，「人民大眾也是有缺點的」，但這「基本上是一個教育和提高他們的問題」，「我們應該長期地耐心地教育他們，幫助他們擺脫背上的包袱，同自己的缺點錯誤作鬥爭，使他們能夠大踏步地前進。他們在鬥爭中已經改造或正在改造自己，我們的文藝應該描寫他們的這個改造過程」，而絕不是什麼「暴露人民」。作家「所寫的東西，應該是使他們團結，使他們進步，使他們同心同德，向前奮鬥，去掉落後的東西，發揚革命的東西，而決不是相反」。

從表面上看，毛澤東似乎認為歌頌與暴露同樣重要。但結合《講話》發表的具體語境來看，毛澤東實質上把論述的重點放在歌頌方面，要求作家放下知識分子的臭架子，立場堅定、旗幟鮮明地歌頌人民，歌頌新政權。這種意圖在後文中毛澤東對歌頌所做的兩點說明中表現地更為充分。首先，他指出寫缺點、寫反面人物「只能成為整個光明的陪襯，並不是所謂的一半對一半」，「蘇聯在社會主義建設時期的文學就是以寫光明為主」，因為「一半對一半」的描寫會使敵我力量顯得勢均力敵，不利於鼓舞人民的鬥志，會使工作中的缺點顯得過份突出而不利於歌頌人民。其次，他強調：「你是資產階級文藝家，你就不歌頌無產階級而歌頌資產階級；你是無產階級文藝家，你就不歌頌資產階級而歌頌無產階級和勞動人民：二者必居其一。」這樣，毛澤東實際上就建立了歌頌與暴露的兩個限制標準。一、為了表現主導的光明面，作品對人民缺點的描寫只能是局部內容，甚至是點綴。由於缺乏確定的、量化指標，即何種描寫可以算作陪襯，何種描寫因超過陪襯而應被否定，此條要求也就毫無意外地成為將描寫人民缺點誇大為暴露人民、反對人民的一條理論依據，而這最終造成了作家不敢描寫人民缺點的局面。二、將歌頌與暴露對立。毛澤東談到：「對於人民，這個人類世界歷史的創造者，為什麼不應該歌頌呢？無產階級，共產黨，新民主主義，社會主義，為什麼不應該歌頌呢？也有這樣的一種人，他們對於人民的事業並無熱情，對於無產階級及其先鋒隊的戰鬥和勝利，抱著冷眼旁觀的態度，他們所感到興趣而要不疲倦地歌頌的只有他自己，或者加上他所經營的小集團裏的幾個角色。這種小資產階級的個人主義者，當然不願意歌頌革命人民的功德，鼓舞革命人民的鬥爭勇氣和勝利信心。這樣的人不過是革命隊伍中的蠹蟲，革命人民實在不需要這樣的『歌者』」。這樣一來作家就處在了二者必選其一的境地，而為了確保

身份的合法性，作家只能採取絕對化的態度來對待極為豐富複雜的人生現象。

　　當然，浩然的情況與當時延安時期的知識分子大不相同。延安文人為了尋求身份的認同，為了表達自己誠懇地接受改造、轉變思想的決心，不得不放棄自己原有的審美追求，轉而去歌頌勞動人民；而浩然則不同，從他的成長經歷、創作經歷來看，浩然的「歌頌」情結是出於自覺的、真誠的、主動的選擇。

　　1989年，浩然在一篇創作談中這樣總結自己的創作：

　　　　從50年代中期正式發表小說，縱觀全部作品，可以看出我的一
　　個鮮明的立場和態度：凡是有利於社會主義革命和社會主義建設、
　　有利於推動時代前進的人與事，我就熱心歌頌；不利於社會主義革
　　命和社會主義建設、阻礙時代前進的人與事，我就無情暴露。這些
　　應該是我創作基調的主要特徵。〔註27〕

浩然的創作中是不是一直有「無情暴露」的因素還有待商榷，但是「凡是有利於社會主義革命和社會主義建設、有利於推動時代前進的人與事，我就熱心歌頌」絕非虛言。這一點我們可以在浩然的作品中看得很清楚。

　　浩然創作於五六十年代的短篇小說主要是歌頌「在被革命喚醒的新農村裏，受合作化的實際教育的新農村裏，人的精神面貌怎麼樣煥然一新，人與人的關係怎麼樣發生自古未有的變化」。〔註28〕

　　在浩然的筆下，既有「一個個精神飽滿、積極、勇敢而又活潑的青年男女」，也有「一些笑逐顏開、正直、純良，從舊生活和舊思想中解放出來的年老的一代」。〔註29〕從精心照料瘦紅馬的焦貴（《一匹瘦紅馬》），到不甘坐享清福的鄧老頭（《老來紅》）；從「姑娘尖兒」蘭芬（《春蠶結繭》）到敢於破除農村陋習的新媳婦兒邊慧榮（《新媳婦》）；從立志為集體果園貢獻青春的高中畢業生培紅（《蘋果要熟了》）到白手起家、自力更生辦起修配組的李竹芳（《車輪飛轉》）；從敢想敢幹、吃苦耐勞的珍珠（《珍珠》）到為集體利益而和自己親屬作鬥爭的白桂花（《監察主任》），他們每一個人都在黨的領導下，用自己

〔註27〕浩然，我的一個進步〔A〕，浩然，泥土巢寫作散論〔M〕，開封：河南大學出
　　　　版社，1997：64。
〔註28〕葉聖陶，新農村的新面貌〔A〕，孫大祐、梁春水，浩然研究專集〔M〕，天津：
　　　　百花文藝出版社，1994：330。
〔註29〕巴人，略談《喜鵲登枝》及其他〔A〕，孫大祐、梁春水，浩然研究專集〔M〕，
　　　　天津：百花文藝出版社，1994：339。

的雙手改變著農村一窮二白的面貌。他們的身上都閃現著明朗淳淨、健康向上的性格特點，作者通過他們歌頌了朝氣蓬勃、奮發圖強的時代風貌。

在《豔陽天》和《金光大道》這兩部關於農業合作化的作品中，通過塑造蕭長春、高大泉兩個英雄人物形象，通過描述兩條路線的鬥爭，作者歌頌了剛剛建立的這個新社會，「讓人們知道要走這條道路，才能通向眞正的幸福。讓那些覺悟的人更覺悟，讓那些沒有覺悟的人覺悟起來」。〔註30〕

新時期的浩然依然把歌頌作爲自己創作的主調。例如，短篇小說《道口》講述了護林員老兩口抓自行車盜竊犯的故事，歌頌了他們自覺維護社會秩序的責任感。《青春的腳步》中的鄧遠峰，十七歲就投身革命；退休後，又放棄城市舒適的生活，自願到邊遠山區主持開山引水的工作。通過他的事跡，作家歌頌了革命戰士永葆青春的高尚情操。

在後來的作品中，如《山水情》、《老人和樹》、《浮雲》這三部「再現歷史失誤內容的長篇和中篇」中，浩然一方面「藝術地反映時代教訓，讓人們警覺，不再重蹈覆轍」，另一方面卻把更多的筆墨用在了「歌頌先進的、正確的、可敬愛和可同情的人物身上」。《山水情》中「心正、路正」的羅小山、康秀雲和萬耕田，《老人和樹》中的褚大、褚得樹，《浮雲》中的老支書程廣都是作者熱情謳歌和贊美的對象。到了《姑娘大了要出嫁》、《能人楚世傑》、《火車上》、《誤會》等「抨擊時弊」的中短篇小說，作者的創作動機就是通過作品中的主要人物歌頌「農民群眾的優良品行和鬥爭精神」，「起點扶正壓邪的作用」。〔註31〕

浩然對那些勤勞樸實、眞誠善良的農民的贊美和歌頌不僅僅通過對人物的刻畫表達出來，有時甚至通過作品中的人物之口獲得了直接的表達。《晚霞在燃燒》中的老隊長丁福是一個在政治上機敏睿智，在工作中忘我犧牲，對他人厚道，對愛人忠誠的至善至美的形象。他「樂意爲別人好受活著」，不僅對自己的意中人無限忠誠，而且對自己妻子對別人的愛情、自己意中人對別人的親情和人情都表現出極大地理解和支持。作者內心對這一類農民形象的喜愛和贊美通過故事的敍述者「我」之口被表達到了極致：「我想對老隊長振

〔註30〕嘉陵，我看《艷陽天》〔A〕，孫大祐、梁春水，浩然研究專集〔M〕，天津：
　　　　百花文藝出版社，1994：506。

〔註31〕浩然，《浩然選集》自序〔A〕，孫大祐、梁春水，浩然研究專集〔M〕，天津：
　　　　百花文藝出版社，1994：50。

臂高呼：『農民萬歲！』……事過幾年，我不僅冷靜了，也比較的成熟了。但是，我依然十二分地崇敬著在戰爭中拼過命，在建設中出過力，在我們黨的工作失誤中蒙受災難的顛簸，但毫無怨言，毫不減銳氣和信心地繼續跟著共產黨往前走的農民！我還得說一句可能不恰當的詞兒：跟一些『聰明』人比起來，淳樸、勤勞而又善良的農民們，實在太偉大了！」〔註32〕

　　《蒼生》無疑是浩然在新時期最重要的作品之一。這部長篇小說的情節以田成業老漢一家的生活為主線展開。田家的老二保根顯然是作者鍾愛的人物之一。他從傳統的觀念中走來，又在同傳統的觀念決鬥；他不願按照父輩的生活模式安排自己的命運，一直試圖闖出一條新路來。他說：「走慣了老道的腿，要是不生住法兒，把它們給攔擋住，那可慘囉！我爸爸倒楣，我哥哥倒楣，你倒楣，我更是那場重演悲劇的主角，那個受苦受難的犧牲品。」「天底下是空的，能走的路不是一條。我相信今天再不是昨天了！我們也不是從前的我們了！」這個具有反叛和冒險精神的年輕農民被評論界認為是「十一屆三中全會之後經濟改革這一革命浪潮中湧現出來的典型形象」。〔註33〕在保根身上，寄託著浩然對新一代農民的衷心祝願，也寄託著浩然對改革開放初期農村湧現出來的新人的理解和珍惜。浩然顯然是懷著一種長者的喜悅，來描繪這個正直、熱心、嫉惡如仇，「滿肚子鬼花招兒」的年輕人的。

　　與保根形成鮮明對比的田大媽、田留根所代表的舊式農民，雖然他們的生活方式和思維方式都落後於時代，身上還有呆板、虛榮等這樣那樣的小缺點，但是他們仍然獲得了作者的理解和道德上的認可。尤其是田大媽的形象可以說是這部作品中最富有光彩的藝術創造，她是作者批判也同時贊美的形象。她曾是「好社員」，「解放以來的農村積極分子」。不論是入合作社，還是參加穆桂英突擊隊，她都起到了帶頭作用，在農村婦女中也是出類拔萃的。她善良、富有同情心；勤勞本分而又精明決斷，堪稱田家的「靈魂人物」。但是她又是那樣的虛榮，那樣的愛面子，「就要個好名聲」。她可以熱心地幫助受姦污並懷孕的黃小雲打胎，但她斷然拒絕兒子與黃的結合——她心裏無法承受一個二婚的女人做兒媳。她一樣反對兒子到紅旗大隊做上門女婿，因為這同樣是對其光彩門面的折殺。

〔註32〕浩然，晚霞在燃燒〔M〕，鄭州：中原農民出版社，1985：169～170。
〔註33〕劉白羽，大地的心聲——讀藝日記一則（讀《蒼生》）〔A〕，孫大祐、梁春水，浩然研究專集〔M〕，天津：百花文藝出版社，1994：581。

在《講話》中，毛澤東指出，「人民也有缺點的。無產階級中還有許多人保留著小資產階級的思想，農民和城市小資產階級都有落後的思想，這些就是他們在鬥爭中的負擔。」他繼而指出，「只要不是堅持錯誤的人，我們就不應該只看到片面就去錯誤地譏笑他們，甚至敵視他們。」浩然並不是否認農民有缺點，他承認：「從整體上看，大多數農民仍是比較遲鈍的……農民安於貧安於苦，習慣了順從，習慣了別人，特別是上頭的號召。」〔註34〕但是他不同意那種從根本上否定農民，把農民作為諷刺挖苦對象的做法。田大媽、田留根的身上凝結著幾千年來中國農民傳統的生活模式和陳舊的觀念，浩然會責備他們，甚至是痛斥他們，但這並不妨礙他對這類傳統農民所具有的傳統美德的深情贊美。

第三節 「寫農民，給農民寫」

「我個人的經驗與教訓時時警告我：每走一步，都不要忘記『文藝為什麼人』這個根本問題。」〔註35〕

《在延安文藝座談會上的講話》中，毛澤東明確指出文藝工作的對象是工農兵及其幹部。為了更好地為他們服務，「中國的革命的文學家藝術家，有出息的文學家藝術家，必須到群眾中去，必須長期地無條件地全心全意地到工農兵群眾中去，到火熱的鬥爭中去，到唯一的最廣大最豐富的源泉中去，觀察、體驗、研究、分析一切人，一切階級，一切群眾，一切生動的生活形式和鬥爭形式，一切文學和藝術的原始材料，然後才有可能進入創作過程。」毛澤東在《新民主主義論》中也指出：「中國實質上是農民革命……大眾文化，實際上就是提高農民文化」。

浩然文學觀的另一個內容是「寫農民，給農民寫」。作為「農民的子孫」，浩然一生都堅持著這個創作宗旨。他曾多次談到：自己是農民出身，「當過小莊稼院的主人，也當過村、區的基層幹部；祖祖輩輩是土裏刨食的農民，好多親戚仍生活在農村，農民同我保持著天然的密切關係；我是在農民幫助和教養下成長起來的作家，至今仍吃著農民打的糧食和種植的水果蔬菜，也還

〔註34〕孫達祐，浩然對毛澤東《講話》思想的實踐〔A〕，孫大祐、梁春水，浩然研究專集〔M〕，天津：百花文藝出版社，1994：325。

〔註35〕浩然，永遠追隨這面光輝旗幟〔A〕，浩然，泥土巢寫作散論〔M〕，開封：河南大學出版社，1997：101。

要不斷地從農民身上和生活中吸取創作素材……寫農民、給農民寫是我自覺自願挑起的擔子……我要把這付擔子挑到走不動、爬不動、再也拿不起筆時為止」。﹝註36﹞浩然也常常對向他求教的年輕寫作者說:「我是農民作家,我有責任寫農民……我熟悉農民,我本人是農民的兒子,我懂他們,他們那麼多人也需要我這樣的農民作家,寫他們才是我的本份」。﹝註37﹞

　　從17歲開始提筆創作,到他去世,浩然寫了近千萬字的作品,絕大多數都寫的是農村生活,他寫農民以及與農民血肉相連的農村幹部、農村教師、農村商業工作者,並且這些作品的閱讀對象也都以農民為主。新時期以來,當許多農村作家開始轉型寫作其他題材的作品時,浩然也曾經迷茫失落過,但最終他還是堅持農村題材的創作,因為他堅信,「完全拋開了本民族的文學傳統,那就不成其為中國的文學藝術了;徹底地撇開作家已經形成的個性特點,那就等於沒有了自己。」﹝註38﹞在新時期的創作中,浩然的價值判斷標準與以前有所不同,但是他的創作依然沒有脫離最初所確立的藝術方向和美學風格,他的目光仍停留在農民身上:《山水情》、《浮雲》、《老人和樹》、《能人楚世傑》、《傻丫頭》、《姑娘大了要出嫁》、《趙百萬的人生片斷》、《機靈鬼》、《蒼生》等作品,篇篇都是寫農村,寫農民,篇篇「土味兒」十足。

　　對浩然來說,農村和農民就是他的根,他的本。如果忘了本,傷了根,就意味著藝術生命的枯竭。為了「不忘本,不傷根」,浩然在生活上始終保持著與農民和土地的親近。他不僅在創作初期常常利用休息時間到北京郊區他所熟悉的村子裏參加集體勞動,體驗生活,即使在成為專業作家聲名顯赫以後,他大部分時間也都住在農村和農民家中,極少在北京城裏生活。他所寫的內容大多都是在農村的炕頭上、地頭上和趕集的路上看到、聽到的。對他來說,最高的評價不是來自於少數權威,而是來自於農民,因為「農民才是農村生活的主人」,「來自農民的掌聲,最增我信心,最鼓我勁頭」。﹝註39﹞尤其是新時期以來,浩然以「甘於寂寞,安於貧困,深入農村,埋頭苦寫」為

﹝註36﹞ 浩然,寫農民,給農民寫〔A〕,孫大祐、梁春水,浩然研究專集〔M〕,天津:百花文藝出版社,1994:26~28。

﹝註37﹞ 炎哥,我心目中的浩然〔J〕,中國人才,1995,39(12):38~39。

﹝註38﹞ 浩然,《浩然選集》自序〔A〕,孫大祐、梁春水,浩然研究專集〔M〕,天津:百花文藝出版社,1994:51。

﹝註39﹞ 浩然,寫農民,給農民寫〔A〕,孫大祐、梁春水,浩然研究專集〔M〕,天津:百花文藝出版社,1994:27。

座右銘，抱著「深入一輩子農村，寫一輩子農民」的決心，每年的大部分時間都住在北京郊區——通州、延慶、密雲或者縣城小鎮，一面養病，一面跟他的農民朋友們一起「反省過去，思考未來」。相比之下，當下的許多農村題材作家普遍沒有自己創作的「生活基地」，只能夠借助幾次有限而可憐的「回鄉探親」，或是對某些歷史的「道聽途說」才能維持「鄉村小說」的藝術創作。從這個角度來說，浩然是值得尊敬的。

浩然一直都很重視對業餘作者的扶植。1990 年在出任《北京文學》主編一職後，他更加重視業餘作者的創作，特別是那些反映農村生活的業餘作者。比如在 1990 年九月號的《北京文學》上，「一下子就集中發表了京郊平谷縣業餘作者陳紹謙的二十五篇小說，近三萬字。一下子發一位業餘作者的這麼多作品，在《北京文學》的歷史上是空前的」。﹝註40﹞在可能的情況下，浩然都親自爲作者審稿，改稿，親自寫退稿信。這樣做，只是因爲深知業餘作者的心理，因爲他自己當年到處投稿的時候，最害怕的就是這樣的退稿信；因而不在萬不得已的情況下，他都要自己看稿件，自己回信，詳細地寫上自己對稿件的看法和意見。

晚年的浩然捨棄北京安逸舒適的生活，定居京東三河縣（現爲河北省三河市），致力於培養農村文學青年的「文藝綠化工程」。浩然籌建了縣文聯，並親自出任主席。浩然這樣解釋自己挑頭成立縣文聯的動機：「農村需要文學藝術，農民需要自己的文學家和藝術家」。然而，一方面「近些年，文學藝術卻在有意無意中疏遠了農村」；另一方面，一些報刊出版社「對待工農業餘作者和工農中間的文學青年極度冷漠」。爲了改變這種現狀，浩然決定在自己的家鄉「匆匆忙忙地先插上一塊牌子，設立一個接待農村專業和業餘文學藝術工作者的攤攤。這塊牌子上寫著『毛澤東文藝思想陣地』。這個攤攤以鼓動、推進農村的社會主義物質文明和精神文明建設爲目的，以寫農村眞事情、說農民心裏話爲宗旨，以團結一切堅持四項基本原則的文藝工作者、調動一切有利於農村社會主義文藝繁榮的積極力量和千方百計培養、扶植文藝新人爲任務」。﹝註41﹞

在《泥土巢寫作散論》中，收錄了一封浩然寫給北京市文聯的信。信中有這樣一段話：

﹝註40﹞鳳翔，當了主編後的浩然﹝J﹞，新聞與寫作，1991，（06）：23。
﹝註41﹞浩然，我眷戀農村這個天地﹝A﹞，浩然，泥土巢寫作散論﹝M﹞，開封：河南大學出版社，1997：114～116。

　　　　縣文聯建攤工作正在進行，業務還未開展……在這個時候出去
　　　訪問，實在不能『心安理得』，雖然只有兩週時間，但加上行前置裝、
　　　歸來總結等事項，起碼得開支出兩個月時間，這兩個月，很可能把
　　　縣文聯那個『趁熱打鐵』的熱氣放涼而錯過良機。出訪還是不出訪，
　　　兩者利弊權衡，出訪在很大程度上只有我個人得到好處和滿足，而
　　　不出訪受益的將是千百個無名的文藝作者，特別是其中「嗷嗷待哺」
　　　的幼雛，他們有可能成為文藝隊伍中有出息的人才，實在不該耽誤
　　　他們。所以我覺得還是放棄這次機會上算……〔註42〕

當時正是河北省三河縣文聯籌建期間，為了開闢一塊農村文藝綠化的基地，
浩然放棄了了中國作家協會邀請他參加中國作家代表團出訪意大利的機會。
他拒絕的理由樸實無華，卻真切感人。

　　1991年浩然又創辦了旨在「讓蒼生寫，給蒼生看，抒蒼生情，立蒼生傳」
的文學季刊《蒼生文學》。這是迄今為止最早的一本農民文學雜誌，在這本雜
誌上發表過文章的農民業餘作家數以千計。在浩然的努力下，短短六七年時
間，三河縣便形成了一條波及周邊和全國各地的「文化綠地」輻射鏈，產生
了一大批業餘作家。他還為順義的業餘作者主編了一套「文藝綠化」叢書，
為三河和濰坊的業餘作者出版了《三河泥土文學叢書》和《濰坊文學叢書》。
浩然去世前還有許多未完成的設想：想為農村作者成立一個文學院，把各區
縣一些能寫的作者集中在一起，提高創作水平；要在山東建立一個中國農民
作家的藏書館等等。〔註43〕

　　浩然說：「要使文學事業在農村生根開花、不老不死、青春永駐，就必須
有新的、年輕一代的文學愛好者一個接一個、一批接一批、一代接一代地降
生、長起。這才是我們這代人所思考的至關重要的大問題！」「三河沒有出過
作家，但我知道，這裡有苗子，缺的是引導和機會。回想我自己初學寫作時，
也是悶頭亂撞找不到門路。《北京文藝》、作家出版社、巴人、蕭也牧的指導
和幫助使我認識了文學的規律和自己努力的方向。這些我也要提供給三河熱
愛文學的年輕人！我希望通過自己的努力幫助那些需要幫助的人們。」〔註44〕

〔註42〕浩然，給北京作家協會的信〔A〕，浩然，泥土巢寫作散論〔M〕，開封：河南
　　　　大學出版社，1997：118。
〔註43〕星竹，浩然，一把做人的尺子〔J〕，北京文學，2008，（05）：96～99。
〔註44〕浩然口述，鄭實採寫，浩然口述自傳〔M〕，天津：天津人民出版社，2008：
　　　　299～300。

浩然扶植、培育業餘作者的原因只是因爲他自己也是業餘作者出身，曾經得到過巴人、蕭也牧等人的幫助，他希望通過自己的努力去幫助那些同樣熱愛文學的年輕人。這種想法很單純也充滿了理想化的色彩，卻不能不令人感佩。

　　浩然「寫農民，給農民寫」的信條也是對文藝「大眾化」要求的身體力行。從文學史的脈絡來看，新文化運動以來，文藝的「大眾化」問題一直受到持續不斷地關注與討論。早在「五四」新文化運動中，魯迅等人就提出了「文藝大眾化」的主張；毛澤東更是把建設「民族的、科學的、大眾的文化」作爲新民主主義文化的發展方向。文藝大眾化在 1942 年延安文藝座談會以後的抗日民主根據地才開始得到眞正意義上的實現。在 40 年代的解放區，趙樹理取材於農村現實生活的小說，由於針對性強，語言明快、自然、流暢，爲一般老百姓所喜聞樂見，確實起到了「大眾化」的效果。但是「大眾化」得以進一步展開的前提是作爲歷史主體的大眾不僅要成爲作品的主角，而且要成爲創作的主體。正是在這個意義上，浩然「寫農民，爲農民寫」的文學觀念便具有了重要的意義。浩然通過「農民寫，寫農民，給農民看」眞正實現了文藝的「大眾化」所追求的目標：大眾寫，寫大眾，給大眾看。正如有研究者指出的那樣：「這是作家身份、作品主人公、隱含讀者等各個層面的統一，也是文藝「爲什麼人」問題的最佳解決方式。」〔註45〕

第四節　虔誠的信念

　　浩然在《永恒的信念》一文中說道：「我對《講話》眞誠的信念來源於生活實踐和藝術實踐：在《講話》精神指導下長期不懈的生活實踐和藝術實踐裏坐胎、孕育；在這樣實踐的成功與失敗的反覆撞擊、顛簸過程中得以形成和堅定。」〔註46〕

　　從浩然的成長經歷和創作過程來看，他對於《講話》，對於毛澤東文藝思想路線的眞誠追隨和忠實奉行，都在情理之中。

　　在《浩然口述自傳》中，我們可以清楚地看到浩然從一個只上過三年半小學的農民孩子成長爲著名作家的軌跡。1932 年 3 月 25 日，「一個黑咕隆咚

〔註45〕李雲雷，《蒼生》與當代中國農村敍事轉折〔J〕，文學評論，2006，（03）：72
　　　　～78。
〔註46〕浩然，永恒的信念〔A〕，浩然，泥土巢寫作散論〔M〕，開封：河南大學出版
　　　　社，1997：94。

的半夜」，浩然出生在位於河北開灤趙各莊煤礦靠近大糞場的一間低矮破舊的窩棚裏。他的父母，從保守的觀點看，都不屬於老實巴交的莊稼人。他的父親原是冀中寶坻縣的一個農民，家中有「一個大院兩間房屋和二十畝土地」，而且還是個「模樣不醜，身體不孬，性格爽直活潑的漢子」，如果願意，完全過得上「耕者有其田」、「老婆孩子熱炕頭」的生活。然而，他的骨子裏有一種不安分的因素：「不識幾個字兒，卻自發地和京裏衛裏的一些新派思想遙相呼應，特別好追『時興』。在剛和浩然的母親結婚的頭兩年，倒也過了兩年溫馨甜蜜的日子。可是在「一場大水過後」，他「不安於守著妻子苦熬歲月」，終於撇下妻兒老小，「偷偷地離家外出了」。

而浩然的母親在還是個大姑娘的時候，爲追逐一個在京念書，有著「善良心腸、好性子、有學問的」「洋學生」竟然隻身一人逃婚到百里以外舉目無親的陌生地方，結果卻發現那位「洋學生」被誣爲革命黨殺了頭！一位梁姓看門人收留了這個可憐的女人，在他的安排下，三天後就和他的侄子成了親，做了塡房。這位「侄子」，就是浩然的父親。

浩然的父親出走後，他的母親挺著七個月的身孕，背著浩然兩歲的姐姐，「跨過了玉田、豐潤的縣界」，經過三天半的辛苦奔波，終於在趙各莊煤礦找到了父親。這就是浩然之所以出生在煤礦的原因。他的父親後來做過買賣、被土匪綁過票，也曾整日出入賭局和酒樓，最終因跟一個叫如意的年輕女子私通，於同床共枕之際被情敵們聯手活活打死，走完其一定意義上頗不尋常的一生，當時浩然剛剛九歲。

父親死後，浩然的母親在煤礦堅持到他讀完第六冊書，後來走投無路，只好投奔了王吉素村浩然的老舅。在這裡，浩然的母親曾經偷偷置辦了房子、土地、果園，託她最小的弟弟看管。到了王吉素村不久，浩然的母親得了一種叫做「鼠瘡」的病，很快亡故，浩然姐弟變成了孤兒，這時他才十二歲。

母親死後，浩然也被迫輟學。而他的舅舅欺負浩然姐弟倆年幼，企圖侵吞浩然母親給他們置辦的家產。在鄰居宋德順的幫助下，找到解放區政府的工作人員，打贏了官司，和舅舅分了家，開始頂門立戶當了一家之主。這一年，浩然只有十四歲。

和舅舅分家這件事同浩然之前備嘗艱辛的生活形成了鮮明的對比，並對他以後的人生道路產生了深遠的影響。當解放區政府給他伸了冤，昭了雪，把「被顛倒了的事兒又顛倒了過來」，浩然握著區裏同志黎明的手，說：「你

是我們的救星！你是我們的恩人！」黎明告訴他：「救星是毛主席，恩人是共產黨。你應該感謝毛主席，感謝共產黨。」這樣的話，今天的許多人都曾經聽過，浩然也不例外，但是這一次他真正地從內心對共產黨和毛澤東生出了感激和崇敬之情。

在黎明的動員下，浩然加入了革命隊伍，成為了一個搞革命的莊稼人。他後來這樣介紹自己進入革命陣營時的心理：「我想起《水滸全傳》裏那夥殺富濟貧、替天行道的梁山好漢。我認識到，共產黨、解放區政府的人，都跟梁山泊的好漢一樣，跟他們入夥搭幫，不僅沒有錯，還是頂光彩的事兒」。〔註47〕接下來浩然當了村裏的兒童團長、村糧秣委員，參加過擴軍、徵糧，還受到過土改的衝擊。十六歲的時候，浩然成了薊縣王吉素村的第一名共產黨員。天津解放後不久，浩然到地委黨校參加學習，之後調離農村，成了脫產幹部。

在黨校學習期間，浩然第一次接觸到《社會發展簡史》、《政治經濟學》、《大眾哲學》、蘇聯集體農莊等概念，也就是在那個時候，他完成了從農民到革命者的轉變。他這樣講到：

> 信仰和世界觀的形成……對我來說是極為簡單而迅速的……就那麼一閃念，便冒出了芽兒，紮下了根子，一直到年逾古稀都在長，都在長。這期間，儘管有過動盪與波折，我也不敢說已經長成了大樹，但是，想要把它連根拔掉，那就絕對辦不到。〔註48〕

黨校學習結束後，浩然到薊縣地委組織部報到，接受的第一個任務就是編一齣小戲祝賀開國大典，浩然親自演出，獲得了成功，爭得了榮譽。隨後，浩然應青年團省委的要求，開始給《河北青年報》寫稿子。這時浩然又聽說了「趙樹理」的名字，趙樹理的成功經驗激發了浩然更大的寫作熱情。他模仿《新兒女英雄傳》，迅速寫出一個記錄革命英雄故事的小說稿子《盤山英烈傳》，卻很快得到了河北青年報編輯部的退稿答覆：

> 這篇小說稿的缺點和毛病很多。它沒有人物形象，也沒有故事情節，只是一些戰鬥事件的抽象羅列，而且字跡寫的潦草，錯別字也不少。提兩條建議……第一，先提高自己的文化知識，包括掌握

〔註47〕浩然口述，鄭實採寫，浩然口述自傳〔M〕，天津：天津人民出版社，2008：114。
〔註48〕同註47，125。

規範的文字，學會使用標點符號；第二，同時多寫多練，從寫自己
瞭解和熟悉的眞人眞事的小消息、小通訊、小故事和小詩歌開始，
有了生活積累，再寫文藝作品，不要貪大貪高急於求成。〔註49〕

　　此後，浩然正是遵照這些意見，參加了幹部業餘學校補習文學知識和文
化知識，從《語法基本知識》和《語文課本》開始，一直學完了中學課本。
1950 年，在寫了「一百多篇廢品後」，浩然終於在《河北青年報》發表第一篇
稿子《姐姐進步了》。這是浩然第一篇見諸報端的文字作品。

　　1952 年，浩然被調到河北省團校學習。這期間他向有經驗的同志請教寫
作經驗，自學巴人的《文學初步》、陸侃如、馮沅君編的《中國文學史》和蘇
聯季莫費耶夫寫的《文學原理》，也是在這個時候他第一次讀到了《講話》。

　　1953 年，浩然奉調通縣地委黨校任教育幹事，然後參加了農村貫徹統購
統銷政策和農業合作化的工作。1954 年寫了《兩千塊新磚》和《探望》兩篇
反映農村新生活的文章，在《河北日報》副刊發表，被破格選拔到《河北日
報》當了新聞記者，正式從事文字工作。記者的採訪工作一方面使浩然開闊
了視野，在更大範圍內認識到農業合作化時期中國農村的現狀和變化，另一
方面也積累了文學創作的素材，積聚了反映這種生活的文學衝動。浩然回憶
當時的生活時說：「稿子接連退回，新作不斷寄出。不但如此，我還在保定後
衛街六號那間又黑暗又潮濕的小屋子裏，開始了我醞釀已久的浩瀚工程，即
在十四五年後動筆重寫的大部頭長篇小說《金光大道》的『原始』稿子，在
那裏，守著沉睡的妻兒，借著小油燈的光亮，我趴在小桌子上，滿懷豪情地
給農村『寫史』，給農民『立傳』了！」〔註50〕

　　1956 年 8 月，浩然寫就《喜鵲登枝》並在《北京文藝》十一月號發表，
隨後在蕭也牧的幫助和指導下「集中精力」「攻起短篇」，1958 年出版了第一
部短篇小說集《喜鵲登枝》。1959 年國慶節來臨之際，在郭小川的介紹下他加
入了中國作家協會。1962 年 12 月浩然脫離本職工作開始動筆寫第一部長篇小
說《豔陽天》，1964 年 10 月《豔陽天》第一卷出版，浩然也正式調到北京市
文聯搞專業創作。至此，浩然由政治工作者轉變爲專業作家。

　　通過對浩然成長和創作軌跡的追尋，我們可以發現以下幾點：

〔註49〕浩然口述，鄭實採寫，浩然口述自傳〔M〕，天津：天津人民出版社，2008：
　　　　133。
〔註50〕同註49。

首先，浩然對毛澤東、對共產黨的忠誠感情是眞摯的，不容懷疑的。在他和姐姐走投無路的時候，是共產黨的政府爲他伸冤昭雪，讓他得以安身立命；參加了革命後又是黨給他這樣的年輕人創造了「一個充滿陽光，適於發育的土壤」，給了他「最優厚的生長條件」。〔註 51〕沒有共產黨，就沒有新中國；沒有毛澤東的文藝思想，就沒有作家浩然，這是他一生認同的邏輯。

> 只因爲有了毛澤東文藝思想，一群從半封建半殖民地舊中國走過來的、曾經被剝奪了上學讀書權利的工農後代，才能夠不僅拿起筆來寫自己的生活，說自己想說的話，而且成名成家了——光憑這一點，我們就感恩戴德，同時，更加堅定了對毛澤東文藝思想的信仰與擁護。〔註 52〕

> 沒有《講話》這個指南針，如我這樣的農家子弟，不可能樹起文學理想；就算做起文學的夢，也只能是一場夢而已，不可能達到成功的目的，不可能邁進文學的大門。〔註 53〕

正因爲如此，浩然才能夠迅速地接受共產黨的各種政治觀念，衷心支持共產黨開展的各種運動；也正因爲如此，浩然才能夠一生對毛澤東的文藝思想忠誠踐行，矢志不渝。

第二，浩然對於文學的理解和作家身份的定位與他早年的經歷有關。浩然參加革命的時候年僅 14 歲，這個年齡的孩子，頭腦基本處於懵懂狀態，他可能會有是非判斷，卻不會有批判意識，也不可能對革命道路有全方位的考慮，更不可能對他即將從事的革命文學有超越時代的歷史眼光。從 14 歲參加革命到 27 歲成爲作協會員，浩然一方面從事著瑣細的基層政治工作，另一方面在黨的領導下受命寫作，文學創作實際是他政治工作的一個部分，當然這種寫作方式被浩然堅持了大半生。在以寫作的方式記錄和傳播這個時代的聲音的時候，浩然的心中必然充滿了自豪感和主人翁意識，讓他在這個過程中反思他的人生經驗、創作理念也必然是十分困難的。

第三，也是最重要的一點，他不會對毛澤東的文藝思想有任何質疑的一

〔註51〕浩然，在溫暖的大家庭裏生長〔A〕，南京師範學院中文系資料室，浩然作品研究資料〔M〕，南京：南京師範學院中文系資料室，1974：47。

〔註52〕浩然，永遠追隨這面光輝旗幟〔A〕，浩然，泥土巢寫作散論〔M〕，開封：河南大學出版社，1997：99～100。

〔註53〕浩然，藝術航船的指南針〔A〕，浩然，泥土巢寫作散論〔M〕，開封：河南大學出版社，1997：208。

個重要原因是，反觀他的成功之路，正是由於追隨了毛澤東的文藝思想，他才獲得了巨大的榮譽。正如他自己所說：「我努力地照《講話》精神爲人爲文，學懂一點，就實踐一點，不斷地取得一些進步。」〔註54〕

　　自1956年發表第一篇短篇小說，到《豔陽天》的寫作之前，浩然寫了將近一百個短篇，出版了包括《喜鵲登枝》、《蘋果要熟了》、《一匹瘦紅馬》、《月照東牆》、《新春曲》、《夏青苗求師》、《蜜月》、《珍珠》等在內的十多個短篇小說集。從數量上說，不算少，浩然也已經坐穩了「作家」這把椅子，但是他的問題是，創作沒有任何變化，沒有重大突破，沒有深入開掘的跡象：幾乎全部作品都是新農村的新人新事。1962年，浩然介紹自己的創作狀態時說：

　　　　這兩年來，我不再滿足寫一些只是『有生活氣息』的作品了……我要不斷開闢新的路途，從而使作品寫得深些、高些、藝術一些。……可是越寫越難，越寫越苦……我佔有了塑造某種形象的材料，我用自己的政治標準去分析它、認識它，我的心裏似乎是明確的；可是『心有餘而力不足』，總是心到筆不到，我筆下的形象同我認識和理想的形象，總是有一個很不短的距離。這到底是個什麼問題呢？〔註55〕

　　就在他百思不得其解的時候，1962年黨的八屆十中全會召開，毛澤東在講話中大力倡導「以階級鬥爭爲綱」和「無產階級專政下繼續革命」的理論，並發出了「永遠不要忘記階級鬥爭」的號召。如果說1952年《講話》第一次在浩然白紙一樣的心靈上寫入了有關文藝的系統理論知識，那麼八屆十中全會關於階級鬥爭的理論繼《講話》之後第二次在精神上指引了浩然，在浩然創作短篇小說六年並爲陷入創作瓶頸深感苦悶之時給他指出了一條金光大道，他如同醍醐灌頂，豁然開朗。他終於認識到，自己的作品之所以不能在原有的水平上提高一步，關鍵在於「沒有用階級和階級鬥爭的觀點觀察生活、認識世界，沒有把所描寫的英雄人物放到階級鬥爭中去表現。所以儘管承認生活是源泉，卻沒有反映出生活中最本質和主流的東西」。〔註56〕於是，

〔註54〕浩然，藝術航船的指南針〔A〕，浩然，泥土巢寫作散論〔M〕，開封：河南大學出版社，1997：208。

〔註55〕浩然，我是怎樣學習寫小說的〔A〕，南京師範學院中文系資料室，浩然作品研究資料〔M〕，南京：南京師範學院中文系資料室，1974：52。

〔註56〕浩然，幸福的生活和寫作〔A〕，南京師範學院中文系資料室，浩然作品研究資料〔M〕，南京：南京師範學院中文系資料室，1974：42。

浩然「認眞地學習了 1957 年前後黨所發表的有關階級鬥爭的理論文件，同時用階級觀點來觀察生活，認識世界……比較順利地完成了這部一百二十多萬字的長篇小說（《豔陽天》）……相對地講，這部小說抓住了生活的一些本質和主流的東西，使自己對生活的深入進了一步，在創作的道路上前進了一步」。〔註57〕

　　浩然的創作實踐證明，毛澤東關於「階級鬥爭」的理論給了浩然有力的支撐，使他的思想有了落腳點，給他帶來了「觀察生活、認識世界」方法上的突破，他才創作出了「反映生活最本質和主流」的作品。隨後的文藝批評也證明，浩然所遵循的這條創作途徑把他推向了一個新的高度，使他終於成爲擁有了億萬讀者的著名作家。

　　《豔陽天》首次刊載於《收穫》1964 年第一期，第一卷於同年 9 月由作家出版社發行。作品問世之後，批評界給予了眾口一詞的充分肯定，在人物塑造、故事結構、主題呈現各方面都大加贊賞。有論者統計，「從 1965 年 1月號《北京文藝》發表的王主玉寫的《評長篇小說〈豔陽天〉》開始，到 1976年第 4 期香港《七十年代》雜誌發表的嘉陵寫的《我看〈豔陽天〉》爲止，各地報刊發表了 130 多篇贊美這部作品的文章。」〔註58〕

　　浩然曾多次感歎：「如果沒有毛主席革命文藝路線的光輝照耀，像我這樣一個農民的孩子，做夢也不會想到寫文章、著書啊！」〔註59〕。作爲一個只斷斷續續上過三年半小學的農民作家，浩然不僅能夠從事小說創作，而且最終成爲擁有廣大讀者的著名作家，他對《講話》、對階級和階級鬥爭的觀點，其服膺奉行，都是發自肺腑的，並非某種場合下的政治作秀。他眞誠地感到它們打開了自己心靈之窗，讓他以新的視角觀察生活、認識世界，同時也提供了突破創作瓶頸、更上層樓的精神原動力。體會一下他的實際，他對毛澤東文藝思想的忠貞不渝完全在情理之中。

〔註57〕浩然，爲誰而創作〔A〕，南京師範學院中文系資料室，浩然作品研究資料〔M〕，
　　　　南京：南京師範學院中文系資料室，1974：35。
〔註58〕趙潤明，浩然應該不後悔〔J〕，名家，1999（06）：42～49。
〔註59〕浩然，幸福的生活和寫作〔A〕，南京師範學院中文系資料室，浩然作品研究
　　　　資料〔M〕，南京：南京師範學院中文系資料室，1974：40。

第二章 階級鬥爭的文學詮釋
——以《豔陽天》和《金光大道》為例

　　「誰是我們的朋友？誰是我們的敵人？這個問題是革命的首要問題。」
這是毛澤東《中國社會各階級的分析》中的第一句話。在這篇文章中，毛澤
東以「階級」這一現代性概念對中國社會進行了細緻入微的分析，並把處於
自然狀態的社會組織按照「我們」和「他們」、「朋友」和「敵人」進行了明
確的劃分。二十世紀中國的一個重要歷史任務就是要組織和建立起一個現代
民族國家，而階級話語的運用則是「組成一個現代民族國家的基本條件」。
〔註1〕在毛澤東看來，階級的觀念是萬能的，階級鬥爭是社會生活的本質，是
人類社會中無處不在的支配力量。即使在新政權建立之後，毛澤東仍然認為
無產階級和資產階級、社會主義道路和資本主義道路之間的矛盾，仍是社會
的主要矛盾。1957年，在《關於正確處理人民內部矛盾的問題》一文中，毛
澤東指出，在我國，雖然社會主義改造已經基本完成，但是，階級鬥爭並沒
有結束，「無產階級和資產階級之間在意識形態方面的階級鬥爭，還是長期
的、曲折的，有時甚至是很激烈的」。1962年在黨的八屆十中全會上，他進一
步指出，在整個社會主義社會，始終存在無產階級和資產階級之間的鬥爭，
存在社會主義和資本主義兩條路線的鬥爭。階級鬥爭和資本主義復辟的危險
性，「必須年年講、月月講」。1963年2月的中央工作會議上，他在總結湖南、

〔註1〕李揚，抗爭宿命之路──「社會主義現實主義」（1942～1976）研究〔M〕，長
　　　春：時代文藝出版 1993：38。

河北等地的社會主義教育運動經驗時，提出「階級鬥爭，一抓就靈」，並向全黨發出了「千萬不要忘記階級鬥爭」的號召。可以說，自 1957 年之後，全黨全國的各項工作從根本指導思想上來說都是以「階級鬥爭爲綱」，並成爲後來「無產階級專政下繼續革命」理論的核心內容。

作爲一個曾經長期存在的客觀現實，階級和階級鬥爭已經構成了二十世紀中國社會生活的一個重要組成部分，同時也成爲中國當代文學的一個關鍵詞。從延安時期開始到「文革」結束的相當長的一段時期內，以階級鬥爭爲題材的文藝作品可謂蔚爲大觀。僅就中國當代文學中的紅色經典來說，《紅日》、《紅岩》、《紅旗譜》、《保衛延安》、《青春之歌》、《林海雪原》等小說反映的是在中國革命歷史上兩個對立的階級爭奪社會統治地位的、暴力的階級鬥爭，《山鄉巨變》、《創業史》等作品反映的則是以在剛剛建立的社會主義國家內究竟要走什麼樣的道路爲主要內容的階級鬥爭。可以說，在這個階段，公開的文學創作想要繞過階級鬥爭的敘事話語幾乎是不可能的事情；而且，在一個政治左右文學的年代，文學作爲「時代的晴雨表」也必然會隨時反映出階級鬥爭形勢的變化。

農村題材小說中的階級鬥爭敘事並不是從《豔陽天》開始的，遠早於此的《太陽照在桑乾河上》、《暴風驟雨》奠定了這類小說的基本敘事模式，《創業史》中的梁生寶繼續發展下去必定會演變成爲高大泉；而且通過研究浩然的小說，我們可以發現，浩然的創作並不是一開始就「以階級鬥爭爲綱」，階級鬥爭的話語在他的作品中經歷了一個逐漸強勢的過程，這個發展過程從《豔陽天》和《金光大道》兩部作品中可以清楚地顯現出來。

第一節　不斷激進的階級鬥爭話語

鄉村中國一直是 20 世紀以來中國文學最重要的敘述對象。但在延安時代以前，現代中國文學對鄉村的想像和敘述是分裂的：一方面，在魯迅爲代表的現代啓蒙主義者的筆下，鄉土是一塊沉寂封閉，貧窮苦難的地域；另一方面，在沈從文、廢名等京派作家的筆下，鄉土又是一塊平靜的田園，詩意的所在。

上個世紀 30 年代中國現代文學史上出現了「農村題材」對「鄉土文學」的置換。「農村題材」和「鄉土文學」是有同源關係的不同概念，前者是表達

意識形態訴求的文學，後者是反映中國鄉村社會面貌或社會性質的文學。〔註2〕
這兩種文學無論在觀念上還是在具體的創作方法上，都存在著極大的差別。

一、從鄉土文學到農村題材

　　1936 年，在《關於鄉土文學》一文中，茅盾指出：「關於『鄉土文學』，
我以爲單有了特殊的風土人情的描寫，只不過像看一幅異域圖畫，雖能引起
我們的驚異，然而給我們的，只是好奇心的饜足。因此在特殊的風土人情而
外，應當還有普遍性的與我們共同的對於運命的掙扎。一個只具有遊歷家的
眼光的作者，往往只能給我們以前者；必須是一個具有一定的世界觀與人生
觀的作者方能把後者作爲主要的一點而給予了我們。」〔註3〕

　　與此同時，以茅盾的「農村三部曲」爲代表，出現了一批用社會分析的
方法和二元對立的因果關係來表現複雜的社會鬥爭的左翼小說，如陽翰笙的
《地泉》、蔣光慈的《咆哮了的土地》、《田野的風》、葉紫的《豐收》、丁玲的
《水》、王魯彥的《野火》、王統照的《山雨》等。在這些作品中，作家以鮮
明的政治觸角書寫鄉村生活的苦難，揭露農村尖銳的階級對立，同時也大力
張揚工農大眾的政治反抗。在他們的筆下，寧靜的鄉土開始躁動起來。

　　1942 年《在延安文藝座談會上的講話》發表後，延安的文學家們經歷了
一次走向民間的思想文化洗禮，在他們的筆下開始出現一種嶄新的、活潑郎
健、健康向上的中國農民的形象。隨著《太陽照在桑乾河上》和《暴風驟雨》
的相繼面世，中國鄉村生活的整體性敘事被完整地創造出來。「農村題材」的
基本創作模型也逐漸形成並固定下來：總體性的目標、史詩性的追求、兩個
階級的對立、民眾崇拜、「暴力美學」等等。〔註4〕建國後，經歷了數次思想
改造運動的作家們，繼續自覺地以「先進的世界觀」書寫農村和農民，中國
鄉村的現實被重新構造，鄉土中國「褪去自身豐富的意義，而轉變爲革命的
土地」，〔註5〕鄉土文學到農村題材的轉換也隨之完成。因而，我們完全有理

〔註2〕孟繁華，鄉土文學傳統的當代變遷——農村題材轉向新鄉土文學之後〔J〕，文
　　　　藝研究，2009，（10）：26～34。
〔註3〕茅盾，關於鄉土文學〔A〕，茅盾論中國現代作家作品〔M〕，北京：北京大學
　　　　出版社，1980：241。
〔註4〕孟繁華，百年中國的主流文學——鄉土文學｜農村題材｜新鄉土文學的歷史
　　　　演變〔J〕，天津社會科學 2009（02）：94～100。
〔註5〕楊匡漢、孟繁華，共和國文學 50 年〔M〕，北京：中國社會科學出版社 1999：
　　　　147。

由說，從鄉土到農村的轉換不僅僅是敘述方式的不同，也暗含著意識形態話語對鄉土的權威性改寫。

二、從《三里灣》到《創業史》

就中國當代文學而言，階級鬥爭的敘事話語是隨著土地改革和農村合作化運動的開展而逐漸強勢起來的。伴隨著各種政治運動的開展，描繪不同階級在社會主義革命歷史進程中的不同表現，挖掘新政權下不同階級的政治分歧和精神差別，逐漸成爲作家創作的題中應有之義；而在創作的過程中，「階級鬥爭的邏輯不僅是作家的政治邏輯、生活邏輯，更是藝術想像的邏輯」。〔註6〕

在階級鬥爭話語不斷強勢的過程中，有幾位作家，作爲浩然的前輩，是我們必須要提到的。他們是趙樹理、丁玲、周立波和柳青。

自魯迅開始的鄉土作家，大都從啓蒙的角度，以人道主義的觀點俯視繁衍生息在鄉土中國的農民，他們筆下的農民，阿Q、祥林嫂、華老栓等等是作爲被同情、被憐憫和被啓蒙的對象出現的。趙樹理第一次以平視的視角忠實地反映了中國農民的精神面貌和心理狀態。正是自趙樹理開始，中國新文學史上第一次出現了活潑郎健、健康向上的農民形象，中國農民第一次成爲價值標尺，在各個方面得到認同。而對於農村和農民敘事來說，趙樹理最大的意義在於他爲農村和農民敘事找到了最合適的審美表達形式，並通過這種形式開創了大眾化的創作風尚，創造出了「新鮮活潑的」，「爲中國老百姓所喜聞樂見的」具有「中國作風中國氣派」的文學作品。但是，與後來的農村題材小說相比，趙樹理作品中的人物並沒有鮮明的階級特徵，即使在《三里灣》這部建國後第一部反映農業合作化運動的長篇小說中，我們也看不到「典型的」、「陰險狠毒」、「瘋狂破壞、阻撓農業合作化運動」的地主階級和你死我活、「尖銳激烈」的階級鬥爭圖景。

《三里灣》的創作開始於1953年，1955年1月在《人民文學》雜誌連載，5月出版了單行本。小說敘述了三里灣四個不同的家庭在合作化運動初期的矛盾和變化。在這部作品中，作者主要塑造了兩種形象，一是共產黨員、村長范登高，通過這個人物，表現了趙樹理對農村幹部退坡思想的批評：他們在土改中「翻得高」了，比別的貧苦農民生活富裕些了，就只想個人發家，不再熱心幹革命工作了；另一種形象是王寶全、王玉生，通過他們傳達了農民

〔註6〕錢理群，1948天地玄黃〔M〕，濟南：山東教育出版社，1998：204。

要求提高生產力的願望。《三里灣》表達了趙樹理對農業合作化的思考，但其「重心不在於表現兩個階級的搏鬥，而是集中反映社會主義時期發生在人民內部的矛盾」。〔註7〕

　　小說發表後，贊揚的聲音居多，但也有批評的意見。批評主要是認爲作品「對兩條道路鬥爭的揭示還缺乏深度，對農民革命性的力量估計不足」。〔註8〕周揚認爲這主要是因爲趙樹理在處理正面人物時顯得蒼白和單薄，沒有表現出人物在思想上對過去進行清算的深刻的「反省」過程。〔註9〕

　　與趙樹理相比，丁玲和周立波無論是在對生活的選擇還是在對生活的把握和表現方面都更加自覺地運用黨的階級和階級鬥爭的觀點。作爲「社會主義現實主義小說的新模式」〔註10〕，《太陽照在桑乾河上》和《暴風驟雨》兩部作品都試圖以史詩性的結構框架來全面反映土改運動的整個過程。正如有評論所說，「中國還沒有過像這兩部作品一樣的、從整個過程來反映農民土地鬥爭的作品」，作品「相當眞實地表現了農村各階級的面貌和心理，和他們之間的鬥爭」。〔註11〕兩部作品中的人物設置，情節結構無一不貫穿著階級鬥爭的精神：小說中所有的人物都可以按照黨的政策劃分爲「進步」、「中間」、「反動」三大類，革命和反革命兩大陣營展開了你死我活的階級鬥爭，小說的基本情節也按照鬥爭的發動、展開、高潮、勝利的模式構成。但是，丁玲和周立波筆下的農村有些許不同，在暖水屯，兩個對立的階級之間還存在著互相滲透、錯綜複雜的關係，而這種複雜的關係又使得暖水屯的地主之間、農民之間、甚至是在工作組內部充滿了尖銳而又微妙的矛盾。在《暴風驟雨》中，元茂屯的階級關係已經是營壘分明，階級對立的情況與政策條文幾乎完全吻合，絕不存在前者那種「你中有我，我中有你」的關係。

　　作爲《暴風驟雨》的續篇，發表於1958～1960年的《山鄉巨變》也是反映上世紀五十年代農業合作化的重要長篇小說之一。這部小說的背景是 1955年毛澤東《關於農業合作化問題》的報告和隨後掀起的「社會主義改造運動

〔註 7〕王慶生，中國當代文學〔M〕，上海：上海文藝出版社，1989：158。
〔註 8〕孟繁華，中國當代文學通論〔M〕，瀋陽：遼寧人民出版社，2009：139。
〔註 9〕轉引自薩支山，試論五十至七十年代「農村題材」長篇小說——以《三里灣》、《山鄉巨變》、《創業史》爲中心〔J〕，文學評論，2001，（03）：117～124。
〔註10〕錢理群，1948 天地玄黃〔M〕，濟南：山東教育出版社，1998：192。
〔註11〕陳涌，暴風驟雨〔A〕，李華盛、胡光凡，周立波研究資料〔M〕，成都：四川人民出版社，1983：272。

的高潮」。毛澤東在報告中指出：目前，在全國農村中，「新的社會主義群眾運動的高潮就要到來」，但是「某些同志卻像一個小腳女人，東搖西擺地在那裏走路」，他們對合作化運動有「過多的評頭品足，不適當的埋怨，無窮的憂慮，數不盡的清規和戒律」，有些同志甚至「從資產階級、富農，或者具有資本主義自發傾向的富裕中農的立場出發」，認為「目前合作化運動的情況很危險」，合作化應該「趕快下馬」。毛澤東認為「恰好相反」，而且這裡的下馬和上馬，「看來只有一字之差」，「卻是表現了兩條路線的分歧」。

《山鄉巨變》描寫了清溪鄉農業生產合作社從初級社到高級社的發展過程，主要塑造了鄧秀梅、李月輝等在農村合作化運動中湧現出來的基層幹部和積極分子形象，展現了合作化運動在黨內黨外所經歷的鬥爭以及中國農民走上集體化道路時的精神風貌和新農村的社會面貌。作品中的衝突線索有三條：「一是合作社與單幹戶王菊生之間的鬥爭；一是社內先進人物與落後幹部謝慶元之間的鬥爭；一是與反革命分子龔子元間的敵我矛盾」。周立波試圖通過它們來展現「新與舊，集體主義和私有制度的深刻尖銳、但不流血的矛盾」，〔註12〕然而即便如此，仍有論者指出這部作品沒有充分地寫出這場偉大的運動。主要表現在，作者「沒有充分寫出農村中基本群眾（貧農和下中農）對農業合作化如饑似渴的要求，也沒有充分寫出基本群眾在黨的堅強領導下，在鬥爭中逐步得到鍛鍊和提高，進一步自己解放自己，全心全意為集體事業奮鬥到底的革命精神」。〔註13〕兩年後，《山鄉巨變》續篇出版，儘管周立波以衝突的方式結構全文，但是仍有批評認為對「矛盾線索挖掘得不夠深入」，作品缺乏「重大的矛盾和波瀾」，主要人物也沒有「在重大的鬥爭中」完成自己的英雄形象。〔註14〕

《山鄉巨變》所缺乏的在柳青的《創業史》中得到了完美的展現。由於作者柳青「對農村階級關係及其衝突更加具備了高屋建瓴的理性把握，因而也就更加具備了思想的深刻性和人物矛盾衝突的尖銳性」。〔註15〕在談到《創

〔註12〕周立波，關於《山鄉巨變》答讀者問〔A〕，周立波，周立波選集〔M〕，北京：人民文學出版社，1959：305。

〔註13〕黃秋耘，《山鄉巨變》瑣談〔A〕，李華盛、胡光凡，周立波研究資料〔M〕，成都：四川人民出版社，1983：362～372。

〔註14〕朱寨，讀《山鄉巨變》續篇〔J〕，文學評論，1960，（05）：28～36。

〔註15〕陳思和，中國當代文學史教程（第二版）〔M〕，上海：復旦大學出版社，2005：38。

業史》的主題時，作者說：「小說要向讀者回答的是：中國農村爲什麼會發生社會主義革命和這次革命是怎樣進行的。回答要通過一個村莊的各階級人物在合作化運動中的行動、思想和心理的變化過程表現出來。」〔註16〕《創業史》一開篇就寫到了土改後農村兩極分化的嚴重局面，一邊是富裕中農郭世富大瓦房架梁，一邊是以梁三老漢爲代表的貧苦農民對「發家」生活的極度羨慕和對「能人」們的倍加尊重。這喻示著自由競爭、發家致富的欲望已在農村肆意蔓延，自發勢力對各個階層的農民形成了不可遏止的吸引力，農村的階級鬥爭已然到了高度緊張的階段，農民面臨著兩條道路的急迫選擇：要麼走社會主義合作化生產的道路，貧苦農民可以不再淪爲出賣勞動力的長工；要麼走發家的道路，即農村的資本主義道路，重新回到剝削與被剝削、壓迫與被壓迫的老路上，農民之間再次分化爲貧富懸殊的各階級。

　　與之前的三位作家相比，柳青更重視典型化的創作方法。他在作品中塑造了梁生寶這個具有高度革命覺悟和「新農民本質」的社會主義新人形象。事實上，梁生寶也被當時的批評界看做《創業史》成功的一個突出標誌。隨著解放的到來，他「不但從封建的地主政治壓迫下解放出來，而且還能邁出重要的一步——從統治中國農民幾千年的封建思想中解放出來……一下就投身到共產黨所領導的事業中去了」。〔註17〕在黨的正確領導下，「哪怕是生活中一件極爲平凡的事，梁生寶也能一眼就發現它的深刻意義，而且非常明快地把它總結提高到哲學的、理論的高度，抓得那麼敏銳，總結得那麼準確」。〔註18〕這個人物在理想化、英雄化的道路上大大超越了之前的趙玉林和郭全海，爲以後「高大全」的人物形象做出了鋪墊。

　　李揚在談到《創業史》中梁生寶的形象時這樣說到：

　　　　梁生寶是眞正具有社會主義品質的新人，而在這以前出現的所有形象實際上都是這個新人的鋪墊與準備，梁生寶的形象喻示著歷經艱辛的中國農民終於找到了自己的現代本質……《豔陽天》中的蕭長春、《金光大道》中的高大泉的形象的出現都只是意味著這種現代本質的多元化表達形式。如果柳青能如願將《創業史》寫完的話，

〔註16〕轉引自孟繁華、程光煒，中國當代文學發展史〔M〕，北京：人民文學出版社，2004：110。

〔註17〕李揚，抗爭宿命之路——「社會主義現實主義」（1942～1976）研究〔M〕，長春：時代文藝出版 1993：125。

〔註18〕嚴家炎，關於梁生寶形象〔J〕，文學評論 1963，（03）：13～22。

他筆下的梁生寶一定會發展成爲蕭長春與高大泉。〔註19〕

然而，在《創業史》第一部中，梁生寶還不具備「神性」的特徵，當然我們也不可能要求創作於 50 年代末的《創業史》出現高大泉的形象。在作品中，我們看不到梁生寶和他的對手郭振山之間發生正面的、有深度的、大規模的階級鬥爭情節。事實上，梁生寶整天都「拘泥」於經濟生產的每一個細節上，以致於他的對手郭振山會嘲笑其政治上的「落後」。梁生寶所做的一切：進城買稻種、搞密植水稻、進山割竹、搞副業「以得到一些生產底墊」，都是爲了多打糧食，增加農民的收入，取得「和平生產競賽」的勝利，最終達到教育、帶動農民們走社會主義道路的目的。小說中最深刻的矛盾不是兩個階級之間你死我活的階級鬥爭，而是梁生寶所代表的「英雄、積極分子的革命意識形態期待與中間分子的意識形態的嚴重『滯後』」〔註20〕所造成的矛盾。「落後」的農民們，包括梁生寶的父親梁三老漢，無法理解和接受梁生寶對互助組的熱情。梁生寶不僅要面對繼父的責難，還將遭到改霞的拋棄；但在作品中，他們的誤解僅僅被闡釋爲落後和自私，與階級矛盾、階級鬥爭並無直接的關係。富農姚世傑雖然對新社會不滿，但是在《創業史》第一部中，他對互助合作的發展僅僅採取敵視的態度，並未採取任何實質的行動威脅和破壞互助組的發展。

在《豔陽天》和《金光大道》中，浩然終於完成了柳青未竟的事業。兩個階級、兩條道路之間的矛盾日益突出和尖銳，在與敵人以及落後分子進行激烈和殘酷的階級鬥爭的過程中，社會主義新人梁生寶最後成功地演進成爲超人式英雄高大泉。

第二節　浩然的「人物」與階級鬥爭

研究浩然在「17 年」和「文革」期間的創作，讀者不難發現，浩然的小說創作經歷了一個階級鬥爭話語逐漸強勢的過程。從 1956 年發表處女作《喜鵲登枝》到 60 年代初，浩然共寫了 180 多篇短篇小說，作家通過農民生產生活中的小事來歌頌走進新時代的新農村和新農民。在這些作品中主人公幾乎

〔註19〕李揚，50～70 年代中國文學經典再解讀〔M〕，濟南：山東教育出版社，2006：159。

〔註20〕余岱宗，被規訓的激情（博）〔D〕，福州：福建師範大學，2002：55。

都是鮮活而富有時代特徵的正面人物，反面人物僅僅是作為陪襯存在的，因而並不存在重大的階級矛盾和階級鬥爭。

　　浩然的作品中初次出現階級鬥爭的描寫是在短篇小說《腳跟》中。當然，這是和 1957 年前後國內的政治形勢分不開的。1956 年蘇共二十大之後，在東歐又分別發生了波蘭和匈牙利事件，而在我國國內，由於社會主義改造時期的遺留問題，也出現了一些新的矛盾。為了解決這些矛盾，中共中央在 1957 年 4 月 27 日發出了《關於整風運動的指示》。指示發佈後，各級黨政機關和高等院校、文化藝術團體等單位的黨組織紛紛召開各種形式的座談會，聽取黨內外群眾的意見。黨內外廣大幹部群眾暢所欲言，對黨和政府的工作提出了大量的意見和建議。但是，在整風過程中，有極少數人乘機鼓吹所謂「大鳴」、「大民主」，對中國共產黨的領導地位和社會主義制度進行攻擊，這引起了黨中央和毛澤東的警惕。5 月 15 日，毛澤東寫了《事情正在起變化》一文並先將它發給黨內的高級幹部閱讀。文章說，最近一個時期，右派表現得最堅決猖狂，「他們想要在中國這塊大地上刮起一陣 7 級以上的颱風，妄圖消滅共產黨」，現在應當「開始注意批判修正主義」。毛澤東認為，黨外知識分子中，右派已佔百分之一到百分之十，黨內也有一批知識分子新黨員，跟社會上的右派互相呼應，「我們還要讓他們猖狂一個時期，讓他們走到頂點」。毛澤東的文章顯然對極少數右派的進攻作了過於嚴重的估計。於是，事情真的起了變化。5 月 25 日，毛澤東在接見中國新民主主義青年團第三次全國代表大會的代表時指出：「一切離開社會主義的言論和行動是完全錯誤的。」《事情正在起變化》的寫作以及毛澤東的談話都表明，一場大的反擊運動就要開始了。6 月 8 日，中共中央發出《關於組織力量準備反擊右派分子的進攻的指示》；同日，《人民日報》發表題為《這是為什麼？》的社論，指出反右的必要性。隨即，一場全國規模的群眾性的急風暴雨式的反右派運動猛烈開展起來了。

　　《腳跟》正是在這樣的背景下創作的。小說發表於 1958 年 3 月號的《長春》雜誌，同年 7 月，遼寧人民出版社出版單行本時改名為《高德孝老頭》。作品中「一簍油」設計陷害高德孝老頭，讓他在大鳴大放會上攻擊共產黨的統購包銷政策，後來在老伴兒楊逢春的幫助下，高德孝識破了壞人的奸計，捉住了藏私糧的「一簍油」。「大鳴大放」、「批評建議」、「監督」、「藏私糧」一類的內容都在這篇小說中有所體現。

　　但在接下來的幾年中，浩然延續了《喜鵲登枝》輕喜劇式的輕鬆明快的

風格，繼續歌頌新農村、新農民和新精神，《老來紅》、《箭杆河邊》、《泉水清清》、《珍珠》、《送菜籽》等等莫不如此。直到 1963 年末的《撐腰》和 1964 年的《認錯》、《眼力》等幾篇小說中，讀者才再一次隱約看到了「階級」的影子。

　　1964 年《豔陽天》第一卷出版。小說講述的是 1957 年夏北京郊區東山塢農業社黨支部書記蕭長春與農業社副主任馬之悅、「反動地主」馬小辮之間圍繞「土地分紅」所產生的矛盾和衝突。在《豔陽天》第一卷的農村版序言中，浩然這樣回顧了本書的創作背景：1957 年「帝國主義、修正主義和反動派勾結起來刮起一場『反共』的黑風。這股子風影響到蒸蒸日上的新中國」，城市和農村的階級敵人「對我們的黨和社會主義發起了進攻」。為了打擊他們，展開了一場「有歷史意義的，激烈的階級鬥爭」。在這場鬥爭裏，作者不但看到了「貧下中農的革命志氣、硬骨頭精神」，也看到了「階級敵人的醜惡面貌」，還看到「那些走社會主義道路三心二意的人，那些總是迷戀單幹的人，怎樣上了敵人的圈套」。這些都讓作者認識到「階級鬥爭並沒有熄滅，而是越來越複雜了」。正是基於此，浩然明確地表示，寫這本書的目的就是為了「用文藝的形式，把我當時的所見所聞所感記錄下來」，為了「永遠記住這場鬥爭的教訓，為了發揚這場鬥爭的精神，永遠不忘階級鬥爭」。〔註21〕

　　由於階級鬥爭的理論被作家自覺地引入到作品的結構中，《豔陽天》中呈現出尖銳、激烈的階級對立，小說中分屬不同階級立場，不同政治屬性的各色人等一應俱全。小說中的每個人，都貼著階級標籤，都作為某階級的代表出現。住在溝南的蕭長春、韓百仲、馬老四是「貧下中農」的代表；住在溝北的馬小辮、六指馬齋是「地富」代表；徘徊在他們中間的是彎彎繞、馬大炮、馬子懷等「中農」的代表。每個人物的一舉一動都驗證著他們的「階級本性」。

　　不同於五、六十年代的短篇小說，《豔陽天》的主要人物由社會主義建設中的積極分子轉變成為階級鬥爭和路線鬥爭中的英雄人物，即東山塢農業社的主任蕭長春。他與走「資本主義道路」的社副主任馬之悅、地主馬小辮做鬥爭，並爭取動搖於「兩條道路」之間的「中間人物」，一起堅定地走「社會主義道

〔註21〕浩然，寄農村讀者——《豔陽天》第一卷農村版序言〔A〕，南京師範學院中
　　　　文系資料室，浩然作品研究資料〔M〕，南京：南京師範學院中文系資料室，
　　　　1974：152～153。

路」。敘事的空間也由田間地頭、竈旁炕上變爲大大小小的、或公開或秘密的會場，各種各樣廣闊的人際交往空間逐漸淨化爲階級鬥爭的戰場。隨著革命群眾階級鬥爭激情的不斷高昂，階級敵人的用心也越來越險惡，兩個階級之間你死我活的鬥爭也隨之變得愈加慘烈，以至最後發生了小石頭遇害的慘劇。但是由於作者豐富的農村生活體驗，對農民性格和心理的深入瞭解，以及生動而富於鄉土情趣的語言又使這部作品區別與生硬的政治宣教式作品：「一方面，它有一種誇大聲勢，惟恐天下不亂的氛圍，這是忠於當時政治觀念的表現；另一方面，在人物的行爲方式、性格特點、情感方式和語言方式上，又不能不說有一種眞切的生活韻味，這又是浩然忠於生活的表現……既眞切又虛浮，既悖理又合情，《豔陽天》就是這麼一個奇妙的混合體」。〔註22〕

　　《金光大道》與《豔陽天》在敘述的時序上正好相反：《豔陽天》的故事發生在 1957 年夏，而《金光大道》的故事結束的時候正是《豔陽天》的故事開始的時候；但重要的不是故事講述的年代，而是講述故事的年代。《金光大道》是在「文化大革命」的現實中講述農業合作化題材的典型範式，這一點從浩然的創作談可以得到證實。

　　在《發揚敢闖的革命精神》一文中，浩然談到：「《金光大道》這樣的作品題材，早在 1955 年我就想寫，也曾幾次構思過。但是由於沒有站在馬列主義、毛澤東思想的高度來概括生活、提煉主題、塑造典型，只是就事論事，越寫越覺得題材平淡，英雄人物不高，甚至感到有點像馬後炮的新聞報導，於是都成了廢品」。後來通過「自覺地學習、運用黨的基本路線」，他認識到「七十年代的矛盾衝突是五十年代矛盾衝突的繼續發展和深入，五十年代英雄們的鬥爭實踐，從本質上講，仍然是我們今天面臨著的鬥爭課題……我應當在《金光大道》這樣的作品中體現這些基本思想」。〔註23〕顯而易見，浩然是站在七十年代的「時代高度」處理五十年代農業合作化運動中「路線鬥爭」題材的，從而回答了「今天面臨著的鬥爭課題」。

　　在《金光大道》這部作品中，浩然「更著力於展現一組先進的代表人物及其勝利的過程，或者一組落後的人物及其失敗的過程」。〔註24〕作者設計了

〔註22〕雷達，舊軌與新机的纏結——從《蒼生》返觀浩然的創作道路〔J〕，文學評論 1988，（01）：23～32。
〔註23〕浩然，《發揚敢闖的革命精神》〔J〕，《出版通訊》1975，（01）：23～25。
〔註24〕麥克法夸爾、費正清，劍橋中華人民共和國史（下卷）〔M〕，謝亮生等譯，北京：中國社會科學出版社，1992：794。

三條矛盾衝突線索：以高大泉為代表的貧下中農與地主分子歪嘴子、漏劃富農馮少懷、暗藏的反革命分子范克明之間的敵我矛盾；貧下中農與以富裕中農秦富為代表的資本主義自發勢力之間的人民內部矛盾；共產黨員高大泉與村長、黨小組長張金發之間的黨內兩條路線的鬥爭，這三條衝突線索中，以黨內路線鬥爭為主，以敵我矛盾和人民內部矛盾為輔。在「三突出」的創作原則和「兩結合」的創作方法的指導下，蕭長春完成了他的英雄神話，演變為完美無缺的超人式英雄高大泉，引領著芳草地的貧下中農走上社會主義的金光大道。

　　1974 年 1 月，西沙之戰打響。江青特派作家浩然、詩人張永枚、新華社記者蔣豪紀代表她慰問前線軍民，並指示「如果材料夠用的話，浩然可以寫寫小說，張永枚寫寫詩、歌詞」。〔註25〕浩然銜命前往，之後寫出了明顯屬於「敗筆」的《西沙兒女》。無論是在內容方面，具體的創作手法上，還是在人物的設置方面，《西沙兒女》都比《金光大道》更進了一步，亦步亦趨遵循了「兩結合」和「三突出」的套路，並將「文革」以來權威話語對歷史的解釋變成時代背景、人物經歷和情節元素，逐一填充到敘述中，是不折不扣的「幫派文藝」。

　　以上我們看到了浩然作品中階級鬥爭逐漸強勢的大致演變過程，本節和下節將以《豔陽天》和《金光大道》為例，對比兩部作品在主要人物設置、情節結構等方面的變化。通過比較，我們可以清楚地看到在浩然的小說中階級話語是怎樣逐漸地滲透並最終彌漫到日常生活當中的。

一、從英雄到「超人」

　　《創業史》中，縣委楊副書記告訴梁生寶：「靠槍炮的革命已經成功了；靠優越性，靠多打糧食的革命才開頭哩！」這對梁生寶來說是一句極具指導意義的話，它幫助梁生寶理解了農民的務實心理，認識到只有把貧雇農組織起來才能贏得「和平生產競賽」的勝利，才能向熱衷於發家競賽的農民證明農業生產合作化的優越性，進而根除他們的私有觀念。

　　作為十七年文學的幕終之曲，《豔陽天》中的階級鬥爭敘事已經發展到了比較成熟的階段。小說中一開始就是一群中農在居心不良的幹部的挑唆下，

〔註25〕陳徒手，人有病，天知否：1949 年後中國文壇紀實〔M〕，北京：人民文學出版社，2000：368。

要求土地分紅。在蕭長春看來，這不是私有觀念在作怪，而是一件關乎是否「走社會主義道路」的大事。當然，與梁生寶一樣，蕭長春也是在他的精神導師——鄉黨委書記王國忠的啓發下才認識到這一點的：

> ……眼前東山塢的問題，不是多分點麥子、少賣點餘糧，或者要當個大幹部的問題，不是的，歸根到底是要不要社會主義的問題。這是頂複雜的。咱們是農業社的領導，是站在頭邊的人，對這個問題心中可得有數呀！

蕭長春這時才恍然大悟，過後和團支書焦淑紅開始籌劃：

> 咱們先排排隊，算算賬」。他扳著指頭，「第一條，看看咱們的隊伍，排一排，誰能跟咱們一塊兒搞這個工作，哪些中農應當想辦法把他們爭取過來；第二條，看看有多少户眞缺糧，有多少户不缺糧；第三條，看看有多少户腦袋難剃，要鬧事……〔註26〕

高大泉同樣認爲是否參加互助合作喻示著對兩條道路的選擇，但是他和他的戰友們比蕭長春更進了一步：他們把「組織起來」和「生產競賽」看作了一對勢不兩立的矛盾，「組織起來」是爲了和張金發所倡導的「發家競賽」「進行鬥爭的需要」。

> 在這一眨眼的工夫，朱鐵漢已經撲到南牆下。他舉起那鋒利的鐵鍬，咬牙瞪眼，用盡平生的力氣，「嚓！嚓！！嚓！！！」

> 南牆上邊的那條白色大標語：「發家競賽」上的「競賽」兩個字，被他鏟掉了；第四鍬，「發家」兩個字鏟沒了一半兒。呂家兄弟已經抱住了朱鐵漢的腰，抓住了他的胳膊。

> 朱鐵漢跳著腳，「吼吼」地喊著：「這不是咱們窮人的路，根本走不通，咱們不要它！」〔註27〕

正如有研究者所指出的那樣，儘管同爲互助合作運動的眞誠擁護者和率先實踐者，高大泉與他的前輩梁生寶在對互助合作的理解以及實現方式方面卻產生了反動和顚覆。〔註28〕

對於如何戰勝資本主義自發勢力，蕭長春不是靠制度的優越性，也不是靠「多打糧食」，他靠的是殘酷的階級鬥爭。相對於稍顯孤獨的梁生寶來說，

〔註26〕浩然，艷陽天〔M〕，北京：人民文學出版社，1966：341，445。
〔註27〕浩然，金光大道（第一部）〔M〕，北京：京華出版社，1994：421。
〔註28〕吳培顯，有關浩然的兩個問題〔J〕，文學自由談，2000（03）：30～34。

蕭長春要幸運得多。作為東山塢最優秀的男子，蕭長春可謂振臂一呼，應者
雲集。儘管他的父親會因為他遲遲不肯相親續弦跟他發脾氣，但是在大多數
時候，蕭老大「不反對兒子當幹部，兒子為公家搭心搭力搭東西，他從來都
不心疼，更沒說過半句拉後腿的話兒」。蕭老大還常常對人說：「就憑咱們頂
著一腦袋高粱花的泥腿子，如今在八、九百口子人裏邊說啥算啥，走區上縣
平趟，先頭那個社會，做夢你也夢不著！」〔註29〕這足以證明他充分地理解
和支持兒子為農業社的發展和階級鬥爭的勝利所做的一切，並引以為傲。

除了父親，蕭長春還有一群親密的戰友：給地主扛過活、又拉過洋車的
韓百仲，韓百仲的妻子、給地主當過丫頭的大腳焦二菊，念過中學決心回鄉
參加勞動的團支書焦淑紅，老飼養員馬老四，團支部的宣傳委員馬翠清，前
任支書焦田的兒子焦克禮等等。在他們的堅定支持下，蕭長春的合作社發展
得朝氣蓬勃，階級鬥爭也開展得風生水起，轟轟烈烈。

在《艷陽天》中，東山塢的貧雇農個個階級陣線意識涇渭分明，並對階
級鬥爭保持著高度的警惕和旺盛的熱情。

比如五嬸。在舊社會她是地主馬小辮家的女傭，「一天三十多口子的飯
菜，全是一個人幹，晚上還要織多半個布」；建國後，五嬸成為五保戶，由國
家來供養。看看新社會，比比舊社會，再想想以前受的「剝削和壓迫」，「階
級覺悟」油然而生：地主與農民之間並不是簡單的雇傭關係，而是赤裸裸的
「剝削」與「被剝削」的關係。

再比如七十多歲的喜老頭：

> 他們家幾輩子都是石匠……巧手的祖爺給馬小辮的祖爺賣命幹
> 活，……到老來，想吃一碗麵片湯都沒撈著就死了。……等到馬小
> 辮一當家，又往闊處變化了，獅子院越來越發達。東山塢的人窮的
> 越多，獅子院的人富得越快。馬小辮要起第二座宅子的時候，又要
> 喜老頭給他開石頭奠地基。喜老頭是個耿直的人，他記著幾代人的
> 仇恨，寧肯餓死，也不能再走老路。他帶上女人、孩子，逃到野山
> 上，專打豬食槽子賣——這玩意是給窮人用的，他決心要把自己的
> 手藝、血汗交給窮人——一幹就是二十年。〔註30〕

幾代人的血海深仇使喜老頭對馬小辮這樣的地主階級產生了刻骨的仇

〔註29〕浩然，艷陽天〔M〕，北京：人民文學出版社，1995：4。
〔註30〕浩然，艷陽天〔M〕，北京：人民文學出版社，1995：710。

恨，鬥爭完馬小辮後，他主動要求搬進獅子院，以監視馬小辮作爲自己「應盡的義務」和後半生最主要的生活內容。下面這段敘述非常典型：

> 他（喜老頭，筆者注）退到左邊那個石頭獅子下邊，用力地拄著棍子，試試探探地坐在石臺上；深深地透了口氣，用手輕輕地揉著膝蓋頭，耳朵注意地聽著那邊院子裏的動靜。馬小辮家裏突然吵鬧，使他覺著有點怪；雖說沒有發現什麼大的破綻，可以斷定，這吵鬧裏邊有「點子」。沒錯，久經人世風塵的老貧農，眼睛是亮的，什麼也瞞不住他。他要在這兒多守一個時候，守出點情況才好，守不出來，也斷定這個地主家裏出了不平常的事兒。對啦，等天一亮，就先找蕭長春和韓百仲去；自己要是不愛動，就讓小樂把他們兩個人叫到家裏來，從頭到尾跟他們說一遍；隨後，再跟福奶奶商量商量，在地主家的那兩個年輕人身上下點工夫，探聽一點兒根底。唉，這對年輕夫妻，生在這麼一個人家，真是又可憐又可惜呀！話又說回來，當個什麼樣的人，前邊的道兒明光光的，走不走，就看他倆自己了；對啦，往後，也得生著法兒指引指引他們……老人家想來想去，又回想著剛才發生的事兒。開頭，怎麼聽見馬小辮家的後門響，後來，又怎麼發現後院大門沒有上插關，只有後屋門從外邊推不動，不知道是裏邊真的插上了，還是下了天插關……他把這件事兒的始始末末都想了一遍，爲的是記的結實一點兒，免得忘掉一些重要的細節；唉，上了年紀，記性差勁兒了。只要從頭到尾跟蕭長春他們一說，就行了，他們年輕，腦筋好使，他們會斷出個所以然來……〔註31〕

可見，在東山塢，具備高度的階級覺悟和階級鬥爭敏感性的不僅僅是少數黨員和領導者，包括喜老頭在內的一大批積極分子都爲取得鬥爭的最後勝利盡了自己的一份力，起到了自己的作用。正是由於他們所構築的遍佈東山塢的監視網絡，革命英雄蕭長春才能在第一時間獲得敵情信息，制定相應的應對措施。

《金光大道》承接、發展並進一步深化了《豔陽天》中的「路線鬥爭」，這主要是由於「經歷了這場無產階級文化大革命以後，在馬列主義、毛澤東思想的哺育下，在群眾鬥爭的大風大雨的鍛鍊中，作者的積極覺悟和路線鬥

〔註31〕浩然，豔陽天〔M〕，北京：人民文學出版社，1995：708～709。

爭覺悟有了顯著的提高，生活積累也更紮實了，尤其是有了革命樣板戲的光輝榜樣，作者的政治視野與藝術視野進一步開闊了」，因而在《金光大道》中，作者能夠「自覺地」「以路線為綱，較全面地、深刻地反映社會主義時期的階級鬥爭生活」。〔註32〕浩然在一個業餘作者座談會上這樣談到《金光大道》的創作：

> 寫《金光大道》的時候，因爲受到王國福這位無產階級優秀戰士的感動，第一稿曾經是按眞人眞事寫的。在寫作過程中覺得十分受限，甚至到了寫不下去的地步……改第二稿的時候，我就擺脫了眞人眞事的局限，重新構思，把我過去在農業合作化鬥爭中的生活積累都啓用了，概括成「高大泉」。再寫下去才覺得順手了，比起第一稿有了顯著提高。由此使我進一步體會到：文藝創作決不能局限於眞人眞事，必須對原始的生活素材進行藝術概括，才能眞正反映我們這個英雄的時代，才能塑造出我們英雄時代的無產階級英雄人物。〔註33〕

在階級覺悟、政治水平、鬥爭策略和鬥爭經驗上，高大泉較蕭長春有了長足的進步。在《豔陽天》中，蕭長春仍有賴於上級的英明指導和戰友的得力支持，韓百仲、焦淑紅、甚至是五嬸、福奶奶、啞巴都在鬥爭中起到了不同程度的作用。《豔陽天》中的蕭長春無疑是眾多英雄中最出色的一位，但他絕不是唯一的一位。而在《金光大道》中，高大泉卻是唯一的英雄，他永遠比別人站得高，看得遠。在發家競賽、雨困天門鎮、秦富告狀、鄧九寬鬧退社等事件中，高大泉都表現出了高超的政治水平和卓越的鬥爭能力。跟他相比，他的對手張金發顯得水平低劣、笨拙可笑，不堪一擊。

即使在革命陣營的內部，高大泉也「鶴立雞群，明顯的突出於同伴之上，那些夥伴可能更激進，卻缺乏頭腦；或者更謹慎，但缺乏魄力」。〔註34〕朱鐵漢是高大泉的好助手，卻有勇無謀；周忠雖然經歷豐富，性格穩重，但作為

〔註32〕浩然簡介〔A〕，南京師範學院中文系資料室，浩然作品研究資料〔M〕，南京：南京師範學院中文系資料室，1974：5。

〔註33〕浩然，漫談塑造無產階級英雄人物的幾個問題〔A〕，南京師範學院中文系資料室，浩然作品研究資料〔M〕，南京：南京師範學院中文系資料室，1974：26。

〔註34〕麥克法夸爾、費正清，劍橋中華人民共和國史（下卷）〔M〕，謝亮生等譯，北京：中國社會科學出版社，1992：795。

一個「老來紅」，在黨的工作中起不了太大的作用。這樣一來，芳草地的生產和鬥爭，事無鉅細，都離不開高大泉的英明領導和直接參與。他的任何一點異樣表情，也會引起人們的心理悸動：互助組買車不成，人人「觀察著大泉的臉色，說著寬心的話」；大泉兄弟要分家的消息，「像地雷爆炸一樣令每一個莊稼院震動」。高大泉變成了革命事業一天也離不開的主心骨和頂梁柱，成爲社會主義金光大道上唯一的英雄。

從性格特徵和精神面貌來看，蕭長春和高大泉有許多相似之處：他們都是年輕的無產階級農民幹部，黨性強，緊跟上級的指示，在階級鬥爭中堅毅不屈，智勇雙全。但是蕭長春的形象是從「人」提升爲「先進階級」的代表，高大泉的形象則是從先進階級的代表爲出發點，進一步神化爲完人、超人。這種不同在兩位主要人物出場的時候就已經表現出來了。《豔陽天》中的蕭長春是作爲普通群眾的一員、在背石頭的人流中悄然走向前臺的，以致那位特地尋找他的供銷社業務員與他四目相對時，覺得「他不大象蕭支書」。《金光大道》中，「當高大泉隻手挽救傾覆的馬車，伸出膝蓋抵住，讓同伴把接榫扳回榫窩，又大無畏地衝下山道時，他就從一個可信的英雄降爲民間傳說中那個大力神保羅·布尼安了」。〔註35〕在這裡，「兩結合」、「三突出」的創作方法被推向了極致，高大泉的「神性」被最大限度的凸現出來。無論在精神還是在肉體方面，高大泉都是不可戰勝的、異於常人的英雄人物。《豔陽天》中，小石頭失蹤後，爲了不影響麥收，蕭長春雖然不允許任何人，包括他自己，去尋找兒子的下落，但他會在沒有人的時候「暗自掉淚」，這個舉動提示讀者，蕭長春依然是個有血有肉有感情的凡人。在《金光大道》中，高大泉則被塑造成爲一個無論是從精神還是從肉體上都不能被壓倒的英雄。比如在龍虎梁，高大泉遭到特務范克明的暗害，被范克明切斷了軸的車壓傷了腿，爲了保護牲口和車上的財物，甚至差點掉下山崖，可即使是這樣，高大泉還能在風雨中站起來，從山上走到山下，找到黨組織。有論者認爲這是一個極富象徵意義的場景：英雄的肢體並沒有被風雨所象徵的階級敵人壓倒，「肉身的不倒就像徵著精神的不屈。可以說，主要英雄人物在『人』的肉身方面的超越，更是他們突出於其他英雄人物的特徵之一」。〔註36〕

〔註35〕麥克法夸爾、費正清，劍橋中華人民共和國史（下卷）〔M〕，謝亮生等譯。
　　　　北京：中國社會科學出版社，1992：795。
〔註36〕陳順馨，中國當代文學的敘事與性別（增訂版）〔M〕，北京：北京大學出版

二、「中間人物」的命運

如果說塑造超群出眾，不同凡響的英雄人物和刻畫黑白分明、形勢嚴峻的階級鬥爭是浩然在「文革」期間的主要追求的話，那麼伴隨著這一追求，作品中的另一類人物：韓百安、馬大炮、「彎彎繞」等被稱爲「中間人物」的一個形象系列，就在逐漸地被擠壓中呈現出一種越來越階級鬥爭化，越來越敵對化的狀態。

「中間人物」的塑造曾經被視爲「現實主義深化」的一種具體表徵。1962年 8 月，中國作協在大連召開農村題材短篇小說創作座談會。在會上，邵荃麟將「一個階級一個典型」的理論斥爲「有害的理論」，認爲「梁三老漢比梁生寶寫得好。亭麵糊這個人物給我印象很深」，進而引出了著名的「中間人物論」。邵荃麟認爲：

> 英雄人物與落後人物是兩頭，中間狀態的人物是大多數，文藝上
> 要教育的對象是中間人物，寫英雄是樹立典範，但也應該注意寫中間
> 狀態的人物……強調寫先進人物、英雄人物是應該的。英雄人物是反
> 映我們時代的精神的。但整個說來，反映中間狀態的人物比較少。兩
> 頭小，中間大；好的、壞的人都比較少，廣大的各階層是中間的，描
> 寫他們是很重要的。矛盾點往往集中在這些人身上。〔註37〕

兩年後的 1964 年，《文藝報》8、9 期合刊發表了《關於寫「中間人物」的材料》，之後又以《文藝報》資料室的名義發表了一篇題爲《十五年來資產階級是怎樣反對創造工農兵大眾典型的？》的文章。文章歷數了十五年來「形形色色的資產階級、修正主義的理論，特別是關於人物描寫上的反動理論」，認爲「解放以來，我們和資產階級文藝家在人物創造問題上一直進行著長期的、反覆的、激烈的鬥爭。是表現、歌頌工農兵，努力地塑造革命的英雄人物形象，還是表現、歌頌資產階級、小資產階級而醜化勞動人民，這就是鬥爭的焦點。」〔註38〕關於塑造「中間人物」的討論到此結束，塑造「工農兵英雄人物」開始成爲文學創作唯一具有合法性的美學標準。

50、60 年代農村題材小說中的「中間人物」一般思想落後，自私自利，

社，2007：178。

〔註37〕 謝冕、洪子誠，中國當代文學史料選（1948～1975）〔M〕，北京：北京大學
出版社，1995：580～581。

〔註38〕 轉引自孟繁華、程光煒，中國當代文學發展史〔M〕，北京：人民文學出版社，
2004：110。

對政治沒有什麼熱情，最關心的就是自己家裏的那點事兒。《三年早知道》裏的趙滿囤、《鍛鍊鍛鍊》裏的「小腿疼」、「吃不飽」、《賴大嫂》中的賴大嫂、《創業史》中的梁三老漢、《豔陽天》的韓百安、彎彎繞、馬大炮都概莫能外，他們少了神性的光芒，卻多了世俗的氣息，更加貼近農民眞實的精神面貌，也更容易引起讀者的共鳴。

在《被規訓的激情》中，余岱宗把「中間人物」分爲丑角系列和庸人系列兩種類型，並做了早期和晚期的劃分。他以「小腿疼」、「吃不飽」爲例，認爲早期的「中間人物」一般都有輕喜劇色彩，他們爲了維護個人的眼前利益，常常會有一些自私自利之舉，而這種舉動又常常會弄巧成拙，令人啼笑皆非。當階級鬥爭還沒有在文本中佔據主導地位的時候，敘事者對他們往往採取曉之以情，動之以理的態度，以溫和的批評和善意的勸導爲主要的教育方法。

然而，到了 60 年代中後期，當政治環境變得越來越嚴屬，階級鬥爭成爲文本的主要情節時，「中間人物」就被納入了對抗性的階級鬥爭敘事框架之中。他們不僅僅對社會主義事業持有懷疑的態度，更可怕的是，在他們的身後，往往隱藏著蓄謀破壞社會主義事業的階級敵人，這種「準敵人」的身份無疑會使他們由值得同情的小人物變成鬥爭的對象。這種變化在《豔陽天》和《金光大道》中可以得到驗證。

在《豔陽天》中有一個人數眾多的「中間人物」隊伍：馬大炮、彎彎繞、韓百安、焦振叢、焦振茂、馬子懷夫婦等等都在此列。他們有的膽小怕事、愚昧落後、對社會主義事業持觀望或懷疑態度，有的和階級異己分子、地主富農聯手，企圖破壞互助合作運動。浩然的成功之處在於他不僅塑造了不同性格、不同特點的「中間人物」以及他們各自不同的轉變過程，而且生動地寫出了微不足道的小人物在那個特殊的時代中所面臨的心靈困境，這在《豔陽天》的第一卷表現得尤其充分。今天再讀《豔陽天》，給我們留下深刻印象的仍然是「彎彎繞」、韓百安這些最普通卻最本眞的農民形象。

《豔陽天》的第一卷出版後，贊揚之聲不絕於耳，但是也有意見認爲作家對於「中間人物」花費的筆墨略多了些，比如富裕中農所佔的篇幅比貧下中農要多，好像「中農是主流」，這樣就顯示不出正面人物「生機勃勃的勁頭」。到了《豔陽天》的第二卷和第三卷，「爲了突出正面人物形象和主要矛盾」，作家雖然沒有減少反面人物和次要人物的數量，卻壓縮了他們的活動空間。

就中間人物而言，作家把中間人物的活動空間和心理狀態做了一些刪節。這樣雖然可以避免寫「中間人物」的非議，但是作品的美學價值卻大打折扣。比如在《豔陽天》第一卷中，彎彎繞是刻畫得極為生動的一個人物。一方面，他精明自私，認為合作社損害了他的既得利益，因而對互助合作抱有敵意；另一方面，他城府頗深，「對局勢的把握，對形勢的猜度，對權術的深刻理解和駕御，使之成為僅次於馬之悅的實質性的第二號人物」。〔註39〕而這些都是通過他豐富的內心活動表現出來的。如彎彎繞聽說了土地分紅的消息，一會想到分紅後，自家就可以白揀一千斤小麥，「五口子人吃烙餅，哪就嚼完了」；一會又想起「自己家那個一年比一年小的糧食囤，還有滿地金黃的麥子」，不由得一陣心酸。這些心理活動都是很真實的，儘管作家把它們視為需要改造和鬥爭的落後觀念，但不可否認的是，在當時，部分農民對黨的政策的確是這樣理解的。到了《豔陽天》的第二、三卷，彎彎繞的心理活動被大大地簡化，作家的客觀敘述代替了他的心理活動，人物的真實性也隨之降低了。

　　到了《金光大道》，「中間人物」的活動空間被進一步地擠壓，只剩下了小算盤秦富、秦凱、周世勤等少數幾個人。浩然這樣解釋自己的轉變：

　　　　說到《豔陽天》，書中寫了那麼多中農，只是想把農村各階層解剖一下，生活面寬一些，我自己也熟悉他們，寫得很細。當時並沒有想到，解剖他們的目的應該是為了塑造蕭長春這個英雄典型服務。彎彎繞、馬大炮這些人沒有能夠更直接、更有力地起到多側面陪襯蕭長春的作用。但寫《金光大道》的時候，處理起類似的問題，就比較明確了。這部長篇所表現的生活歷史過程比《豔陽天》所表現的生活歷史過程要長得多，我只概括地寫了一個中農家庭的兩代人。寫秦富、秦凱是為了塑造高大泉，寫秦文慶與秦富的矛盾是為了高大泉的政策觀念。學習了革命樣板戲的創作經驗，促進了我的創作進步，只有這樣寫，路子才順。〔註40〕

　　在《金光大道》中，作家並沒有像在《豔陽天》中所做的那樣，通過人物的心理狀態來刻畫性格特徵，而是直接把「小算盤」秦富等人的形象定型

〔註39〕潘超青，小人物的悲哀——從浩然小說看「中間人物」敘事功能的變化〔J〕，
　　　　福建廣播電視大學學報，2006，（02）：11～14。
〔註40〕轉引自王堯，「文革」主流意識形態話語與浩然創作的演變〔J〕，蘇州大學學
　　　　報 1999，（03）：48～54。

為階級敵人馮少懷手中對抗社會主義事業的傀儡、幫兇和敵對勢力的被利用
者。儘管後來經過高大泉等人的幫助，秦富父子幡然醒悟、棄暗投明，但這
一切都是為了凸顯主要英雄人物。在這裡，我們可以明顯地看到浩然對「樣
板戲」經驗和「三突出」創作原則的嚴格遵從。

在《豔陽天》中，「中間人物」不僅人數眾多，力量也不容小視，甚至可
以說他們是正反雙方力量對比轉變的關鍵，因為在他們中有最瞭解反面人物
內幕和陰謀的落後群眾，比如韓百安。他本來想把自家存的兩口袋小米偷偷
賣出去，可當他到馬之悅家時，買糧的人已經走了，馬之悅收了他的小米。
等他再向馬之悅討還小米時，馬之悅卻對他威脅恐嚇。後來他又親眼目睹馬
小辮把小石頭推下山崖。可以說，韓百安最後關頭對敵人的揭發是東山塢革
命鬥爭勝利的一個必要條件。在《金光大道》中，「中間人物」只是體現階級
關係的一枚棋子，而不再具有任何顛覆性的力量。

第三節　階級鬥爭的日常生活化

《豔陽天》雖然是以階級鬥爭的觀念為結構作品的主線，但浩然在作品
中穿插了大量的對鄉俗俚趣的描寫，這樣就使階級鬥爭和路線鬥爭的主題部
分地通過鄉村日常生活表現出來。《金光大道》中，階級鬥爭話語卻達到了日
常生活化的程度。

一、從家族倫理到階級倫理

在《鄉土中國》中，費孝通先生指出，鄉土中國是「包含在具體的中國
基層傳統社會裏的一種特具的體系，支配著社會生活的各個方面」。〔註41〕鄉
土社會是一個超穩定、拒絕異質因素的社會，靠著血緣、地緣關繫傳統禮俗
維繫，這其中家族倫理是一個重要的紐帶。然而，近現代以來，鄉土世界的
他者不斷地從政治、經濟、文化等各個側面瓦解鄉土社會原有的自在性和完
整性。20世紀40年代前後，中國共產黨在陝甘寧邊區建立並鞏固了自己的根
據地，並以階級為基本標準，對解放區的土地和財產進行重新分配。隨著新
中國的成立，全國範圍內的農村進行了土地改革，鄉土社會開始了徹底的結
構重組。隨著農村生產關係和社會關係的變化，無產階級的階級倫理進入宗

〔註41〕費孝通，鄉土中國生育制度〔M〕，北京：北京大學出版社，1998：4。

法制鄉村，對鄉土中國穩定的血緣關係和人倫秩序產生了最猛烈的衝擊。表現在浩然的作品中，就是家族倫理一步步地讓位於階級倫理，儘管在下一章我們將看到這種讓位並非那樣徹底。

血緣是家庭倫理的基礎，在農耕時代的中國，父子、兄弟是具有普遍性的價值觀，所謂「打虎親兄弟，上陣父子兵」，在傳統的鄉土社會中，血緣是最可信，也是最值得依賴的力量。但是在階級鬥爭日益激進的東山塢和芳草地，血緣已然不再是家庭成員之間維繫感情的基礎，感情的出發點首先是個人的階級立場和政治信仰。《豔陽天》中的馬老四、馬連福父子之所以反目分家，最重要的原因就是父親馬老四作為東山塢的道德楷模一心一意地維護農業社，而兒子馬連福卻一心想著自己的小家庭，站在了中農、富農的一邊。在富農馬齋家裏，兒子馬立本儘管實際上沒有那麼「進步」，但是為了表示自己的決心，還是用一排竹籬笆與富農家庭劃清界限。

地主馬小辮家也有兩條截然對立的陣線：地主馬小辮作為階級敵人，二十四小時處於東山塢廣大貧雇農和積極分子的密切監視之下，而大兒子馬志德和兒媳李秀敏則屬於可以教育好的、被爭取的進步分子。最初，馬志德「當著人，從來都是『他』、『他』、『他』的，『爸爸』這個詞叫不出口」，但是「人背後他可以管馬小辮叫聲爸爸」。而蕭長春等人卻一再地教育他「得提高點覺悟性兒，別總是違著自己的心思當個傻孝子。年輕人嘛，眼前有陽關大道，這條道兒是社會主義，別走邪的，邪道兒越走越黑，到頭來把自己也毀了……」〔註42〕

後來蕭長春「為了團結一切可以團結的力量，化消極因素為積極因素」，將馬志德夫婦從地主分子裏面劃了出來。事實上這種階級的劃分弱化了血緣的聯繫。最後，馬志德確信父親就是殺害小石頭的兇手，終於徹底認清了父親惡毒的本質：「你就是那種最毒最壞的地主！你不光心裏想，嘴上說，你真幹了壞事兒！你要毀大夥兒，毀我們倆個，還要毀我們沒出世的孩子。我們這輩子再不能背你的黑鍋了……」。〔註43〕這實際宣告了階級關係對血緣關係的終結。

在《金光大道》中，高大泉將自家僅有的玉米種子送給窮人做口糧，弟弟高二林提出先「約約分量」，高大泉立即上升到階級鬥爭的高度來分析兄弟

〔註42〕浩然，豔陽天〔M〕，北京：人民文學出版社，1995：690、1699。
〔註43〕浩然，豔陽天〔M〕，北京：人民文學出版社，1995：1699。

意見分歧的根源，無怪乎高二林堅決要分家「過幾天舒心的日子」。

毛澤東在著名的《湖南農民運動考察報告》中描述了「束縛中國人民特別是農民的四條極大的繩索」，它們是政權、族權、神權和夫權。隨著族權束縛的被砸破，傳統的婚姻關係也發生了巨大的變化。

傳統的婚姻關係遵循著「男尊女卑」、「男主外、女主內」的夫妻模式，在家庭中，丈夫是居於中心的統治者和支配者，而妻子只能處於服從和附屬的地位。新中國的成立給中國婦女帶來的最直接的變化，就是男女平等的觀念，婦女從最初「俺屋裏的」、「俺做飯的」變成了「能頂半邊天」的新女性，從家庭走向了社會。

在新的倫理秩序下，夫妻之間的關係首先是革命同志的關係。就像焦淑紅所說的：「以後，兩個人（焦淑紅和蕭長春，筆者注）也許能成爲夫妻，也許不能成爲夫妻；成了是革命同志，成不了也是革命同志，只有革命同志才是最寶貴的關係」。〔註44〕階級倫理使得同志關係凌駕於夫妻關係之上。

在《豔陽天》中，韓百仲和焦二菊夫婦倆一個是村裏的幹部，一個是積極分子，兩個人都是蕭長春的親密戰友，一起齊心協力爲農業社服務。夏日的夜晚，夫妻二人不話家常，不訴衷情，而是共同學習《黨員課本》。圍繞著焦二菊不認識的「聖」字，韓百仲展開了一番關於革命的議論和思考。隨著社會革命的鋪展，家庭生活呈現出革命化的態勢，模糊了家庭私有空間和革命公共空間之間的界限。

在階級鬥爭的敘事中，既然夫妻也是「革命同志」，那麼他們就應該並肩作戰，互相監督。因而，傳統倫理觀念中的「子爲父隱，妻爲夫隱」被作爲一種狹隘的私人情感而處於被否定的境地：你愛護誰，就應該揭發誰，批評誰。《豔陽天》中的新媳婦玉珍，爲了幫助丈夫焦克禮克服「思想根子上的」畏難情緒，在一次團員大會上把一些「私房話」向組織作了彙報，要「整整克禮的風」：

> 今天早上，韓主任和淑紅姐跟他一提當隊長的事兒，他當時就變得愁眉苦臉，我說他幾句，他還不服，回到家，飯也吃不香了，又跟弟弟發脾氣，又跟妹妹耍態度，跑到屋裏，瞅著房頂打楞兒。……我說，你應當跟蕭支書學習，只要一點私心沒有，全爲社會主義，一定能幹好。你們猜他說什麼？他說：「幹好？幹好個屁

〔註44〕浩然，豔陽天〔M〕，北京：人民文學出版社，1995：835。

吧！就一隊那些老奸巨滑的傢夥們，我一見他們就黑眼！讓我跟他們一塊混去，這不是給我罪受嗎？」……我說，你不用怕困難，有黨支部和領導，聽說還有喜爺爺給你當參謀，怕什麼。你們猜他說什麼？他說：「一個糊裏糊塗的老頭子，當什麼參謀！」〔註45〕

就這樣，婚姻這一最具私人性的空間也表現出明顯的政治化傾向。

二、革命話語的日常生活化

作為農民作家，浩然非常善於在作品中使用活潑生動的鄉間口語，這也是他早期被盛讚的原因之一。但是發展到《艷陽天》和《金光大道》，文本中卻存在著兩種語言：一種是農民的語言，它展現的是農村的日常生活；一種是革命的語言，它展現的是階級鬥爭的場景。隨著階級鬥爭的日益激烈，農民的革命化程度越來越高，這兩種語言之間的縫隙越來越大，革命的語言逐漸地彌漫到日常生活中，有壓倒農民語言的趨勢。

雷達在談到《艷陽天》時這樣說道：「在作品裏，生趣盎然的形象與外加的觀念，迴腸蕩氣的人情與不時插入的冰冷說教，真實的血淚與人為的拔高，常常扭結在同一場景。」〔註46〕比如馬之悅做媒要給淑紅介紹一個「父母全在北京」，自己在鎮上中學工作的教師，他從「不知天高地厚」的馬立本說到淑紅的個人條件，又說到柳鎮李家的這門親事，分析得入情入理，讓焦振茂動了心。馬老四聽說原委之後，立即勸告焦振茂淑紅的婚事不僅要跟她們娘倆商量，還得跟黨支部的人商量，「淑紅是什麼人？她是幹部，是團支書，她是在組織的人呀！」焦振茂的恍然大悟：「對呀！唉，我真是，怎麼沒想到這一節上呢！老四，你瞧瞧，這一行一動，我都跟你差一節兒，這是怎麼一回事兒呢？」馬老四的回答是：「你還有個尾巴，還沒有割乾淨，你還沒有把心跟黨完完全全地貼在一塊啊！」焦振茂也感歎：「一不留神就露尾巴。看起來，一個人要想進步，也真難啊。」〔註47〕兒女的婚事本是為人父母最家常的一件事了，可是在這裡，卻跟「黨組織」、「進步」有了密切的聯繫。

蕭長春和焦淑紅的愛情是《艷陽天》中比較引人注意的一條線索，但是革命的意識形態對私人情感生活的強大規範力量使革命者和積極分子的愛情

〔註45〕浩然，艷陽天〔M〕，北京：人民文學出版社，1995：794。
〔註46〕雷達，浩然，十七年文學的最後一個歌者〔J〕，北京文學，2008，（04）：145～147。
〔註47〕浩然，艷陽天〔M〕，北京：人民文學出版社，1995：825。

話語隱沒在階級鬥爭話語當中。

　　蕭老大因為兒子遲遲不肯去焦淑紅家裏提親生了氣，蕭長春卻說焦淑紅「眼下最需要的是鍛鍊本領，參加鬥爭，給集體出力氣，不能讓她往個人的問題上花腦筋」。蕭老大認為娶媳婦、結婚耽誤不了革命工作，蕭長春這樣說道：「搞革命的要娶媳婦，也要結婚，可是得分個時候！不管什麼時候，總是想這種事兒，他就不是真革命的；就是幹工作，也是為自己！」焦淑紅在院外聽到這些話，聯想到自己先前對蕭長春的暗戀，立刻「感到一種說不出來的慚愧」，她認識到：

> 一個搞革命的人，不論遇到大事兒、小事兒，都得先想到集體，
> 都得用階級鬥爭的眼光看；對，把個人的一切都暫時放在一邊去，
> 全心全意地投入鬥爭，鍛鍊自己；以後，兩個人也許能成為夫妻，
> 也許不能成為夫妻；成了，是革命同志，成不了，也是革命同志，
> 只有革命同志才是最寶貴的關係；好好地幹吧，跟大夥兒一起，把
> 敵人的陰謀打退，把社會主義的建設搞下去，這才是自己應當潑出
> 性命追求的目標！〔註48〕

　　階級話語對日常生活話語的滲透最明顯的體現在小石頭失蹤後。蕭長春來不及悲傷，他立刻把這件事和當前的階級鬥爭聯繫在了一起，「是不是有人要破壞農業社，陷害幹部，拖住拆垛、打場？」他自己不去找兒子，也不讓社員幫他找孩子，要求全體社員「堅決打場去」。當馬之悅責備他鐵石心腸的時候，蕭長春坦言：「從打我入黨那一天起，我的心就鐵了，從打一搞農業社，大多數社員的心也就鐵了——全都要堅決走社會主義的大道，誰也甭想把我們拉回來！這點打擊怕什麼？烏雲遮不住太陽，真金不怕火煉，東山塢永遠會是太陽當空，永遠是我們人民的天下。」蕭老大忍不住哭倒在地時，蕭長春提醒他要「多從階級鬥爭這邊想一想」，「革命總是要犧牲的，怕犧牲就不是革命者」，蕭長春「向他的爸爸，他的同志，他的黨發出了莊嚴的誓言」：「勇當革命的硬骨頭，不幹到底兒不罷休。」

　　然而，回到家後，蕭長春睹物思人，深深地陷入了失去兒子的痛苦之中，但作者又筆鋒一轉，把蕭長春的思想境界提高了一層：

> 搞和平建設，除了立場要站穩，意志要堅定，敢於跟壞人壞事
> 鬥爭，永遠一心無二地走社會主義道路之外，還得有犧牲自己的一

〔註48〕浩然，豔陽天〔M〕，北京：人民文學出版社，1995：835。

切的精神，包括流血的犧牲。他甚至認識到，這裡跟響著槍炮的戰場沒什麼兩樣；一個人，如果沒有這個準備，犧牲的事兒突然而來，又不能經受住，照樣會敗下陣去。〔註49〕

正是因為抱定了犧牲的精神，蕭長春才會把兒子的失蹤看做自己對革命的貢獻。他對焦淑紅這樣說：

> 不，這不叫損失，這是我對革命的貢獻。想收穫莊稼，就得先拿種子，想騎馬，就得先支出草料，搞革命這樣的大事業，就得投血本！這個血本裏邊，也包括我們的性命！你要知道，敵人想要的，是舊社會復辟，是千千萬萬勞動人民再生活在屠刀下邊，是千千萬萬家庭再死走逃亡、妻離子散；他們想先把我摞倒，因為我是按著黨的指示辦事兒的，因為我是跟大夥兒一個心眼兒的；他們把我看成了擋著道兒的石頭！我一想到我為保衛群眾不受大損失，自己遭了一點小損失，就保衛了大利益的時候，我感到光榮啊！〔註50〕

拋卻兒女情長，蕭長春方顯英雄本色。正如雷達所說，浩然既有堅持畫出靈魂的一面，同時又有俯就政治觀念的一面，這兩種相悖的東西融合在文本中，使《豔陽天》成為一個奇妙的矛盾體。

如果說在《豔陽天》中，日常生活話語和階級話語還能夠融合在一起的話，到了《金光大道》，階級話語就開始大規模地侵佔日常生活領域並佔據了文本的核心位置。

在《金光大道》中階級話語比比皆是，既有對馬、恩、列、毛經典語錄的直接引用，也有對當時主流意識形態話語的宣講。僅在《趁熱打鐵》一節，參加總結彙報會的縣委書記梁海山給大家講政策就佔據了這一章三分之二的內容。比如：

> 請注意，毛主席說，「農民群眾方面，幾千年來都是個體經濟，一家一戶就是一個生產單位，這種分散的個體生產，就是封建統治的經濟基礎，而使農民自己陷於永遠的窮苦。克服這種狀況的唯一辦法，就是逐漸地集體化；而達到集體化的唯一道路，依據列寧所說，就是經過合作社。」毛主席還說，「這是人民群眾得到解放的必由之路，由窮苦變富裕的必由之路，也是抗戰勝利的必由之路。」

〔註49〕浩然，艷陽天〔M〕，北京：人民文學出版社，1995：1494。
〔註50〕浩然，艷陽天〔M〕，北京：人民文學出版社，1995：1497。

……我們共產黨人要解放全人類，要搞社會主義；社會主義就是要逐步地、徹底地消滅私有制，挖掉這個禍根。所以說，誰如果在領著群眾鬧完土改，就停頓下來，那就不是真正的社會主義者，那是半截子革命，那是假的社會主義者，是冒牌貨……哲學上有一句話，叫「存在決定意識」。小私有制，必然決定小私有的意識。我們國家在解放前，是個半封建半殖民地的農業國，我們這些同志大多數都是個體小農的家庭出身，如今還被小農經濟團團地包圍著，我們的思想意識就必然帶有私有制的烙印，這就是農民意識，或者叫它私有觀念。要挖窮苦根，要消滅私有制，就得同時克服我們的私有觀念。同志們，不容易呀。眼下，私有制和私有觀念也像兩座大山壓在我們頭上啊！我們也必須用愚公移山的精神，一鎬一鍬地挖，革命一輩子，挖一輩子，什麼時候挖淨了，我們的革命才算最後勝利了！〔註51〕

不僅是階級鬥爭覺悟高的黨員幹部們言必談階級鬥爭和馬恩列毛的經典語錄，就連普通的群眾也有很高的思想政治水平，張口閉口都是革命話語。比如鄧三奶奶想好好敲打敲打高二林「這個被階級敵人利用了的小夥子」，有這樣一段對話：

高二林早就發現坐在橋頭欄杆旁邊的鄧三奶奶，假裝沒看見。

這會聽到叫他，只好硬著頭皮走過來：「三嬸，您幹啥去呀？」

鄧三奶奶說：「我有啥幹的？除了幹社會主義的事，還是幹社會主義的事唄！……」〔註52〕

《金光大道》這個名字本身就是一個隱喻，它指的是農業合作化這條社會主義的道路。在文本中，作者不止一次地通過人物之口暗示「金光大道」的象徵意義：高大泉出門回來，聽到的第一個消息就是弟弟高二林和他分了家，高大泉「不上火，也不難過。因為我懂得了發生這樣的事情不奇怪，這樣的事情發生在我這個家裏也不奇怪。從根上說，這是小生產的私有觀念造的罪」。劉祥一邊安慰大泉，一邊說：「我一定跟你走，走你說的那個金光大道，至死不變心。」劉祥的女兒春禧見媽媽在梳頭，以為媽媽要去走親戚，劉祥糾正女兒：「不是走親戚，咱們要漂漂亮亮地走社會主義的道兒！」劉萬

〔註51〕浩然，金光大道（第一部）〔M〕，北京：京華出版社，1994：454～458。
〔註52〕浩然，金光大道（第二部）〔M〕，北京：京華出版社，1994：256。

的婚禮上，鄧三奶奶讓講講「戀愛經過」。劉萬說：「我們可有啥經過呢？我們倆是一塊兒從個體單幹那個苦海裏爬出來的。我們要永遠跟黨走，走一輩子社會主義的金光大道！」在這裡，政治壓扁了生活，階級鬥爭話語達到了高度的日常生活化，成為日常生活的一個組成部分。

第三章　鄉村風俗畫面

　　浩然在「十七年」和「文革」期間創作的三部小說《豔陽天》、《金光大道》和《西沙兒女》在那個特殊的時期為他贏得了至高的榮譽，也使他一度在海內外產生了巨大的影響：除了漢語版外，這三部作品還被譯為蒙古文、哈薩克文、維吾爾文等多種少數民族文字。此外，《豔陽天》在 1973 年和 1977 年分別出版發行了日文版和朝鮮文版；《金光大道》第一部 1974 年出版了日文版，1981 年出版了英文版；《西沙兒女》第一卷《正氣篇》在 1976 年出版了法文版。以「階級鬥爭為綱」創作的作品在當年能夠獲得如此青睞，與當時的政治氣氛和「極左」的文藝路線固然息息相關。然而，在今天，當我們剝離了浩然小說中階級鬥爭的話語和線索之後，發現其中仍有感動人心的力量，而這種力量就來自於作者對鄉村日常生活圖景的真實描摹。

　　費孝通先生把我們生活的這個古老國度稱為「鄉土中國」。在這裡，每一個人都與鄉土有著千絲萬縷的聯繫，因而對鄉村中國的文學敘述形成了百年來中國文學的主流〔註 1〕，「老中國兒女」的日常生活以及他們特有的穩定而單純的農民文化也成為文學作品中被反覆書寫的對象。在浩然的小說中，無論是「十七年」、「文革」，還是在新時期，傳統的農民文化都透過鄉村日常生活或隱晦或鮮明地一以貫之地得到表達；即使是「文革」時期創作的《金光大道》，我們也可以在文本的縫隙中觸摸到熟悉的鄉村生活。如果說階級鬥爭的敘事話語是浩然小說在當年的影響力所在的話，那麼，鄉村日常生活圖景和對傳統農民文化的表達，則是浩然小說今天讀來仍具吸引力的根本原因。

〔註 1〕孟繁華，百年中國的主流文學——鄉土文學｜農村題材｜新鄉土文學的歷史演變〔J〕，天津社會科學，2009，（02）：94～100。

第一節　鄉土風情

在《中國鄉土小說史》中，丁帆將形成現代鄉土小說美學品格的最基本的藝術質素概括為風景畫、風情畫和風俗畫。風景畫是「進入鄉土小說的敘事空間的風景」，是對自然景物的敘寫；風情畫是「帶有濃鬱地方色彩的風景畫和風俗畫，以及在這一背景下的生活場景、生活方式、文化習俗等的呈現和外露」；風俗畫是「對鄉風民俗的描寫所構成的藝術畫面」。〔註2〕各地由於地理條件的差異形成了不同的自然風光，再加上特定的生活習慣、民風民俗，就構成了一地獨特的鄉土風情；而地方風情的描繪對於豐富作品的內容是大有裨益的。「五四」後湧現的「鄉土文學」的一個重要的美學特徵就是對鄉土風情的描寫。魯迅筆下的烏篷船，許傑筆下寧靜浪漫的「楓溪村」，蹇先艾筆下具有原始風貌的「老遠的貴州」都在「悲壯的背景上加上了美麗」。〔註3〕

在對鄉土風情的敘寫這一點上，浩然顯然承繼了鄉土文學的傳統。由於長期生活在農村，浩然深刻地瞭解農民的言語、行為、生活方式以及思想情感，作家又能夠充分地利用簡單寫實的方法和質樸本色的語言，細緻生動地再現鄉村日常生活場景，給讀者呈現出一幅幅富於地方特色和鄉村情趣的華北農村生活風情畫面。

一、自然風光

作為小說創作不可或缺的部分，自然風光的描寫常常有舉足輕重的作用。一方面，它能夠喚起讀者的聯想，使讀者產生美的享受，另一方面，自然風光的描寫也起到了渲染氣氛、襯托人物性格和推動情節發展的作用。馬克·吐溫筆下的密西西比河、福克納筆下的南方小鎮約克納帕塔法、托馬斯·哈代筆下的英國南部鄉村、肖洛霍夫筆下的頓河大草原都給讀者留下了深刻的印象。在中國現當代文學作品中，自然風光的描寫也並不罕見，沈從文、廢名、周立波、孫犁、汪曾祺等作家的作品中都有大量的自然景物描寫。浩然也不例外。在浩然的作品中，景物描寫所佔的比例並不大，但是作家擅於使用優美簡潔的語言和比喻、擬人等修辭手法對自己自幼就熟悉的華北農村做出生動的描述。

〔註2〕丁帆，中國鄉土小說史〔M〕，北京：北京大學出版社，2007：21～24。
〔註3〕茅盾，關於鄉土文學〔A〕，茅盾，茅盾論中國現代作家作品〔M〕，北京：北京大學出版社，1980：241。

在《豔陽天》中，作者不止一次地描繪過鄉村的夜色和晨曦：

> 五月末的北方夜晚，是最清新，最美好的時刻。天空像是刷洗過一般，沒有一絲雲霧，藍晶晶的，又高又遠。一輪圓圓的月亮從東邊山梁上爬出來，如同一盞大燈籠，把個奇石密佈的山谷照的亮堂堂，把樹枝、幼草的影子投射在小路上，花花點點，悠悠蕩蕩。宿鳥在枝頭上叫著，小蟲子在草棵裏蹦著，梯田裏的青苗在拔節生長著；即使在夜間，山野中也有萬千生命在歡騰著⋯⋯

> 圓圓的月兒掛在又高又闊的天上，把金子一般的光輝拋撒在水面上，河水舞動起來，用力把這金子抖碎；撒上了，抖碎，又撒上，又抖碎，看去十分動人。麥子地裏也是熱鬧的，肥大的穗子們相互間擁擁擠擠，喊喊喳喳，一會兒聲高，一會兒聲低，像女學生們來到奇妙的風景區春遊，說不完，笑不夠⋯⋯所有一切都不是靜的，都像在神秘地飄遊著，隨著行人移動，朝著行人靠攏。春天的夜，在運動，在歡樂。

> 血紅的霞光塗抹在房脊和樹梢上；各腔各調的音波，從低到高，在村莊上空飄蕩起來了。圈了一夜的公雞、母雞，在街上撒著歡，找著、搶著被夜風從樹上搖下來的小蟲子。水桶裏滴灑出來的水點兒，一溜一行、彎彎曲曲，從每一家門口，連到官井沿上⋯⋯〔註4〕

在這一幅幅自然風景畫中，讀者暫時忘卻了硝煙彌漫的階級鬥爭，沉浸在或寧靜悠遠或生動歡快的鄉村生活當中。

1994 年夏，京華出版社再版了《金光大道》並一次出齊四卷，在當時的文壇引起軒然大波。支持者有之，但更多的人對此持有惡感，認為《金光大道》的前兩部曾經得到過「文革」期間主流政治話語的垂青，是「文革」主流文學的象徵性符號之一。作為一個「給國家、民族以及個人帶來巨大創痛的噩夢般的時代的產物」〔註5〕，《金光大道》的再版「便讓人聯想到『文革』文壇，聯想到『革命樣板』，想到『四人幫』寫作班子對這部小說的吹捧」〔註6〕。一些文學史教材也認為，「《金光大道》雖然是個人創作，但完全失去了作家的個體

〔註4〕以上引文出自浩然，艷陽天〔M〕，北京：人民文學出版社，1966：21、357、766。

〔註5〕葉君，鄉土・農村・家園・荒野〔M〕，北京：中國社會科學出版社，2007：134。

〔註6〕楊鼎川，1967：狂亂的文學年代〔M〕，濟南：山東教育出版社，1998：109。

性話語，作品從主題、人物到情節結構，都成爲時代共名的演繹」。〔註7〕但即使是在這樣一部被普遍認爲是「圖解政治」的作品中也不乏田園詩般的景物描寫：

> 枝杈繁榮的老槐樹，掛滿了一嘟嚕、一嘟嚕像花生果一樣的槐豆豆。成熟了的向日葵，像一根根竹杆子挑起的一頂頂黃色錦緞的帽子，伸出高高的院牆。牆頭上，爬著豆秧。紫色的花朵開得正旺盛，垂著玻璃片似的豆莢。那中間，還有小磨盤似的窩瓜，如同塗了朱漆，上了油彩，又好像穿著紅兜肚的胖娃娃，仰臥在那兒曬太陽。〔註8〕

極其強烈的色彩感和形象的比喻爲讀者呈現出一副秋日的豐收美景。

> 一個連續的巨大響聲：「哷嚓、哷嚓」，「哷嚓、哷嚓」，驚飛了叢林裏熟睡的小鳥，嚇啞了莊稼棵下歡噪的青蛙；遠處的村落也受到牽動，小狗「汪汪」地咬，毛驢「嗷嗷」地叫……高大泉光著膀子，捲著褲腳，兩隻腳丫子深深地絮進土地裏，兩隻肌肉隆起的胳膊，揮動著一把亮鋥鋥的鐵鍬：一鍬泥，一鍬水，一鍬月光。〔註9〕

「一鍬泥，一鍬水，一鍬月光」，散文般的語言營造了一種鄉間田園詩的氛圍，把政治宣教與鄉村日常生活暫時的分開來。從另一個角度說，風光是作者感情的自然流露，如果作者對農村生活沒有發自內心的喜愛，是寫不出這樣的文字的。因而我們也完全可以說，作家的個人經驗和想像在《金光大道》中並沒有被完全地「改造」，正是在文本的縫隙之間我們看到了作者對農村生活細緻入微的觀察、感受和體驗。

浩然新時期的創作延續了五六十年代短篇小說樸實生動、清新明快的風格，對於鄉村風景的描繪也更加輕鬆自如。如《彎彎的月亮河》中傍晚的鄉村：

> 西墜的日頭，亞賽雞血一般紅，把最後一縷光抹在低矮的草簷上，抹在大窟窿小眼的窗戶上，抹在屋門旁邊掛著的一串落滿塵土的棒子種上。〔註10〕

〔註7〕陳思和，中國當代文學史教程（第二版）〔M〕，上海：復旦大學出版社，2005：166。

〔註8〕浩然，金光大道（第三部）〔M〕，北京：京華出版社，1994：634。

〔註9〕浩然，金光大道（第二部）〔M〕，北京：京華出版社，1994：549。

〔註10〕浩然，彎彎的月亮河〔M〕，天津：百花文藝出版社，1982：104

再如《浮雲》中唐明德的家鄉北田莊：

> 村東邊的大灌渠，高高的堤壩，像一道城牆，從西北的遠方彎
> 過來，又朝東南的遠方彎去。渠邊栽著密密的紫穗槐，小鳥在樹叢
> 中穿來穿去。一群牛，還有一群羊，在那上邊悠然地啃草吃。清亮
> 亮的水，從閘口嘩嘩地流出來，順著他腳邊的小毛渠流進長滿黃瓜、
> 豆角和西紅柿的園田裏。〔註11〕

類似的鄉村自然風光的描寫在浩然的作品中不勝枚舉，儘管它們在每一部作品中所佔的比重都較小，但是由於作家自幼生活在農村，對鄉村的一草一木都有細緻入微的觀察，寥寥幾筆就能勾勒出一幅幅樸實生動自然風情畫。

二、日常生活圖景

> 晚飯後，莊稼人經過一天緊張的勞動，差不多都打著飽嗝，或
> 者叼著煙袋到街上坐一坐，聊聊天，散散疲勞。除了多數男人，也
> 有少數婦女。男人把飯碗一擱，抬屁股就走，婦女的牽掛總是比男
> 人多一點兒。她們把孩子奶睡了，在炕沿上擋著一個大枕頭，才能
> 一邊繫著紐扣一邊走出來；男人們願意找自己對勁的人去湊夥，婦
> 女們沒有這個選擇的自由，差不多都站在自己家的門口，頂多到左
> 右鄰家或對門，因為一邊閒談，耳朵還得聽著屋裏，免得孩子醒了，
> 爬到炕下摔著。〔註12〕

這是《艷陽天》中東山塢的一個普通的傍晚。鄉村平凡而真實的日常生活場景就這樣時時閃現在壯麗的階級鬥爭和路線鬥爭的畫面之中，奇妙的混雜構建出一個既造作又生動，既虛浮也真切的文本。

日常生活是人的一種生活常態，它世俗而瑣碎。隨著中國共產黨新政權的建立，中國農村自給自足、相對封閉的格局被打破，農民們「日出而作，日落而息」的傳統生活模式也逐漸地發生了變化。建國後開展的各種政治運動，如 1950 年代初的「互助組」到後來的「人民公社」，以及在這期間進行的「大躍進」、「四清」等，都使農民的日常生活在運動的考驗中發生了變化：每天早晨的大喇叭喊話、幹活時的勞動競賽、晚飯後的開會、評工分、作動

〔註11〕浩然，浮雲〔M〕，長春：吉林人民出版社，1983：78。
〔註12〕浩然，艷陽天〔M〕，北京：人民文學出版社，1995：395。

員、搞批鬥都成爲農民日常生活的一個部分。但我們必須要看到，此時的鄉村既不完全是其樂融融的田園風光，也不僅僅是階級鬥爭的場所，平凡質樸的日常生活仍然是農民最主要的生活內容，它可能苦難沉重，也不乏愉悅輕鬆。

相比較鄉村自然風光，浩然對鄉村日常生活景觀的描繪要更爲具體細緻。在他的筆下，讀者既可以看到鄉村的日常勞動場景，如播種、澆水、收穫、揚麥，還可以看到農民的家庭生活場景，如休息、乘涼、相親、趕集等等。大量的鄉村生活場景一方面給人以眞實感和現場感，另一方面也起到了推動情節發展和塑造人物性格的作用。

在《老人和樹》中褚大一家在小院裏吃飯的情景：

> 小小的院子，沒樹沒花，只有一個破瓦盆裏裝著黃土，裏邊栽著兩棵葫蘆秧，插著兩根細細的竹竿；葫蘆秧剛放葉兒，竹竿上沒有爬上蔓兒，雖然上端拉了幾條小繩子，也沒有什麼陰涼。兒子，孫子，孫女，還有才過門三天的孫子媳婦，全在。有的坐小凳、坐臺階，有的靠門框站著，每個人手裏捧著一個碗：下邊是芸豆乾飯，下邊頂著雜合菜。只有孫子小有子跟別的人不一樣，他除了手上的飯碗，另外還有一隻盛菜的碗，放在栽葫蘆秧的瓦盆旁邊。〔註13〕

這一段話用白描的手法描寫了褚大一家吃午飯的情景，看似閒筆，與主題無關，但實際上爲刻畫褚大古怪的秉性和後文情節的發展起到了鋪墊的作用。作家開篇即交代褚大「是個名副其實的老小孩兒」，脾氣性格非常古怪，「一會兒晴一會兒陰」。這一段白描之後，褚大認爲大兒媳婦偏心眼，把肉全夾到了孫子小有子的碗裏，於是發了脾氣鬧絕食。然後再通過孫子小有子和媳婦蘭芝的對話，向讀者說明回顧了褚大年輕的時候「忠厚」、「正道」，還當過省勞模，只是在老伴去世後，脾氣性格發生了很大的改變。

浩然不僅通過靜態的語言來刻畫鄉村生活，同時也通過人物的行爲舉止、心理活動和語言來描摹農民的日常生活和勞作。

在《豔陽天》第十七章，蕭長春忙完社裏的事回到家裏，鍋冷竈涼的情景終於讓他感覺到「屋裏缺一個人」，可又覺得「找個合適也挺不容易」，蕭長春一邊想心事，一邊給孩子做飯，「笨手笨腳，弄得裏外都是煙霧」。焦淑

〔註13〕浩然，老人和樹〔M〕，北京：寶文堂書店，1983：2。

紅見狀過來幫忙，作家以蕭長春的視角描述了淑紅的行動：

> 轉眼之間，鍋裏的水開了。焦淑紅直起身，打開鍋蓋，在咕咕冒
> 泡的水上吹一吹，看看裏邊的水多少；又蓋上了鍋蓋，在上邊壓了個
> 盆子，沿著鍋蓋邊又圍了一圈兒抹布，爲的是不讓裏邊透出氣來。隨
> 後，她又把西鍋刷淨了，又在竈裏點著了火，又在鍋裏倒上油。就像
> 變戲法兒那麼快當，眨眼的工夫，就把一大碗菜炒好了。菜好了，飯
> 也熟了，飯菜的香味兒飄散開，立刻代替了剛才的煙霧。〔註14〕

這段文字動作性、運動感很強，作家沒有用一個形容詞來描述焦淑紅，但
是一連串的動作使人物活了起來，生動地刻畫出焦淑紅賢惠能幹的性格特點。

《浮雲》中程廣老伴兒給唐明德做媒。老太太一邊端詳著宋素蘭的模樣，
一邊在心裏判斷著這個人跟唐明德合適不合適。只見「她穿的是一身舊衣服，
大襟上補著一塊補釘，加上兩隻粗大的手，說明是個能幹活，能吃苦的人；
脖領上那葫蘆樣的紐襻，鞋口上那細密整齊的針腳，顯示出她是個心靈手巧
的人。她看人的時候，眼不斜視；說話的時候，笑不露齒；走路的時候，更
不搖頭晃腦——肯定是個安分守己的過日子的人。」接下來老太太「沒話找
話說，話兒裏引著話兒」，「從拐彎抹角到到單刀直入向姑娘把唐明德里裏外
外、前前後後仔細地介紹一遍」。姑娘同意後，老太太「連新衣服都沒來得及
換下來，就跑到唐明德幹活的地裏，她把唐明德拉到沒有人的樹蔭涼下邊，
把那個姑娘從頭髮梢到腳尖兒，詳詳細細地一描述，還把姑娘說的話，一字
一句地一學說，有的地方還帶點表情」。唐明德「一邊聽老太太磨叨，一邊用
腳碾著地上的土坷垃」。生動的日常生活細節描寫使一個熱心、愛管閒事兒的
老大媽，一個勤勞質樸的農村姑娘和一個老實的莊稼漢的形象栩栩如生躍然
紙上。

夫妻關係是人們日常生活中經常相互調侃的內容之一。《金光大道》中，
去北京支持鐵路工人的幾個年輕人在返家路上調侃鄧久寬。

> 忽然，牽著牛犢的周永振喊叫起來了：「嗨，久寬哥，你忙往前
> 邊跑啥呀？好幾個月都忍了，這一會兒工夫就耐不住啦？」

> 呂春江立即幫腔：「是呀，你甭急，大嫂子丟不了，跑不掉，這
> 會兒正依著門框，盼著你，等著你哪！」

〔註14〕浩然，艷陽天〔M〕，北京：人民文學出版社，1995：225。

鄧久寬回過頭來，怒衝衝地朝他兩個瞪一眼，甕聲甕氣地說:「誰像你們年輕的，心窩裏除了媳婦，不裝別的東西呀！」〔註15〕

這種調侃性對話一方面調節了主流政治話語所形成的濃重的嚴肅氣氛，給人們帶來一種精神、心理、感官上的輕鬆愉悅，另一方面也生動地再現了日常生活中人的自然本性。

三、地方風俗

風俗是特定社會文化區域內人們歷代遵守的行為規範。所謂「風」指的是自然條件的不同而造成的行為規範差異，「俗」指的是因為社會文化的不同而造成的行為規範差異。「五四」以後的鄉土文學就很重視地方風俗的描寫，視之為故事情節的重要構成部分。在二十年代鄉土作家的筆下，對「冥婚」、「沖喜」、「水葬」等風俗都多有表現。就描寫地方風俗來說，浩然的創作顯然與上述鄉土文學作品有諸多共同之處。在浩然的小說中，我們常常可以讀到諸如蓋房架梁、婚喪嫁娶等民間風俗的內容。這些鄉風民俗描寫，一方面增強了作品的地方特色，使作品獲得了民俗學的價值，另一方面也為人物的活動提供了典型的社會背景，更好地為刻畫人物性格服務。

《老人和樹》中亂石泉哭喪的風俗就起到了這樣的作用:

> 如果女的死了男人，女的必須得哭，越在人多的地方越要哭，哭得越厲害越好，嗓門兒越大越好，得哭出板眼來。反過來，男的死了女的，男的絕對不能哭，就算是恩恩愛愛的年輕夫妻，也必須咬牙忍耐；別說哭出聲來，即使是悄悄地抹淚，讓兩姓旁人看見都得被恥笑為「沒骨頭」、「沒出息」。〔註16〕

接下來，浩然寫到，褚大的老伴兒下葬的時候，褚大卻嚎啕大哭，「一邊哭叫，一邊用手扒土，手指甲都扒出血來」，而且自那以後，每到老伴兒的忌日，褚大都要去墳上痛哭一場。人們都覺得褚大是個「難伺候的老小孩兒」。接下來作家通過褚大之口交代了他和老伴兒相知相守的故事，一方面表現了褚大夫婦的深厚情感，另一方面也體現了褚大重情重義的性格。

同樣的，在《鄉俗三部曲》中，作家花了大量的筆墨寫甜水莊求雨的風俗。遇上大旱之年，生活在甜水莊的莊稼人就會拜神求雨。「求雨是一方幾萬

〔註15〕浩然，金光大道（第一部）〔M〕，北京：京華出版社，1994：210。
〔註16〕浩然，老人和樹〔M〕，北京：寶文堂書店，1983：17。

人死裏求生的大舉動。過年、過節，以及娶媳婦、嫁閨女這些喜事兒，都沒有這類舉動嚴重和隆重。」各村的頭目們聚首磋商後，各家各戶開始捐錢，湊鑼鼓傢夥、拴綁「龍駕」。所謂「龍駕」，就是一張八仙桌倒過來，把兩條長扁擔分開綁在兩邊的兩根桌子腿兒上。翻過來的桌子裏面，放著一隻香爐和一個小瓦盆。桌子頂上還搭著柳條的頂棚。「龍駕」後邊是浩浩蕩蕩的求雨大軍。一般一個農戶出一個人，兩三個村子出來的人組成一支隊伍。而這支隊伍的核心是十二個童男，十二個童女，加上十二個「背地裏沒有招過野漢子的真寡婦」。「這叫作『十二男，十二女，十二個寡婦來求雨』，表示對神的敬仰和虔誠。」假如這裡面有「假童男子」或者「假寡婦」，那麼求雨就不會靈驗；反之呢，就「全都靈驗，不論大雨小雨，總會下那麼一點點」。隊伍裏不分男女，「都用柳條挽成圈兒，套在頭頂上，手裏也執著一根柳枝兒」。經過村鎮的時候，會隨著鑼鼓的節奏揮動手裏的柳枝。「當地的男女老少都跑出家門，排列在街道兩邊，給求雨的人助威，往求雨的人身上灑水，或是捧著水碗給求雨的人喝」。作者還對求雨的具體步驟進行了詳細的描述：

　　　　求雨的終於來到降福山的龍潭跟前，把「龍駕」停在龍潭邊沿，由十二個童男裏推舉出一個行動靈巧的，下海「請駕」。他拿上帶來的小瓦盆，蹬著石壁的縫隙，一步倒一步地移到潭底，先舀上半瓦盆水，然後就在潭水裏或潭水周圍的岩石間尋找，見到活動的東西就捉住，放進瓦盆的水裏……那就成了「龍王爺」的化身。於是人們抬著、擁著瓦盆裏的「龍王」，凱旋而歸。天色完全大黑的時候，「龍王」把幾個村莊遊串完畢，最後在甜水莊的五道廟前「送駕」：把瓦盆裏的水潑掉。至此，完事大吉。〔註17〕

在這裡，浩然並不是單單要寫當地求雨的習俗，而是要通過這樣一個習俗來寫木匠范志良祖孫三代人不幸的命運。老木匠是一個「柳下惠式」的老光棍兒，一輩子琢磨的就是「攢錢」、「置業」、「堂堂正正地求個媒人娶個媳婦」，但是「從七歲那年頭一次被排上當了童男」之後，每逢鬧災求雨他都屬於當選者之一；直到七十七歲那次為止，「沒有一次求雨的舉動落下過他」。這為范志良的爺爺在十里八村贏得了很高的聲譽。後來，范志良的父親，老木匠的義子小木匠接替了義父的位置參加求雨，結果「求雨不靈驗，眼巴巴地等了一個月出頭，鬧了幾場虛張聲勢的陰天，滿天黑雲，乾打雷不下雨」。

〔註17〕浩然，鄉俗三部曲〔M〕，瀋陽：春風文藝出版社，1986：261。

後來，真相大白，求雨不成功是因為小木匠和小寡婦私通，於是他們變成了
人們仇視的對象。生下范志良後，小寡婦不堪壓力，在眾目睽睽之下上弔自
殺。在這裡，求雨的風俗實際上為人物的活動提供了環境背景，為人物的命
運做了交代和鋪墊。

第二節 「觀念」難以超越生活

傳統中國農村的社會關係是在血緣基礎上建立的人倫關係。費孝通在《鄉
土中國》中這樣解釋「人倫」：我們每個人的社會關係「是好像把一塊石頭丟
在水面上所發生的一圈圈推出去的波紋。每個人都是他社會影響所推出去的
圈子的中心。被圈子的波紋所推及的就發生聯繫……我們社會中最重要的親
屬關係就是這種丟石頭形成同心圓波紋的性質」，在這個人和人往來所構成的
網絡中的綱紀，就是倫；而「人倫」指的就是「從自己推出去的和自己發生
社會關係的那一群人裏所發生的一輪輪波紋的差序」。〔註18〕這種差序格局就
像石子投入水中發生的一圈圈的波紋，愈推愈遠，也愈推愈薄。人倫關係不
僅包括以婚姻和血緣為基礎的家庭關係，還包括以地緣為基礎形成的鄰里關
係。這些關係像是一張擺不脫的網，糾結著人們心靈中最本真的情感。《豔陽
天》和《金光大道》兩部作品所表現的矛盾和衝突都與階級鬥爭有關，但是
在作品中給人留下深刻印象的並不是劍拔弩張的階級關係，相反，那些溫暖
的人倫情感，父子／女情、夫妻情、友情、愛情卻是作品中最打動人心的部
分，也是觀念難以超越生活的佐證。

一、親情

《豔陽天》中寫了好幾對父子，蕭長春父子、馬志德父子、馬連福父子
等等。作家將這些父子分門別類歸屬到不同的階級，但是政治話語並不能切
斷父子之間的血緣聯繫。

蕭老大一直為兒子的婚事操心，多次託人給兒子提親，可兒子只是忙於
工作，無暇操心自己的私事，做父親的蕭老大既心疼又埋怨，跟兒子發起了
脾氣：

> 蕭老大不光沒有理會，反而有點氣了：「唉，我說你是個怪人，

〔註18〕費孝通，鄉土中國・生育制度〔M〕，北京：北京大學出版社，1998：26～28。

你還不承認。你眞讓我想不開！搞革命就不娶媳婦、不結婚了？想想這種事兒，就礙著你們工作了？〔註19〕

同樣作爲父親的蕭長春，對自己的兒子也表現出了深沉的愛。這一點在小石頭失蹤後表現得最爲突出。蕭長春看到找孩子回來的焦二菊，蕭長春「趕緊迎過來，兩眼緊緊地盯著焦二菊的嘴巴；他希望從這張嘴巴裏蹦出這麼一句話：『孩子找到了。』可惜，當他走近焦二菊的時候，才發現這個直爽、粗獷的人朝他投過一種憐憫、悲愁的目光。蕭長春心口又一冷，兩條腿立刻釘住了。」他「掏紙捲著煙。他的兩隻手失去了往日的靈巧，好不容易才把一支煙捲好。」他回憶著兒子的點點滴滴：「孩子剛剛學會說話的時候，第一句就是『爸爸』這兩個字兒。那一天在家門口，當著好多人的面，孩子在爺爺懷裏張開兩隻小手，喊他爸爸。他臊紅了臉，假裝沒有聽見，卻在心裏邊使勁兒答應了一聲。有一次，孩子把他的鋼筆尖截折了，問還不承認，他生氣了，舉起巴掌要打孩子，可是，還沒有容他把手落下來，孩子就撲到他的懷裏，小嘴巴非常乖巧的說：『爸爸，別生氣，等我長大了，進北京給你買一支新的來。』一句話，把他逗樂了。」

回到家後蕭長春睹物思人：

忽然間，他的耳邊響起一個熟悉的聲音：「爸爸，爸爸！」緊接著一個歡快的身影從屋裏跳了出來；兩隻滾圓的小胖手抱住他的腿，又把熱乎乎的小臉蛋貼在他低下來的臉上；他不由自主的露出笑容，張開兩隻手，彎下腰去……風吹樹葉響，風搖樹枝動，哪裏是孩子的聲音，哪裏有孩子的身影？聲音是從他心裏想出來的，身影是從他腦袋裏跳出來的……他一條腿跪到炕上，伸手去拉被子，一拉，偏偏拉過來一隻枕頭，一隻小小的枕頭，一隻用紅市布做的，上邊沾著油泥的小枕頭。這是孩子出生後第一隻枕頭，也是他的最後一隻枕頭，這枕頭是他媽媽替他做的；後來孩子長大了，枕頭太矮了，焦淑紅又給他拆洗一遍，往裏邊加了一些蕎麥皮，把它裝的鼓鼓囊囊；孩子枕著這個枕頭睡了六個春秋，枕著這個枕頭做了多少天眞的美夢呢？蕭長春收回腿，順勢坐在炕沿上，兩手捧著枕頭，放在眼前看著；他彷彿聞到一股子奶水的香味，聞到一股子幼稚的、像剛出土的嫩苗那種氣息。剛強的硬漢子，這會兒再也壓不住他那

〔註19〕浩然，艷陽天〔M〕，北京：人民文學出版社，1995：834。

激動、沉痛的心情了，就像閘門擋不住洪水那樣，漫臉的熱淚，從他的眼睛裏湧了出來。〔註20〕

作者用細膩的筆觸描寫了蕭長春對兒子的思念和失去兒子的痛苦，這不僅使蕭長春的形象更加感性、豐滿，也讓讀者對蕭長春產生了幾分感動。

類似的例子在《豔陽天》中有很多：老實厚道的韓道滿在大多數時候，「見了爸爸，就變成一隻老實的小羊羔了」；父親讓他去社裏支點錢，雖然百般的不情願，為了不忤逆父親，也只好去找馬立本。馬連福即使和父親馬老四因為對合作化有不同的看法而分了家，卻也常常互相惦記著；做兒子的「做一點差樣的東西，常常給他的爸爸送一些去」，當爸爸的也「為兒子的一喜一怒擔心，為兒子的每一個腳步勞神」。馬連福要去工地了，馬老四「不管怎麼著，該惦著還是惦著」，特意煮了雞蛋給兒子送來；馬連福也覺得「爸爸終歸是爸爸，還是疼兒子的」。

而在《金光大道》中，高大泉和女兒小鳳之間的深厚感情也沒有被階級鬥爭的話語所遮蔽：

（高大泉，筆者注）兩隻手不停地忙碌著，所以車子那邊的一切動靜，都沒有聽到，一對小兒女走了過來，他也沒有發覺，直到小鳳撲到他的後背上，小龍站在他的跟前了，他才從沉思中驚醒過来。

小鳳撒嬌地扯住他那隻握著小鐵錘的手，說：「爸爸，回家吃飯。」

高大泉把小女兒攬在懷裏：「誰家這麼早吃飯呀？你看，太陽還沒有落下去哪。」

小龍說：「今天要包餃子吃，等著你去擀皮兒。」

高大泉站起身，活動一下蹲得有些發麻的腿：「我這活計，差一點兒就做完了，做完了就回家。你們先走吧。」

小鳳攥著爸爸那粗大的手指頭，往前拉著：「不行，不行。你再不回家住，媽媽就生氣了。」

高大泉衝著女兒做出一種故意吃驚的樣子：「真的？是媽媽對你說的嗎？」

小龍在旁邊替妹妹回答：「是我嬸子説的……」

〔註20〕浩然，艷陽天〔M〕，北京：人民文學出版社，1995：1495。

小鳳搶著說：「嬸子告訴我，媽媽要插上門不讓你進屋……爸爸別怕，你叫我，我給你開門……」

高大泉挺開心地笑了，用手掌輕輕地拍了拍小女兒的頭頂。朱鐵漢從車廂那邊探過頭來，又朝小鳳齜牙瞪眼：「幹什麼哪？啊！」

小鳳趕緊躲到爸爸懷裏，用小手招呼爸爸彎下腰，嘴巴對著爸爸的耳朵，兩隻烏黑的眼睛警惕地盯著車廂那邊的朱鐵漢，小聲說：「村長特別壞……」

「嗯，不能說這話。」

「真的。」

朱鐵漢喊叫：「大點聲，把耳朵咬掉了！」

小鳳趕緊對爸爸說：「他老揪我的小辮子，讓我管他叫爸爸。偏不叫他！偏不叫他！」

朱鐵漢不知是聽清的，還是猜到的，哈哈地大笑起來，而且笑個不停。

兩個孩子都被他笑愣了。

高大泉瞪了朱鐵漢一眼：「你呀，你呀，真不是東西！」

張小山從那邊走過來說：「小鳳告狀了吧？我打證明，是真的。支書，趕快給村長張羅成家吧，想媳婦都想瘋了！」

小龍和小鳳又喊叫爸爸回家包餃子。

高大泉說：「好孩子，回家告訴媽媽，先剁餡、和麵。一會兒我就去擀麵皮。」

小鳳說：「不行！不行！」

小龍說：「你們不是把車修理完了嗎？」

高大泉說：「爸爸還有工作，還得到會計室、保管股去，那兒正攏帳、清庫哪。」

小鳳還是不放爸爸。

朱鐵漢朝她瞪眼珠子：「你敢跑這兒跟支書強迫命令？好大的膽子呀！快給我滾！」

　　大門口有人搭腔了：「我看你的膽子就不小，敢訓我們小鳳！」

　　眾人回頭一看，說話的人是鐵漢媽。

　　小鳳像是見到了援兵，大聲地喊：「奶奶，快來，打他，打村長！」

　　眾人都笑了。

　　高大泉笑得最開懷，一彎腰把小鳳抱了起來，使勁兒地親她的小臉蛋。

　　鐵漢媽撩著衣襟，擦了擦笑出來的淚水，說：「小鳳，甭著急，等奶奶回到家，插上門狠狠地把他打一頓。太可恨了！」〔註21〕

　　孩童的稚拙可愛、高大泉、朱鐵漢、鐵漢娘對孩子的喜愛和親昵躍然紙上。此刻，政治沉默，只有最溫情脈脈的生活在說話。

二、愛情

　　愛情是一個永恒的話題。儘管浩然並不擅長兒女情長的書寫，但在他的作品中我們仍然能夠讀到質樸含蓄的愛情敘寫。當然浩然在「十七年」和「文革」期間的愛情敘事，大多與革命者或積極分子有關，並且這種愛情通常是以「革命化」的形式呈現出來的，但我們必須要承認，在那樣一段特殊的歲月裏，愛情敘事圖景還是很賞心悅目的。

　　1956年浩然發表了短篇小說《春蠶結繭》，其中描寫到蘭芬與楊寶石的一段對話：

　　　楊寶石說：「是呀！最近縣裏要舉辦蠶桑訓練班，你不去嗎？」

　　　蘭芬說：「我不知道一點信呀！莫非說，他們還不知道我們社裏有了養蠶的？」

　　　楊寶石說：「回去打電話問一下吧！那麼，你一定去嗎？」

　　　蘭芬說：「當然要去了，咱們倆這一輩子，就獻給養蠶事業上吧。」

　　　蘭芬說完這句話，臉刷的一下就紅了。

　　　楊寶石的心也跳起來。他拉住蘭芬的手，想說什麼，又說不出口。〔註22〕

〔註21〕浩然，金光大道（第四部）〔M〕，北京：京華出版社，1994：114～116。

〔註22〕浩然，浩然文集：卷一〔M〕，瀋陽：春風文藝出版社，1983：34。

這是典型的浩然式的表達，它與當今流行的情感表達方式截然不同。從表面上看，愛情話語似乎完全被政治話語所代替，可是「咱們倆這一輩子，就獻給養蠶事業吧」這一句話卻準確無誤地傳達了他們愛情的信息。

《豔陽天》中，作家一再強調蕭長春和焦淑紅的愛情是「不談戀愛的戀愛、是崇高的戀愛」，焦淑紅「不是以一個美貌的姑娘的身份跟蕭長春談戀愛，也不是用自己的嬌柔的微笑來得到蕭長春的愛情，而是以一個同志、一個革命的助手，在跟蕭長春共同爲東山塢的社會主義事業奮鬥的同時，讓愛情的果實自然而然地生長和成熟……」。﹝註23﹞然而，這對年輕的男女畢竟是在戀愛，這種洋溢著青春氣息的愛情屢次以「臉熱心跳」的形式讀者面前。

在《豔陽天》第一卷第十七章，蕭長春手忙腳亂地給孩子做飯，卻弄得屋裏屋外滿是煙，焦淑紅「看不下去了」，於是從自家盛了飯菜給小石頭送去。

> 焦淑紅把飯碗塞給小石頭，說：「吃吧，乖乖的。往後不許再叫我姐姐了。」
>
> 小石頭接過飯碗，眨巴著眼問：「叫什麼呀？」
>
> 焦淑紅說：「叫姑姑，好不好？」
>
> 小石頭點點頭：「好。」
>
> 焦淑紅說：「叫個我聽聽。」
>
> 小石頭的兩片小嘴唇一碰，清脆的叫了聲：「姑！」

隨後，焦淑紅「奪過蕭長春手裏的火棍子」，「悶著頭，撕著柴草，往竈裏添」，此時「竈膛裏的火，旺盛地燃燒著，畢畢剝剝地吐著舌頭，舔著竈門；火光紅彤彤的，烤著姑娘嚴肅的面孔，也烤著姑娘不安靜的胸膛。」﹝註24﹞

第27章，夏日的夜裏，蕭長春與焦淑紅「沿著小河」「並排往前走著」。兩個人「誰也沒說話，各自想著心事，胸膛裏都像有一鍋沸騰的開水。」焦淑紅不小心踩進一個小土溝裏，面對蕭長春關切的詢問，「焦淑紅朝蕭長春這邊靠靠。她立刻感到一股子熱騰騰的青春氣息撲過來。姑娘的心跳了。」暗戀著蕭長春的焦淑紅爲了試探蕭長春的心思，對他說：「你衝著老頭子、小石頭也該馬上娶個人來呀！」說出這句話，焦淑紅覺得「臉上一陣發燒」。而這位東山塢最優秀的單身男子卻言不達意地說：「正是爲他們，我才應當把全部

﹝註23﹞浩然，艷陽天〔M〕，北京：人民文學出版社，1995：454。
﹝註24﹞浩然，艷陽天〔M〕，北京：人民文學出版社，1995：224～225。

力氣都掏出來工作呀。」當焦淑紅離開後，蕭長春衝動的情緒才呼嘯而至：「兩眼直愣愣地望著焦淑紅走去的身影漸漸地隱藏在銀灰色的夜幕裏，他的心反而越跳越厲害了。許久，他都沒有辦法讓自己平靜下來。」〔註25〕

第35章，焦淑紅從蕭長春的本子裏「竊取」了一張蕭的照片，作者這樣描述她的神情：

> 她把那張照片捧在手心裏，愉快地看了一眼，又捂上了。進了自家的後門，站在那石榴樹下，她又捧著照片看起來。照片上那威武英俊的革命軍人，朝著她微笑。只有這個時候，她才敢於這樣大膽地看蕭長春，看蕭長春的濃眉俊眼……焦淑紅望著照片，害羞地一笑，把照片按在她激烈跳動的心口。〔註26〕

第57章，蕭長春、韓百仲、焦淑紅在大隊辦公室研究撤換馬立本會計職務的事兒後，蕭長春、焦淑紅一起往家走的路上，蕭長春的衣服被樹上的刺兒刮了個大口子，焦淑紅堅持要給他補補衣服：

> 「快把褂子脫下來給我看看，扯多大個口子？」

蕭長春說：「不太大。」

焦淑紅說：「脫下來吧，讓我給我你縫縫。」

蕭長春說：「對付幾天算啦。」

> 「也該洗洗了，一股子汗味兒；濕漉漉的，穿在身上多不舒服啊！」

> 「別讓它佔你的時間了，你也夠忙的。」

> 「快點吧，哪這麼多用不著的話呀！」

當蕭長春最後把衣服脫下來遞給焦淑紅後，作者寫道：

> 焦淑紅瞥了蕭長春一眼，心頭一熱，抱著衣裳跑進院子，她聞到一股子香氣，不知道是從石榴樹上撒下來的，還是從衣裳上散出的，更不知道是真的有香氣，還是她的感覺……〔註27〕

臉熱心跳，這是正常的男女在面對自己心儀的人時的正常反應，正是在這一熱一跳的情態中，讀者感受到了他們之間細膩含蓄的感情，觸摸到了人

〔註25〕浩然，艷陽天〔M〕，北京：人民文學出版社，1995：346～358。
〔註26〕浩然，艷陽天〔M〕，北京：人民文學出版社，1995：454。
〔註27〕浩然，艷陽天〔M〕，北京：人民文學出版社，1995：728～731。

性的底蘊。

《豔陽天》中還描寫了另外一對年輕人韓道滿與馬翠清的愛情，文中雖然著墨不多，但相比較蕭、焦二人，他們似乎更像年輕人在談戀愛。兩人在回家的路上都故意繞個小彎，就是為了單獨的跟對方多呆一會；兩人一會兒鬧彆扭，誰也不理誰，一會兒又和好如初；馬翠清還常常撒撒嬌，欺負一下老實的韓道滿。《豔陽天》中還寫到了兩個熱戀的年輕人正常的生理欲望。在第 15 章韓道滿告訴馬翠清蕭長春回來相親，焦淑紅也要訂親了，馬翠清譏笑韓道滿：

> 馬翠清嘻嘻笑著，推著韓道滿說：「快去吧，你光想這事兒！」
>
> 韓道滿一躲閃，把馬翠清鬧個趔趄。韓道滿連忙伸手拉馬翠清，用的勁頭猛了一點兒，這一拉，順著勁兒把馬翠清拉到自己的懷裏了。從來沒有接觸過的、少女的溫暖，電一般地傳到他的身上。又像是怕她跑掉，身不由主地把姑娘摟住了。
>
> 馬翠清的胸膛突突跳，她根本沒有想到老老實實的韓道滿突然間來這麼一手。她一時不知道怎麼辦好，掙脫跑開不是，這樣呆著也不是，變得像一隻小貓。
>
> 韓道滿也很吃驚，沒想到自己還有這麼大的膽子。
>
> 白楊樹上的兩隻喜鵲，抖動著翅膀飛跑了。
>
> 馬翠清使勁兒掰韓道滿的手，推他的胳膊，想掙脫，低聲說：「我當你老實，敢情真叫壞！」
>
> 韓道滿也不吭聲，頭一低，在她那胖呼呼的腮上使勁兒親了一下。〔註28〕

也許正因如此，才會有論者認為「欲望是豔陽天的主題，只不過這個主題被政治巧妙地包裹起來了」。〔註29〕

在《金光大道》中，浩然主要寫了四對情侶（包括夫妻）的愛情，同樣，浩然在作品中也把愛情寫得很含蓄純樸。這也許是作者愛情觀的自然流露，也是他個人話語的自然流露。比如高大泉夫婦，儘管作者一再強調「高大泉

〔註28〕浩然，艷陽天〔M〕，北京：人民文學出版社，1995：203。

〔註29〕蔡詩華，歷史是一面鏡子——浩然及其作品評价〔J〕，文藝理論與批評，2000（05）：128～135。

和呂瑞芬的愛情，建築在深深的樸素階級感情的基地上，又隨著鬥爭的風雨，齊心合力培育起革命精神的枝葉和花朵」。但是在文本的細微之處，我們仍然可以感受到高大泉夫婦相濡以沫的溫情。

高大泉帶著村裏一些勞動力到首都北京支持鐵路工人兩個月後，返回家裏剛見到妻子呂瑞芬，作家寫道：

> 月光像清水一樣，泄進屋裏，灑在媳婦的身上；兩隻剛擺脫困倦的眼睛，深情地望著這個好不容易才盼回來的男人。
>
> 他們面對面地站著，你看著我，我看著你，好像都不知道第一句話應該說什麼。
>
> 高大泉咧嘴笑笑，呂瑞芬也對他笑笑，這就算打了招呼。
>
> 高大泉進了裏間屋，立刻發現牆壁打掃得很乾淨，窗上糊了新紙，正面牆上的毛主席像兩邊貼上了兩張鮮紅的對聯，八仙桌子上掛了舊花布的簾兒，角角落落都起了一些變化。這些使他對這個家產生了一種又新鮮又親切的感覺。
>
> 呂瑞芬見男人這瞧那看，同時臉上流露出一種又驚訝又欣賞的神態，倒覺著有點不好意思了，就說：「餓壞了吧，我給你做點湯吃吧。」〔註30〕

沒有卿卿我我地互訴衷腸，沒有直露的愛情表白，但是一句「深情地望著這個好不容易才盼回來的男人」敘說，和「他們面對面地站著，你看著我，我看著你，好像都不知道第一句話應該說什麼了」、「高大泉咧嘴笑笑，呂瑞芬也對他笑笑，這就算打了招呼」兩段動作神態的描寫，一種「只可意會，不可言傳」的屬於夫妻間的默契靜靜地在文本中流淌。

類似的溫情敘說還有很多，大多都出現在高大泉和呂瑞芬短暫分別之後。如：

> 在院子裏臉望著臉的兩口子，出現了少有的拘謹和沉默。彼此都積攢著一肚子知心貼己的話兒，急等著見了面的時候往外倒，如今他們真見面了，卻都不知道應該先挑哪一句說最合適。千言萬語都在這種對視中交流了。〔註31〕

〔註30〕浩然，金光大道（第一部）〔M〕，北京：京華出版社，1994：255。
〔註31〕浩然，金光大道（第一部）〔M〕，北京：京華出版社，1994：516。

　　　　當高大泉勉強地被她逼著上了炕，又躺下的時候，她有一種說
不出的心滿意足，連兒子小龍都被她打發到街上去了。她又掩上屋
門，收拾了院子裏的桌凳，隨後，坐在葫蘆架下，納開了手工鞋底
子。這會兒，她心裏是很愜意的，可是細細地回想著發生過的一切，
又有一種慶幸中帶著後怕的情緒。當她每天起早做飯、洗衣、照顧
孩子、納鞋底子，忙忙碌碌之後，躺在炕上，用一種連心的關切想
念著在燕山跑運輸的男人的時候，她哪裏會想到，他們這對情投意
合的夫妻，經歷了一場這樣嚴重的生死訣別的關口呢？男人回來
了，就是三天不吃飯，她也不會感到肚子餓了。〔註32〕

　　夫妻間的默契、體諒、牽掛和思念溢滿紙上，正是通過這種方式，作家
不失時機地把人物的情愛和欲望告訴讀者，使讀者從中感受到處於階級鬥爭
風口浪尖的人物的真實生活的一面。

　　作者還描述了秦文吉和趙玉娥之間的感情：

　　　　他（秦文吉，筆者注）不由自主地把媳婦，跟全芳草地的女人
作起比較；比來比去，他覺著自己的媳婦是個最齊全、最合適、最
可他心意的人。他回憶起他和媳婦初婚那段甜蜜的日子。那時候，
他們互相體貼互相疼愛，親親熱熱，好得不得了。他跟爸爸下地幹
半天活計，好像離開家一年半載那麼長；總要想個辦法，找個藉口，
溜回家來，看媳婦一眼。不論大秋麥月，多忙多累，只要身孔一挨
炕、腦袋一沾枕頭，他就來了精神，跟媳婦有說不完的貼己話兒。
冬天，他爸爸打小算盤，讓男一屋女一屋的，俗語叫「並炕」住。
秦文吉寧肯睡冷屋子，也不跟媳婦分開睡。〔註33〕

　　這些愛情的敘說在當時其他主流文學如「樣板戲」、《虹南作戰史》等小
說中一處都沒有，因而有研究者認為，儘管在《金光大道》的創作中，浩然
在適應意識形態的要求上更為自覺，在藝術上也更加有力地貫徹了當時「典
型化」的創作原則，我們卻不能夠說「作家所有的個人經驗和想像已經被完
全『改造』，這之中仍然存在著一些空隙，一些裂縫」。〔註34〕在這部作品中，
浩然不僅沒有放棄愛情敘事的權力，關閉愛情敘事的空間，反而以健康、含

〔註32〕浩然，金光大道（第二部）〔M〕，北京：京華出版社，1994：329。
〔註33〕浩然，金光大道（第三部）〔M〕，北京：京華出版社，1994：123。
〔註34〕洪子誠，中國當代文學史〔M〕，北京：北京大學出版社，1999：202。

蓄、美好的筆觸把當時主流文學中缺席的愛情又請上了文學敘事「場」，讀者從中讀到的不僅僅是愛情，更重要的是讀到了眞實的人，眞實的生活。

在新時期的作品中，浩然將筆觸集中在普通農民的愛情、婚姻和家庭生活上。儘管沒有了意識形態話語的規約和限制，浩然筆下的愛情仍然延續了含蓄淳樸的風格：幾乎沒有甜言蜜語的表白，雙方的感情主要是通過行動或者心理來表達。

在《彎彎的月亮河》中，柳順愛上了賣煙捲的谷家姑娘俊玉。他收工回家的路上，竟不知不覺地繞了個彎，去看俊玉。俊玉招呼他時，柳順「立刻變得膽怯了，在搖腦袋表示什麼也不買的時候，把兩隻燃著火苗的眼睛迅速地從姑娘迷人的臉上挪開，心那個跳啊，好像一張嘴就能蹦出來！」俊玉見他出了汗，給扔過一條毛巾來，柳順「心跳得更厲害了。他慌了神兒，不知道該咋辦好，是站著不動窩兒，還是拔腿就跑？」谷家姑娘約他吃完晚飯來聽「話匣子」，柳順卻拿不定主意。作家這樣描寫他的心理活動：

> 晚上的時間是不容易熬到的，好不容易熬到了，又苦苦地折磨起柳順：那個話匣子是去聽還是不去聽，翻過來，倒過去，怎麼也拿不定主意。去吧，好傢夥，一個光棍兒，半夜沒事兒，鑽到有名的「刺玫花」家裏聽戲，要是讓大老郭知道了，得說出啥難聽的話呢？傳揚出去，名聲準不好。不去跟谷家那個姑娘待一會兒吧，一來答應了人家，說話不能不算數；二來，心裏像貓抓的一樣發癢，咋能忍受住呢！他從屋裏走到屋外，又從屋外轉回屋裏，抓耳撓腮，心煩意亂，無論怎樣咬牙、發誓、下決心，也拿不定個準主意。〔註35〕

這一段心理描寫既寫出了柳順內心的矛盾鬥爭，也寫出了柳順膽小怕事，安分守己的性格。

《浮雲》中的唐明德在城裏上班，一個月才能從回鄉下探望一次妻子，要走的時候，媳婦「使勁兒抱住他的胳膊不讓動」。唐明德「像哄小孩那樣哄媳婦」，並承諾下個月在家裏多陪媳婦呆兩天。媳婦呢，也終於撒開手，「比丈夫還快當地穿好衣服；抱柴、點火，做熟了稠稠的棒子粥，眼看著丈夫吃了滿滿的兩碗，她才心滿意足地放丈夫動身」。〔註36〕

〔註35〕浩然，彎彎的月亮河〔M〕，天津：百花文藝出版社，1982：22。
〔註36〕浩然，浮雲〔M〕，長春：吉林人民出版社，1983：460。

三、宗親

　　由於農業直接取資於土地，因而以農爲生的人常常世代定居在一個地方，除去大旱、水災，戰爭這樣的例外極少遷移到他鄉。這樣，一個村子一般只有一個或幾個姓，而且多多少少還有點沾親帶故的宗親關係。比如《山鄉巨變》中的清溪鄉，盛姓是第一大姓，盛清明與盛淑君是出了五服的堂兄妹，盛祐亭是盛清明沒出五服的堂叔；張桂秋的妹妹嫁給了劉雨生，劉雨生後來又與盛佳秀結婚；盛淑君與陳大春是戀人關係，陳大春的妹妹陳雪春又與盛祐亭的兒子盛學文是戀人關係。這樣，一個村住著的人基本上都有一定的親戚關係。宗法意識是中國農村傳統文化的重要內容，同一家族的人往往會互相幫助，互相支持，比如《創業史》中的下堡村主要居住著梁、郭、姚三大家族，小說中經常提及「一個梁（郭）字掰不爛」就集中體現了一種濃厚的血緣宗親觀念。當梁三在災荒之年收留了梁生寶母子二人後，其他鄉鄰只是來看熱鬧般來湊湊趣，只有梁大眞正爲梁三考慮，唯恐母子二人跑了，幫助他立了婚書。

　　《鄉俗三部曲》中的英子媽是個熱心人，誰家辦紅白喜事都跟著張羅，可是曹寶的婚事「她張羅得最歡」，不只是因爲這兩家是老鄰居，「更要緊的，他們是沒們五服的當家子：王金環是她的侄媳婦，她是王金環的五嬸婆」，所以辦喜事那天，「是她親手把新媳婦王金環攙下車的，是她扶著新娘婦王金環拜的天地；是她把新媳婦王金環領進新房，陪著坐了大半天加一晚上；又是她親手把剛煮熟的『子孫餑餑』給新娘、新郎端進屋，最後說了句祝福的吉利話兒，給帶上門，搭住鐵釘錦兒的」。〔註37〕日後，曹寶家有點什麼雞毛蒜皮、雞爭鵝鬥的事情，英子媽都會在第一時間趕到，最重要的原因還是離不開血緣宗親觀念。

　　既然同一個村子有不同的姓氏，那麼不同家族之間的矛盾也常常是中國農村社會中突出的矛盾之一。楊守森在《階級鬥爭背景的超越》一文中就指出，《豔陽天》中喧囂的階級鬥爭與路線鬥爭的背後眞正隱藏的是與封建宗法意識相關的家族集團之間的利益之爭。通過對《豔陽天》文本，尤其是第一卷的分析，可以說這種觀點不無道理。

　　在東山塢有三大姓：馬、韓、焦。馬家多是富戶：如馬小辮是地主，馬

〔註37〕浩然，鄉俗三部曲〔M〕，瀋陽：春風文藝出版社，1986：44。

齋是富農，馬大炮、彎彎繞是中農，他們構成了小說中反社會主義的勢力。韓、焦兩個家族多為貧農，且兩族之間多有姻親關係（如韓百仲、焦二菊是夫婦），這又構成了家族聯盟，他們代表了社會主義的一方。蕭長春是投靠韓姓姥姥家來東山塢落腳的，他不僅同是窮人，且稱韓百仲為「大舅」，並與焦淑紅有實際上的戀愛關係，這樣，蕭長春自然而然地成為韓、焦家族聯盟中的重要一員。馬翠清雖然姓馬，但她是韓百仲的乾閨女，因而站在了韓、焦一方。東山塢就處在這種密不可分的家族關係網絡中。除了極個別人物，如老實、膽小的中農韓百安站在馬家一邊，對馬小辮有個人仇恨的馬老四站在蕭長春一邊，作者所描寫的東山塢的階級陣營、政治陣營，大致上對應於家族陣營。這樣一來，作者所寫的階級鬥爭和路線鬥爭，反而給人一種家族鬥爭的印象。事實上，馬之悅與蕭長春也在有意無意地通過各種手段，力圖借助家族勢力搞垮對方，而佔據東山塢的政治舞臺。

正如馬立本曾經對彎彎繞說過的：「從五三年當支書起，他（馬之悅）哪一點不是為咱溝北馬姓人著想？」馬之悅在擔任村支書期間，首先注意維護的就是馬姓人的利益，馬姓人也大多將他視為本族的支柱。可以說，沒有馬之悅，馬小辮、馬齋、彎彎繞等人也成不了什麼大氣候。在拉攏馬連福的時候，馬之悅也從宗親關係出發，對馬連福說：「我馬之悅要是立刻洗手不幹了，人家才高興哪，一定得殺豬宰羊慶賀一下子。咱們都不幹了，把位子全騰出來，人家好把韓家他舅、他的表兄表弟都拉上去，在東山塢搞個蕭、韓王朝！」

而蕭長春似乎也一再地，有意無意地印證馬之悅的「蕭、韓王朝」之說。在蕭長春、韓百仲與不是支部成員的焦淑紅三人密謀下，東山塢原來的馬姓幹部，逐漸為韓姓、焦姓所取代：韓小樂取代了會計馬立本，焦克禮取代了隊長馬連福。馬連福入黨沒有被通過，卻吸收了韓春入黨，馬之悅對此的解釋是：「韓春算老幾，就是因為他姓韓。」馬連福自動辭去生產隊長一職後，馬之悅力薦馬子懷繼任。「馬子懷兩口子，在東山塢來說，是富裕中農裏邊勞動最好的一對兒，為人處世也比較老實厚道」。就政治素質來看，儘管馬子懷談不上有什麼堅定的集體主義思想，但他對合作化道路還是讚同的，這可以從他「入了社倒省心了，該幹活幹活，該分錢分糧都有人張羅，比過那個小日子，一天到晚勞神傷力，把摸著心過可強多了」等類似的想法中得到證明。而蕭長春與焦淑紅則力主焦克禮擔任生產隊長一職。當韓百仲認為焦克禮太嫩，領導能力弱的時候，焦淑紅是這樣反駁的：「再弱，也是咱們自己人！」

焦克禮與焦淑紅同姓「焦」，且稱蕭老大為「大姑夫」，這種關係讓人情不自禁地聯想到，讓焦克禮接替馬連福的隊長，不只是因為他思想進步，是團支部委員，同時也更因為他是馬之悅所說的「蕭、韓王朝」的人。

馬之悅、蕭長春之間的關係就像彎彎繞所說的「爭權奪勢」。馬之悅一心一意地往「官勢」上靠，就想在東山塢這個小村子坐穩「江山」，獨攬大權，可是蕭長春偏偏奪去了他黨支部書記的職務，而且馬之悅也時時刻刻地感受到蕭長春對他的排擠和壓制。當蕭長春跟馬之悅暢談東山塢農業社的美好未來的時候，仇恨、憤懣和嫉妒，一齊湧上他的胸口。馬之悅也產生過退讓的念頭，可是「這份氣不好受，誰敢保險蕭長春能容下他？」因而，馬之悅唯一的出路就是聯合馬姓宗親打擊農業社，打擊了農業社也就打擊了蕭長春和他的「蕭、韓王朝」。而蕭長春和馬之悅正好棋逢對手，他在「吵架會」上先鬥敗了馬連福，然後「又想找個難攻的人試試」。他想到的首先是馬大炮、彎彎繞等馬姓的人，因為鬥垮了他們，馬之悅也就不堪一擊了。從這個角度來解釋的話，蕭長春和馬之悅之間的鬥爭應該是兩個家族之間的鬥爭而不完全是浩然所解釋的階級鬥爭。

第三節　農民文化

費孝通先生把我們生活的這個古老國度稱為「鄉土中國」。在這裡，每一個人都與鄉土有著千絲萬縷的聯繫，因而對鄉村中國的文學敘述形成了百年來中國文學的主流，鄉土中國特有的穩定而單純的農民文化也成為文學作品中被反覆書寫的對象。在中國歷史的發展變遷中，土地被權威的意識形態反覆的改寫，但是「無論政治文化怎樣變化，鄉土中國積澱的超穩定文化結構並不因此改變，它依然頑強地緩慢流淌，政治文化沒有取代鄉土文化」。〔註38〕在浩然的小說中，無論是十七年、「文革」，還是在新時期，傳統的農民文化都透過鄉村日常生活或隱晦或鮮明地得到一以貫之的表達；即使是在文革時期創作的《金光大道》中，我們也可以在文本的縫隙中觸摸到熟悉的鄉土文化。如果說階級鬥爭的敘事話語是浩然小說在當年的影響力所在的話，那麼，鄉村日常生活圖景和對傳統農民文化的表達，則是浩然小說今天讀來仍

〔註38〕孟繁華，百年中國的主流文學——鄉土文學｜農村題材｜新鄉土文學的歷史演變〔J〕，天津社會科學2009，（02）：94～100。

具吸引力的根本原因。

一、土地

　　中國是一個「以農立國」的文明古國。在以農耕經濟爲基礎的、傳統的鄉村文化中，農民視土地爲命根子，對於他們來說，種地是最普通的謀生方法，他們「很忠實地守著這直接向土地裏掏生活的傳統」，即使是遠在西伯利亞，中國的農民們也還是要在土裏埋下些種子，「試試看能不能種地」。〔註39〕農民總是與土地渾然一體，而且從某種意義上來看，與其說土地屬於農民，倒不如說農民屬於土地。擁有一小塊土地是所有中國農民的理想。清代錢泳在《履園叢話》中寫道：「凡置產業，自當以田地爲上」；《老人和樹》中的羊倌把羊換成了地，因爲「莊稼人以土坷垃爲業，沒地沒根」。土地是農民成家立業的基礎，失去土地，就意味著失去了生活的根基。在浩然的小說中，這種對於土地的依託感眞切而充分地體現在傳統農民的身上。

　　《豔陽天》中的韓百安祖祖輩輩守著一塊「刀把地」，解放前地主馬小辮設計霸佔了這塊地，害得韓百安的老伴「一口氣堵在心裏」，很快撒手人寰；韓百安帶著兒子買了包毒藥想尋死，被焦振茂及時地阻止。到了土改，刀把地才又終於又回到韓百安的手裏。他把全部的心血都交給了這塊土地。可他萬萬沒想到，又冒出個農業社。「他頂著，頂著，刀把地還是交出來了」。入社後，他多次不知不覺地走到曾經屬於自己的這塊地裏，自然而然地把地裏的石頭揀出來──「把石頭都揀盡，地就更肥了」。可是揀著揀著，韓百安就不由得心酸起來：「地在他手裏的時候，明明知道多使糞能夠多打糧食，可惜沒有那麼多的糞給它吃；明明知道挖一眼井，能夠保護住收成，可惜他試了好幾年，咬了幾次牙，也沒有打成；明明知道把石頭子兒揀出去，能夠使它更肥厚，可惜他一個人，扯著一個孩子，顧了家，顧不了外，顧了買，顧不了賣，顧了地，顧不了場，哪還有工夫打扮它！」韓百安的內心充滿了無奈和愧疚，他覺得自己對不起這塊地，就像對不起他死去的老伴一樣。

　　《老人和樹》中的褚大把自己對人生的憧憬寄寓在兒子的名字上：兩個兒子，一個叫「得田」，一個叫「得樹」。褚大一輩子奔的就是有田有樹，不愁吃穿的生活。當小兒子動員父親加入互助組，褚大心裏埋怨兒子不理解他：

　　　　他不知道他的爸爸爲了佔有一塊山場，幾行樹木，拼命地奔波

〔註39〕費孝通，鄉土中國・生育制度〔M〕，北京：北京大學出版社，1998：6。

了多半輩子嗎？他不知道這夢中想都難到手的山場、樹行，共產黨給送到手裏，成了他爸爸的心肝寶貝嗎？到了手的山場，樹木才栽上，不要說成林成材，連一竈坑柴禾還沒撈到，就讓他交出去，這不是活活地要他的命嗎？〔註40〕

　　當褚大知道小兒子的婚事告吹，就是因爲亂石泉太窮，太落後，爲了給自家「揚眉吐氣」，褚大「幾次打算一拍大腿，對兒子說聲『入社』，然而，嘴唇動了幾次，舌頭卻僵住了似的，很難發出聲音」。後來在魏區長的動員下，褚大冒著大雨趕到村公所辦公室報名入了社，在大家的掌聲中，他「如同從身上卸下一百二十斤的石板，感到一陣輕鬆」。可這種輕鬆卻是那樣地短暫：在回家的路上，他「一步比一步重，一步比一步難走；邁進小排子門的時候，看一眼紙窗上昏黃的燈火，模糊的人影，腳腕子一軟，啪喳一聲鬧了個大馬趴」。褚大再次成爲一個對土地失去控制權的人，他對生活的全部指望都變成了泡影，「好似丟了魂兒，儘管在人前強打精神，仍然顯得蔫頭耷腦的」。這些細膩的心理和細節的描寫都把一個對土地一往情深的老農民的形象描繪得栩栩如生。

　　《鄉村一個男子漢》中趙百萬從父輩那裏得到的經驗是：「凡是在村後邊有果樹園子的人家，哪怕有很小的地盤、很少幾棵樹木，都沒有熬光棍兒的男子，都不會斷子絕孫」。因而他對自己手中那幾分土地視如珍寶，對於未來生活的全部嚮往都落實在自己辛勤的耕作中：他要不惜力氣地把地養好，把樹養好。自己吃穿花用沒有問題了，還要爲子孫後代攢家業：「得生著法兒給他們多創點家業、多留點財產，讓他們活得也沒難處，比咱們更好一點兒呀！」

　　正是因爲對土地付出了全部的心血，收穫才顯得分外甜美。浩然的作品中多次描述了農民對於糧食所表現出的親子一般的特有的感情。《金光大道》中的劉祥，在夜裏「掏出火柴，劃火點上油燈，一手拿著燈，一手擋著風。他把油燈高舉，照照炕上立著的囤尖；他把油燈低放，照照地下擺著的麵缸和口袋。牆上掛著的是棒子嘟嚕，梁上搭著的是高粱穗子。讓人感到滿屋新糧香，滿屋生光輝。過慣了盆裏盛、罐裏裝的窮日子，什麼時候見過屋裏放著這麼多的糧食呀！不要說吃和用，就是在這兒呆一呆，坐一坐，都是最幸福的享受」。〔註41〕

〔註40〕浩然，老人和樹〔M〕，北京：寶文堂書店，1983：46。
〔註41〕浩然，金光大道（第二部）〔M〕，北京：京華出版社，1994：365。

　　也正是因為這收穫太來之不易，所以《豔陽天》中的韓百安、焦振茂在處理家裏的私糧時，才會表現得那麼猶豫不捨。焦振茂的家裏藏著「兩半口袋陳穀，兩半口袋麥子」，摸著它們，「像摸著自己的兒女」。他的生活經驗告訴他，「老天爺的事兒，說變臉，就變臉，說鬧災，就鬧災；農業社的優越性就是再多，力量就是再大，也管不住老天爺，也不能保住不鬧災呀！」只有糧食才是「莊稼人的命根子、定心丸兒」。韓百安的家裏也藏著兩袋準備災年救命用的餘糧，「金黃金黃的小米子，那是他一粒一粒攢的，幾萬顆米粒兒，顆顆粒粒都用手摸了無數遍」。在被思想進步的兒子發現後，面對兒子的斥責和要交公的宣言，眼看著自己「瓢裏攢，碗裏積，嘴裏省的，一粒一把，他都摸過來了」的小米子就要歸了公，韓百安不顧一個父親的尊嚴，「跟頭趔趄地追到前院，使大勁抱住了兒子的胳膊：『滿頭，滿頭，你還讓我怎麼著，要我好看呀？你要讓我給你跪地下磕頭呀！我給你跪下行不行？』」韓百安對糧食的無限眷戀就在這猥瑣不堪的狼狽形象中被淋漓盡致地展示出來。

二、「日子」

　　長期以來的自給自足的小農經濟使中國農民長期游離於國家政治生活之外，他們對所謂國家大事缺乏最基本的瞭解和熱情，更談不上什麼民主意識、政治覺悟。莊稼人對生活的要求無非就是一塊地，幾間房，老婆孩子熱炕頭，過上豐衣足食，安定太平的小日子就是他們唯一的也是最高的生活目標。《鄉村一個男子漢》中年輕的趙百萬的人生目標是「過一年，把小牛換成大牛；再過一年，把房頂的山柴草換成瓦；等手頭富裕的時候，把舊被子換上新棉花，好暖暖和和地過多天」。《鄉俗三部曲》中的寡婦王金環「所要求的東西，充其量只不過是圍繞著水缸、自留地和雞窩的幾件事」。這就是「農民」，一種最基本也最簡單的生存狀態，簡單得甚至令人酸楚。

　　在《豔陽天》中，舊式農民的形象最好地揭示了這一點。對「走路看別人腳步」的馬子懷來說，「辦農業社也好，不辦也好，最怕一會兒鑼，一會兒鼓，幹活不塌心」。當他覺得農業社遲早要垮的時候，他想的是：「晚垮不如早垮，好安排自己的日子。」他把莊稼地要使用的一些大小家什都收拾好，保存起來，為的是「等社散了，還得過日子！」作為東山塢「最老實、最膽小」的農民，韓百安的頭等大事只有一件，那就是「靠著他的刀把地，過個豐衣足食，太太平平的日子」。

通常這些一心一意地想把日子過好的莊稼人，無論其成分是貧農還是富農，個個都是能幹活、能吃苦、勤勞節儉的好莊稼把式。馬子懷兩口子，是「富裕中農裏邊勞動最好的一對兒」。馬子懷的女人，「人民幣在櫃裏鎖著，她穿的破衣拉花；糧食在囤裏裝著，她吃的粗粥稀飯，不光為節省，也是老習慣」。「彎彎繞」也是一個過日子的行家裏手，這從他的小菜園就可以看出來：

> 這個小菜園是相當出色的。主人巧於調度，也善於利用。畦裏種的是越冬的菠菜、韭菜、羊角蔥；還有開春種下的水蘿蔔、萵苣菜。這期春菜下來，他就趕快種黃瓜、豆角、西紅柿。這期夏菜過後，他又緊接著種上一水的大白菜。這園子常常是一年收四季。這還不算，他見縫就插針，沒有一個地方不被利用，比方畦埂種的蠶豆角，牆根栽著老窩瓜，占天不佔地，自得收成。〔註42〕

《金光大道》中的小算盤秦富「一年三百多天，天天都起大早拾糞。他那破帽子的邊沿，他那花白的眉毛和鬍鬚上，都掛著霜花；兩隻大棉鞋踩得地上的積雪『嘎吱』、『嘎吱』亂響」。《彎彎的月亮河》中，金大財主家「種著一頃多河套好地」，卻一直維持著「勤儉」的家風，家裏只有三個長工，不僅沒有傭人，連做飯的廚子都沒有雇：「老東家既是總管，又是賬房先生……老東家奶奶半個身子，專門看管內宅倉房，捎帶著替大兒媳婦哄孩子。大兒媳婦的活計最累，除了包下全家六口人身上衣服鞋襪的縫做拆洗，還得做連長工在內的九口人的三餐飯菜。」

三、婚姻

費孝通在《鄉土中國》指出，「以農為生的人，世代定居是常態，遷移是變態」。〔註43〕絕大多數的農民「黏著在土地上」，對他們來說，「終老是鄉」，在熟悉的、哪怕是貧瘠的鄉土上成家立業，世代生息繁衍是最正常也是最保險的一條生活道路。婚姻正是他們為自己建立一個能在鄉土上紮根生存的經濟小單元的途徑，因而趙園說，對於中國鄉土社會傳統的農民來說，「土地和娘兒們近於全部的生活」。〔註44〕土地滿足了農民最基本的生存需要，娘兒們

〔註42〕浩然，艷陽天〔M〕，北京：人民文學出版社，1995：122～123。
〔註43〕費孝通，鄉土中國‧生育制度〔M〕，北京：北京大學出版社，1998：7。
〔註44〕趙園，地之子〔M〕，北京：北京大學出版社，2007：67。

則幫助他們接續香火，不當「絕戶」。在傳統的農民文化中，成家立業是具有同一性的。婚姻在滿足感情需要和生理需要的同時，也同時滿足了家族綿延的社會需要。農民的婚姻狀態幾乎準確地反映著他們的生存狀態。「他們的婚姻過程（從在父母操持下娶妻、生子到自己作爲父母操持子女的婚事，實現兒孫滿堂的心願）幾乎就等於他們一生的生活道路」。〔註45〕

　　浩然的作品中，無論是短篇小說還是中長篇小說都很重視對傳統農民婚姻倫理的敍寫。做父母的，最大的願望是兒女都能順順當當地成家；做子女的，尤其是擔負著接續香火的重任的兒子，最大的煩惱就是「打光棍」、「當絕戶」。

　　在短篇小說《送茶籽》中，十九歲的姑娘孟昭仙自從上集買茶籽回來，「就定不住神，總是火爆爆地盼信」，惹來熱心的鄰居們善意的議論。孟昭仙的母親孟大娘聽著鄰居們的議論，心裏美滋滋的，「有幾個做娘的不惦記閨女的婚事？」躍進社的王元慶看了孟昭仙張貼的買茶籽的啓事後，特意來送茶籽並進行技術指導，不明就裏的孟大娘還以爲是未來的女婿上門，「又驚又喜」，先到食堂「加買了十個饅饅」，又慌忙跑到隊部催促老伴兒回家相女婿。得知小夥子的來意後，大娘「臉上燒了一下，心裏一涼」，卻還是不死心。吃飯的時候，隊長打聽著河南邊的生產情形，坐在一邊的孟大娘卻「很用心地找空子插言問人家多大年紀，家裏有幾口人。當小夥子回答只有一個娘時，她臉上笑開了花」。〔註46〕

　　在《豔陽天》中，淑紅媽最大的事業就是女兒的婚姻大事，因爲在農村「女孩子過了二十還沒主兒，父母就覺得丟人了」。當她從焦慶媳婦那裏聽說女兒和馬立本偷偷戀愛的消息時，一邊「仔細的品論著馬立本這個人」，一邊「設想閨女和馬立本結親以後，這兩個人的日子會過得怎麼樣」。〔註47〕無獨有偶，作爲東山塢最先進的青年人的父親，蕭老大最大的一椿心事也是兒子的婚事。他一心想著給喪妻的兒子再娶個媳婦，這樣「兒子有了伴兒，孫子有了媽，自己也有人伺候，也能夠吃口現成的。喝口現成的，成了有福的老頭子啦」。〔註48〕

〔註45〕曾振南，在蛻變的途中——評浩然的《蒼生》〔A〕，孫大祐，梁春水，浩然研究專集〔M〕，天津：百花文藝出版社，1994：573。
〔註46〕浩然，珍珠〔M〕，天津：百花文藝出版社，1962：121～128。
〔註47〕浩然，艷陽天〔M〕，北京：人民文學出版社，1995：361。
〔註48〕浩然，艷陽天〔M〕，北京：人民文學出版社，1995：4。

　　《鄉俗三部曲》中范志良的父親帶著兒子在外面做木匠活，就是為了攢下工錢給兒子張羅娶媳婦。老木匠深情地對兒子說：「六十多年的光棍漢日子，六十多年又當爺兒們、又當娘兒們的苦光景我實在過夠了、過忱了！從你爺爺那輩兒起，就夢想著家裏有個女人，有女人給做飯吃、縫補衣裳穿。可惜這夢太長啦，做到今天！我要是不看著你娶上媳婦，享幾天福，等到一口氣上不來地死了，在陰曹地府裏，我咋有臉見你那好心的爺爺，咋見你那冤死的媽呀！」〔註49〕

　　在浩然所有的作品中，對傳統農民婚姻狀態最本真的、最細膩的描述莫過於《蒼生》，甚至有論者將《蒼生》描述為「一部苦澀的農民婚姻進行曲」，〔註50〕這個評價是很準確的。從這部作品中，我們看到，對娶妻成家的期待，是農民最現實的生活理想；為解決婚姻問題而進行的種種努力，為獲得娶妻生子所必具的最基本的物質條件，如蓋房、準備彩禮等等，而拼死勞動，是農民最主要的生活內容；而對打光棍、當絕戶的恐懼，則是貧寒農家最大的隱憂。每一個家庭的喜怒哀樂，就凝結在這樣一個人類最基本的繁衍的欲望上。

　　《蒼生》中的田大媽和田成業老漢儘管物質生活貧寒，但他們穩固而和諧的婚姻生活活在田家莊人的口碑中，也讓他們自己引以為傲。老兩口沒日沒夜地操勞，不惜代價，傾其所有，就是為了不讓兒子們「打光棍」、當「絕戶」。對田成業、田留根這樣的傳統農民來說，按照傳統的婚姻模式娶妻生子，成家立業，就是他們最高的生活理想。而田留根的未婚妻杜淑媛在毫不瞭解田留根的情況下答應了親事，並省略了所有的繁文縟節，只要一塊手錶作為弟弟娶親的彩禮。不讓弟弟「打光棍」，同樣是她懷抱的宏大理想。只要弟弟能娶媳婦，她不惜利用自己的婚姻和終身的幸福與一塊手錶做一次交易。而「乾瘦得像一隻用鍋爆過的大河蝦」一樣的老地主巴福來的兒子巴平安，因為出身不好，快到 40 歲還沒有娶上媳婦。「打光棍」、「當絕戶」的恐懼煎熬著他，以至於他對父親「罵」出了他心裏難以承受的焦慮：「你圖舒坦一會兒，弄出個我來，讓我在世界上跟你背黑鍋，受這份折磨」。〔註51〕

　　在傳統農民的觀念中，不僅成家立業具有同一性，娶妻和生子也是具有

〔註49〕浩然，鄉俗三部曲〔M〕，瀋陽：春風文藝出版社，1986：267。

〔註50〕曾振南，在蛻變的途中——評浩然的《蒼生》〔A〕，孫大祐、梁春水，浩然研究專集〔M〕，天津：百花文藝出版社，1994：571。

〔註51〕浩然，蒼生〔M〕，北京：北京十月文藝出版社，1988：267。

同一性的，妻子最重要的功能不是滿足感情的需要，而是傳宗接代，延續香火。一方面幫助一家之主實現子孫滿堂的生活理想，另一方面能夠保證最基本的生存需要，因爲只有娶妻成家，生兒育女，才能在晚年的時候得到兒孫的照顧，最終體面地辭別人世。《彎彎的月亮河》中，老實巴交的農民柳順抱著「和爲貴，忍爲高」的人生信仰，委委屈屈地過了一輩子，他從沒有非分之想，更不敢有革命的願望，對未來生活的打算就是等繼子「長夠身個兒就能找個好人性的財主家，去當個小半活」；媳婦再給生幾個親兒子、親閨女，自己過上子孫滿堂的生活，這輩子就算圓滿了。《浮雲》中的唐明德「從打上嘴唇鑽出硬鬍子茬以後」，看到人家娶媳婦就「眼饞得不得了」，因爲娶了媳婦就可以「給他生兒育女，接上後代香火」。等結了婚，趕上了大躍進，懷孕的妻子因爲參加果園建設勞累過度小產，從此就落下了不能再孕的病根。唐明德「盼孩子的心也越來越重」，他「多希望媳婦能給他生個孩子」，「壯年時期，給他的生活增加樂趣，等到老了，有個依靠」。多方求醫未果，唐明德要孩子的願望卻更加強烈，連做夢都夢見自己有了兒子。而妻子也因爲自己沒能給唐明德生個孩子，出於愧疚，提出了離婚的要求。《鄉俗三部曲》中王金環的婆婆見兒媳遲遲沒有懷孕，禁不住「咬牙切齒」地跟老頭抱怨：「我們花錢給兒子娶媳婦爲啥？爲了讓她給我兒子生養孩子！我還想在死之前抱上孫子哪！」曹寶的鄰居曹小五從小被他的寡婦媽遺棄，是瞎眼的爺爺把他拉扯大，所以「從小就恨透了寡婦」。等快四十歲的時候遇上了英子媽，雖然「從心裏厭惡那個寡婦身份」，但王金環婆婆的一句「好歹有個女的，能給你生兒養女呀！」打動了他，跟英子媽成了親。

四、房子

臺灣人類學家陳其南曾指出：「從中國傳統家族制度的研究中，我們似乎可以得出一個較合適的答案：中國是以房爲中心意識的社會。」〔註52〕對於中國人來說，房不僅指房屋，同時也指子嗣，因爲它意味著一種父子關係。美國學者埃弗里特·M·羅吉斯指出，在中國，「房的父子關係在另一方面則突出系譜上的連續性，每一個人在一生中必須經歷兒子和父親的階段，而一代代延續下去，形成所謂房嗣。」〔註53〕中國傳統社會中，有兒子的人家在

〔註52〕陳其南，文化的軌跡〔M〕，遼寧：春風文藝出版社，1987：131。
〔註53〕轉引自李揚，50～70年代中國文學經典再解讀〔M〕，山東：山東教育出版社，

兒子長大成人之後，自然就要分居，分居就需要有房屋。只有足夠大的房屋，才能與兒孫滿堂的理想相適應。在中國傳統的農民文化中，蓋房是一件大事，它不僅僅有其實用的目的，也同時具有象徵的意義。對農民來說，蓋房是解決溫飽之後需要考慮的一件大事情，這首先是娶妻生子所需具備的最基本的物質條件，同時也是一個家庭經濟地位和社會地位最明顯的表徵。因而即使最貧困的農民，也會心存三間大瓦房的夢想，並願意為此付出終生的努力。需要指出的是，「房子」對於幾乎所有的中國人來說都是一個揮之不去也無法抗拒的夢想，這不僅在眾多虛構的電影電視作品中得到了體現，同時也在當下房價居高不下卻依然無法阻止人們爆發的剛性需求中得到了明證。

《晚霞在燃燒》中的老隊長丁福本來對養子春生的婚事滿懷信心。自己是「老貧農、老黨員、老幹部」，家裏就兩口人，既沒有吃閒飯的，也沒有七大八小的雜人；春生「長得俊，身子骨結實，品行好，尤其有高中畢業的文化」。用老隊長自己的話說：「只要我們春生一吐口說娶一個，大姑娘就得爭著搶著擠破了門！」可事實是，沒有一個姑娘願意嫁進丁家，原因很簡單，那就是丁家「沒有五間大瓦房」。為了讓養子娶上媳婦，老隊長不僅把抽了多年的煙戒了，改掉了每天喝兩盅的習慣，還為了省下磚錢，在晚飯後上山開石頭，以至於一個夜裏打完石頭後，他又困又累又餓，一腳踩空，掉下山崖，摔傷了腿。晚上睡不著的時候，丁福「暗暗盤算積攢的錢數，到什麼地方的磚場打點磚；託哪位朋友找門路買木料，價碼能便宜些；拉白灰的時候，雇大車，還是雇手扶拖拉機；等到正式破土動工了，是全包出去上算呢，還是自己操持，找幫工的，只管吃管喝合適呢？」就像作者所感歎的那樣：「沒有門路和權勢的莊戶人家，蓋上幾間住的房子，比公家起十幢摩天大樓還要難哪！」〔註54〕

同樣的故事也發生在《蒼生》中。田成業老兩口雖貧寒卻穩固而體面的婚姻生活為他們在田家莊贏得了口碑，讓兒子們不「打光棍」、不當「絕戶」，維持住田家的好名聲是田成業老兩口一生微薄而執著的理想。娶媳婦首先要蓋房子，於是田家人盡可能地節省每一項開支，並利用最原始的方法——到荒山裏開石頭，以省下一些磚錢。為了蓋房子，一家人揮灑血汗、傾其所有，以至於大兒子留根過度透支體力累至吐血。而除了身體上的折磨之外，田老

2006：14。

〔註54〕浩然，晚霞在燃燒〔M〕，鄭州：中原農民出版社，1985：232。

漢一家還要承受精神上的折磨。在一天的勞動結束後，田老漢站在荒山上，望著山下自己居住的小村莊，看到「又有三層新房起來了！又有兩家平地基、碼地盤了」，這無形的壓力縈繞在他的心頭，田老漢「深深地、長長地歎了口氣」。然而，更大打擊的還在後面，地主巴福來的兒子巴平安快到 40 歲終於娶上了媳婦，在「新蓋的」、「一磚到頂的」新房裏舉辦了田家莊最體面的婚禮，而新媳婦竟是曾經與大兒子田留根「搞過對象，不知何故突然宣告『吹了』的那個姑娘」！田成業老頭的心，「好似被一隻手狠狠地揪了一把，疼得他兩眼一陣發黑」。而面對這些，他唯一能做的就是比平時起得更早，「雞叫頭遍」就起來背石頭，就像田大媽說的那樣：「咱這樣的平民百姓，為了給兒子成家立業，為爭口氣，不把牙咬得緊緊地拼命奔，可有啥法子呢？」〔註55〕

五、農民性格

由於農民與土地的依附關係，農民的性格也被土地所規定。誠然，農民既有吃苦耐勞、淳樸厚道的優秀品質，同時作為小農生產者，長期封閉的勞動環境與社會環境也使他們形成了軟弱無能、逆來順受乃至自私自利的缺點。

《豔陽天》中的韓百安最高的生活理想就是好好過日子，土改時，韓百安「跑到刀把地掉淚，不敢說話」。焦振茂明白他的心，跟貧農團主任韓百仲講了情，刀把地才終於又回到他的手裏。而農業社的出現又打碎了他所有的夢想，他之所以「一咬牙歸了夥」，一是大勢所趨，自己不敢不隨大流，另一方面是怕再單幹，兒子就要打光棍了。目睹幹部因為「土地分紅」發生尖銳矛盾，還差點動了手，膽小怕事的韓百安「面黃如土」，慌亂的跑出「鬥爭」的是非之地；在參加了彎彎繞的賣糧活動後，他惶惶不可終日，既擔心自己家的餘糧被村幹部搜出來，又擔心彎彎繞的活動被蕭長春等人發現，自己也脫不了干係，恐懼和擔心如烏雲般籠罩著他的內心，甚至一片落葉、一隻小貓都能把他嚇一跳；他正在山半腰割葛條時親眼目睹小石頭遇害的情景，嚇得昏了過去，回到家裏，左思右想仍然沒有指證兇手的勇氣，最後他只好求馬翠清給蕭長春帶個話，讓蕭長春「暫時到外邊親戚家躲上幾天，再回來」。〔註56〕

《彎彎的月亮河》中「頂老實頂老實」的小夥子柳順一輩子信奉的人生信條就是「忍為貴，和為高」。他受雇到蘆葦鎮的金大先生家做長工，他想

〔註55〕浩然，蒼生〔M〕，北京：北京十月文藝出版社，1988：2～44。
〔註56〕浩然，艷陽天〔M〕，北京：人民文學出版社，1995。

「弄到個飯碗不易，端人家的飯碗更難，我一定得老老實實，安分守己，不惹事生非，保住這個立腳的地方。」面對被擠走的長工二趙不堪入耳的辱罵，柳順雖然「熱血往腦袋上撞」，卻愣是「咬緊牙關忍受著」；當二趙情急之下要動手時，柳順動也沒動，「閉上了眼睛，靜等那個大拳頭落在自己的身上」。後來在集市上遇到了家破人亡的二趙，柳順立刻想到：「自己應當小心地繞著二趙的腳印走，不招事，不惹禍，再難也要『忍』，再氣也要『和』，再窮再苦也要安分守己；要不然，稍一任性，稍一放縱自己，就會砸了飯碗，就會走到二趙的這步田地……」。這種處世哲學，已經成了柳順深層心理結構中的一部分，所以當他的心上人俊玉被金家的少東家欺凌，找到他門上欲以身相許時，他能夠不經思索就下意識地拒絕了俊玉：「我惹不起少東家呀！我由著自己的心思應承下來，結果呢，好事兒不成，準得砸鍋，大傢夥兒都倒楣呀！」〔註57〕

　　費孝通在《鄉土中國》中談到：「中國鄉下佬最大的毛病是私。說起私，我們就會想到『各人自掃門前雪，莫管他人屋上霜』的俗語。誰也不敢否認這俗語多少是中國人的信條。」〔註58〕《豔陽天》中的馬大炮、「彎彎繞」、韓百安等將這種自私的心理表現得淋漓盡致。土改後，韓百安地裏的棉花長得好，縣裏選他當勞模，請他去開會。可他「哪裏捨得整天跑公事，瞎誤工」，於是躲到山裏打柴禾，三天沒回家。馬大炮家裏有兩個豬圈，「磚石豬圈養肥豬，土坯豬圈養母豬，兩種豬圈，兩種豬，造的也是兩樣糞。磚石豬圈裏每十天上一次墊腳，每次上的挺薄，起了糞給自己小菜園和自留地裏用；土坯豬圈每五天上一次墊腳，每次上挺厚，起出來的糞就堆在大門口，專門應付農業社。」他認為自己入社的時候土地多，就該多分點麥子，如果僅憑工分分配，他就吃大虧了。「彎彎繞」「對農業社、統購統銷政策，一向勢不兩立，做夢都是自由自在的發家，都是自由自在的鼓搗糧食得利」。這種非常正常的自私心理在其他中農身上也都有著不同程度的體現。當社會主義革命鬥倒了地主、富農，激發了了他們的發家夢想時，他們就支持擁護社會主義；而當社會主義威脅到他們的小日子時，他們又打心眼裏反對社會主義，總之，對自己怎麼有利就怎麼做。而馬之悅之所以能夠鼓動富裕中農起來鬧事，也是因為「摸準了這些人的脾氣，莊稼人只看眼前利，不算拐彎的賬，這個時候，

〔註57〕浩然，彎彎的月亮河〔M〕，天津：百花文藝出版社，1982。
〔註58〕費孝通，鄉土中國・生育制度〔M〕，北京：北京大學出版社，1998：24。

誰要主張多分給他們麥子，誰就是天大的好人，就會朝這個好人的身邊靠攏；這個事情一辦成，跟農業社散心的人多了，打擊了農業社，也是打擊了蕭長春。」〔註59〕在《豔陽天》中作家盡可能地將這種自私心理歸結於意識形態的話語當中，但細細想來，這種心理不僅合於農民本性也是合於人之本性的，與政治話語和意識形態並沒有必然的聯繫。

第四節　本土化的語言

語言是文學的根本，所有的文學革命最後都會以語言的變化為表徵並最終歸結於語言。1917 年初在中國發生了一場文學革命，這場革命的直接後果是現代白話文取代了文言文；相隔不到 30 年，1940 年代的延安，也發生了一場革命，而它的對象正是 1917 年文學革命的勝利者：以解放者的姿態出現的新知識分子的語言，這場革命的結果是革命白話文取代了現代白話文。

儘管「五四」新文學大力提倡平民主義、平民文學，但是這裡的「平民」實際上是很有限的——主要指的是以學生和城市職員為主體的新的知識群體，而不包括占人口絕大多數的工農大眾。因而，現代白話文的推廣和普及雖然部分地解決了中國文學和世界文學不協調、難以溝通的矛盾，但是並沒有解決文學語言的大眾化問題。

這個問題得到解決是在上個世紀的延安時期。毛澤東在一次延安幹部會上做了一個演說，演說的題目是《反對黨八股》。在演講中毛澤東精準地抓住語言問題，策動了中國文學的語言從現代白話文向革命白話文的演變。在文中，毛澤東肯定了「五四」打倒古文的歷史功績，但他同時指出，那些面帶「西崽相」的知識分子挾洋自重，憑著手中所壟斷的話語權，又把白話文鼓搗成了脫離群眾、脫離中國現實的「洋八股」。這種現象已然成為革命的絆腳石，因而中國文學的語言必須要進行再一次改造，革命的白話必須置換現代的白話。毛澤東所指的「革命的白話」不是那些表現新知識分子階層的價值觀和文化底蘊的語言，而是革命的工農大眾自己的語言，是為工農所用、所懂、所喜聞樂見的語言形式。

毛澤東認為，革命的語言必須看對象，「想一想自己的文章、演說、談話、寫字是給什麼人看、給什麼人聽的」。那些滿口「學生腔」的知識分子「七歲

〔註59〕浩然，艷陽天〔M〕，北京：人民文學出版社，1995。

入小學，十幾歲入中學，二十多歲在大學畢業，沒有和人民的語言接觸過，語言不豐富，單純得很」，他們的文章「沒有多少人喜歡看」，演說「也沒有多少人喜歡聽」。他們唯一的出路就是「向人民群眾學習語言。人民的語彙是很豐富的，生動活潑的，表現實際生活的」。

幾個月後，毛澤東又在《在延安文藝座談會上的講話》中強調了學習工農兵語言的重要意義。他批評許多文藝工作者不熟悉人民群眾的語言，因此他們的作品「不但顯得語言無味，而且裏面常常夾著一些生造出來的和人民的語言相對立的不三不四的詞句」。毛澤東認為，「大眾化」就是「我們的文藝工作者的思想感情和工農兵大眾的思想感情打成一片」；而要打成一片，作家就「應當認眞學習群眾的語言。如果連群眾的語言都有許多不懂，還講什麼文藝創造呢？」

此後，解放區的作家在語言方式上幾乎無一例外地有了脫胎換骨的變化，方言、口語、俗語等大量的農民語言符號第一次全面地進入到文學作品中，並且成爲文學語言的主導。至此，革命白話完成了對現代白話的置換。

最早成功地將本土化的語言用於新文學的創作並產生重大影響的當屬趙樹理。作爲抗日民主根據地和解放區土生土長的作家，趙樹理不但在人物對話上，而且在敘述上都採用了口語化的形式。他的語言明白如話，並且吸收了傳統說書藝術的長處，琅琅上口，具有很好的可朗讀性。同樣身爲農民作家的浩然，大部分時間都生活在京郊農村，扶犁杖、擼鋤槓，這種身份也使他的敘述語言形成了特有的、樸實自然的藝術風格。他用了大量本土化的農民語言，這種語言的特點就是新鮮、活潑、形象、風趣，絕無堆砌詞藻所造成的乾癟、凝固的書呆子氣。這主要表現在敘述語言的本土化和個性化的人物語言兩個方面。

一、敘述語言的本土化

浩然作品中敘述語言的本土化主要體現在對綽號、口語和俗語的運用兩個方面。

1、綽號

綽號在刻畫人物性格方面有突出的作用。魯迅先生在談到綽號時，這樣說：「正如傳神的寫意畫，並不細畫鬚眉，並不寫上名字，不過寥寥幾筆，而神情畢肖，只要見過被畫者的人，一看就知道這是誰；誇張了這人的特長——

不論優點或弱點，卻更知道這是誰。」〔註60〕趙樹理也善於使用綽號刻畫人物。他或用綽號描寫形體特徵，如《老定額》中的蛹蛹，因為小時候長得皮緊肉滿，「赤光光地在床上滾來滾去像個大蛹」；或者用綽號概括生平經歷，如翻得高、小腿疼、吃不飽；或者用綽號來概括人物的典型性格，如「一陣風」、「惹不起」、「糊塗塗」等。

同趙樹理一樣，浩然無疑也是一個擅長使用綽號的作家。一些綽號體現了人物的外貌特徵，如「歪嘴子」、「瓦刀臉」、「馬小辮兒」、「紫茄子」；另外一些綽號則生動準確地概括了人物的性格特徵。《豔陽天》中的「彎彎繞」是一個與農業社為敵的富裕中農，他自私自利，喜歡打小算盤，占小便宜，還總和地主馬小辮等勾結在一起夢想變天。「彎彎繞」長了一副花花腸子，說話的時候總是拐彎抹角，閃爍其詞，不會直奔主題。他心裏能攔住事，遇到事心裏再慌張，表面上也是一副不慌不忙的樣子，不會像馬大炮那樣又吵又鬧的罵大街；在做出任何決定之前先要在心裏把相關的人、事盤算一遍，絕不會輕舉妄動。當得知蕭長春等人要挨家挨戶地翻糧食的時候，溝北面別的中農戶都緊閉大門，挖空心思，想盡辦法，要把吃不了的糧食深藏密窖。只有彎彎繞「聽到這個信兒，心裏邊笑笑，告訴瓦刀臉女人別慌張」。他決定先去找馬之悅打探一下消息。在路上，「他倒背著手，耷拉著腦袋，慢慢騰騰地走著，那架勢，根本不像個急著要打聽什麼緊要消息的人，倒像平時請了三趟才肯動身參加群眾會的樣子。他走著，想著，心裏邊繞著，他不光把蕭長春繞了一遍，也把馬之悅繞了一遍。」當馬齋鼓動他領頭鬧糧時，彎彎繞說：「幹吧，咱們大夥兒都領頭兒，我也領頭兒。唉！」然後用一隻手捏著脖子，「早起來，我說不吃那蝦米皮子，丫頭他媽，偏讓我嘗嘗，裏邊有個小魚刺兒，一下子卡到嗓子上了，啊、啊、啊，真疼！我說馬齋，你找個嗓門大的人在前面吆喝吧！」這就是彎彎繞，不管什麼事都不出頭，總給自己留一手。

「馬大炮」正好和「彎彎繞」相反。他本名馬連升，是溝北的中農戶中最敢講話的一個，說話、辦事兒、思考問題都比較簡單。用蕭長春的話說，這個人「肚子裏盛不下半斤油，什麼都敢往外流，從他那兒，容易把話套出來」。馬連升曾經在一個會上聽過這樣一句話：「中國的階級是棗核形，兩頭小，中間大。」他牢牢地把這句話記在心上，而且認為這是指他們中農「大」。

〔註60〕魯迅，五論文人相輕〔A〕，且介亭雜文二集〔M〕，北京：人民文學出版社，1993：164～168。

農業合作化以後的政策是團結中農，開會商量事兒都有中農代表坐在桌子邊上，不論辦什麼事兒，都大小不同地照顧著中農，馬連升就覺著，「共產黨團結中農，準是怕中農」。憑著這個，馬連升在村子裏敢想敢說；又因為農業合作化以後，他心裏堵著一口氣，所以一天到晚怪話連天。於是馬立本就給他送了個外號叫「馬大炮」。

「馬大炮」的妻子綽號「把門虎」，雖掛個「虎」字，卻並不兇惡，「對丈夫倒是非常地溫柔；從來是不吵不鬧，連聲調重一點的言語都沒有，和和氣氣地就把事辦了，也把丈夫給管住了。這女人能算計，會節省，婦女群裏百里難挑一」。之所以叫「把門虎」，是因為不管誰來，想到她屋子裏坐一坐是很不容易的。她怕陪著人到屋裏說話，白耽誤工夫；不陪著，又怕把她屋裏的什麼東西看去。所以「不論誰來到她家，她總要設法把人留在院子裏，她，或是讓男人找點什麼順手的活做，一邊做一邊說，兩不耽誤」。但是她對家門外的事卻不愛過問，她一天到晚總是替她那個大炮式的男人「攢著半個心」，怕他說話沒分寸，惹是非，總是留神聽著丈夫和別人的談話，在適時的時候給男人提個醒，把個門。

再比如說《金光大道》中的「滾刀肉」張金壽。「滾刀肉」本是東北話，指那種切不動、煮不熟、嚼不爛的劣質肉，引申義指極端自私、蠻不講理、胡攪蠻纏、不要臉皮的人。張金壽自稱是芳草地的「頭號」貧雇農，可他「混了多半輩子，房無一間，地無一壟，可是好的東西他吃過，好的衣服他穿過，壞的事情他幹過；只要誰惹著了他，不論貧富，他都一齊『劃拉』。莊稼人家都討厭他，又不敢得罪他」。

此外，還有一天到晚算了今天算明天，算完自己算別人，總想發財，總怕吃虧的「小算盤」秦富、挨罵不嫌羞，挨打不嚷疼，一輩子忍氣吞聲，服服貼貼，年齡越來越大，膽子越來越小的秦富的老婆「應聲蟲」、《彎彎的月亮河》中「只要是個男的，不管你禿瞎聾啞，年老年少，給錢就可以像大蔥那樣在她身上蘸一下」的酒館老闆娘「甜麵醬」。正是通過這些準確巧妙而又生動風趣的綽號，浩然突出地傳達了人物的精神面貌，入木三分地刻畫了人物的性格特徵。

2、口語、俗語的運用

隨著整風運動的開展和《講話》的發表，幾乎所有從城市奔赴延安的知識分子作家都開始對工農大眾的語言產生了前所未有的濃厚興趣和學習熱

情。比如，周立波就一再強調：「我們通常使用的學生腔，字彙貧乏，語法枯燥。農民語言卻生動活潑，富有生趣。」而且他還預言：「這種用在文學和一切文字上的農民語言，將使我們的文學和文字再來一番巨大的革新。」〔註61〕但是並不是每一位作家在語言大眾化上的努力都是成功的。比如，柳青的《創業史》也追求口語化，但在作家的敘述語言中，還是會發現些許歐化的痕跡。比如在第十二章的開頭，我們可以看到這樣一個句子：

> 有了皺紋的寬額顱上，隆起著拔過火罐的醬紅色圓印；毛茸茸的大鼻孔噴著火焰般的熱氣；嘴唇乾裂了，有胡茬的嘴角上出現了火泡；那雙曾經是光芒四射的大眼珠子，現在失去了神采；洪亮如同打雷似地嗓子，也嘶啞了──咱們的郭振山，躺在草屋棚的小炕上兩天了。〔註62〕

這是一個典型的長句，一句話長達百字以上，它典型地反映了小說創作語言中的歐化現象。讀到最後，讀者才明白，這句話寫的是郭振山。相比之下，浩然的語言完全是本土化的鄉間口語，「沒有中國文人文化影響的痕跡，也沒有西方知識分子文化影響的痕跡，只有徹頭徹尾的充滿民間文化的泥土氣息，僅此一點，就值得我們刮目相看」。〔註63〕

浩然作品中的鄉土氣息首先表現在口語化的句子上。這種句子的特點是簡短易懂。在浩然的作品中，無論是敘述話語還是人物對話，除去那些具有鮮明政治宣傳功能的部分之外，很大程度上都體現了地道的本土漢語特色：句子簡短，沒有任何歐化的成分，比如沒有層層疊疊的限定修飾成分以及複雜的從句，這種純粹鮮活的鄉間口語使得文本的政治話語融入民間話語之中，極大地加強了文本的可讀性。比如在《艷陽天》的開頭，蕭老大跟人嘮叨兒子的婚事：「我看你們是騎驢的不知道趕腳的苦啊！事情不是明擺著：一家人筷子夾骨頭──三條光棍，沒個娘們，日子怎麼過呀！」〔註64〕生活化的語言立刻拉近了文本與讀者之間的距離。

再比如短篇小說《新媳婦》中，一群老太太議論梁家媳婦：「你們不知道吶，梁大伯兩口子聽說兒子在外邊搞上對象，出來進去抿著嘴兒笑，見誰跟誰

〔註61〕周立波，《暴風驟雨》是怎樣寫的〔A〕，李華盛、胡光凡，周立波研究資料〔M〕，成都：四川人民出版社，1983：282～283。

〔註62〕柳青，創業史〔M〕，北京：中國青年出版社，2000：168。

〔註63〕木弓，關於浩然的一點隨想〔J〕，新聞與寫作1997，（10）：27。

〔註64〕浩然，艷陽天〔M〕，北京：人民文學出版社，1966：1。

說。實指望娶個哈哈仙，不曾想娶個喪門神。」「梁大伯那人忠厚老實一輩子了，長這麼大沒跟誰紅過臉，好人壞人沒有得罪過一個。這回可讓他那兒媳婦給摘了牌子。」〔註65〕這裡的「哈哈仙」、「喪門神」、「摘牌子」等民間土語不僅凸現了鄉土色彩，也形象地再現了鄉村老太太議論人時的語氣和心理。

《金光大道》中濃厚的政治色彩和明顯的意識形態話語有目共睹，但是由於作家在創作中使用了大量地道的農民口語、俗語，使政治宣教與民間文化有機地融合在一起，政治宣教被民間話語生活化、鄉土化了。

> 鄧久寬很神氣地說：「從今往後，我不會再光看著鼻子尖下邊那點小地盤亂闖了。要按著大泉的意思，站高點，看遠點，想寬點，在正道上穩闖。」〔註66〕

> ……你們要是不爭氣，不停場，不作臉，呱噠一下子，倒讓人家搭窮夥的互助組給比下去了，我，可就成了蹦到河堤上的鯽魚，翻不動身子合不上眼，給曬起來了！〔註67〕

> 他十三歲就死了父母，自己挑家過日子，春種秋收，趕集上店，人情往來全是他一個人。〔註68〕

> 秦富想，既然這樣，乾脆就來個「依舊依舊」，你走你的，愛幹什麼就幹什麼！丟了人，現了眼，也礙不著我秦家的事。他想，茶涼了，飯冷了，兒媳婦也吃到了苦頭，走到了地頭，哎，過上一段日子，來個迴心轉意，陪個不是，下個保證，往後再按老轍眼行車，再照老調兒唱戲，你就回來；做不到這一步哇，哼，你就別想再進我家門兒！你就算一步磕一個響頭，也不用想讓我點頭。〔註69〕

> 惟有張金發例外。在會場上，他偏要坐在顯眼的位置上，儼然像個會議的主持者那樣，點這個發言，催那個開口，替這個舀水，給那個遞煙。他還常常把別人的發言插斷，人家剛說個頭，他馬上給安個尾，光跑題兒，拉都拉不回來。〔註70〕

〔註65〕浩然，喜鵲登枝〔M〕，北京：作家出版社，1958：1。
〔註66〕浩然，金光大道（第二部）〔M〕，北京：京華出版社，1994：92。
〔註67〕浩然，金光大道（第一部）〔M〕，北京：京華出版社，1994：574。
〔註68〕浩然，金光大道（第一部）〔M〕，北京：京華出版社，1994：155。
〔註69〕浩然，金光大道（第三部）〔M〕，北京：京華出版社，1994：172。
〔註70〕浩然，金光大道（第二部）〔M〕，北京：京華出版社，1994：582。

（高二林兩口子，筆者注）賭著一口氣，憋著一身勁，從早到晚拚命地幹活計。他們要幹出個樣來，在眾人面前露露臉，在哥嫂身邊吐吐氣，以便消除因為鬧分家在鄉親中間形成的那種不體面的輿論。〔註71〕

這些句子從形式上看，大多是三字、四字與散句的結合，比如「站高點，看遠點，想寬點」、「翻不動身子、合不上眼」、「春種秋收，趕集上店，人情往來」、「吃到了苦頭，走到了地頭」、「賭著一口氣，憋著一身勁」、「點這個發言，催那個開口，替這個舀水，給那個遞煙」。這樣的句式安排長短有致，簡短利落，音調上則有高有低，形成一種動態的節奏感，讀起來朗朗上口；從句法層面上看，這些句子極少用到連詞、助詞、介詞等虛詞，這個特徵非常符合農民的說話習慣，簡潔樸素，很有「土」味兒。

俗語的大量運用，是浩然作品的另一個顯著特徵。在語言學中，俗語可以分為諺語、歇後語和慣用語三種；從文化層面看，俗語有的是老百姓千百年來社會實踐的結晶，有的是日常生活現象的濃縮，還有的是不同社會階層的群眾對社會生活的不同理解或感悟。因而，可以說俗語是民間文化的話語呈現，屬於地道的民間話語。

在浩然的作品中，作家有意識地使用了大量的俗語，這些俗語既增加了作品的生活氣息，也增加了作品的鄉土文學特質。

臺灣旅居加拿大的學者嘉陵在《我看〈豔陽天〉》中指出：「作者對於語言的運用有著過人的才能，他的語句不僅非常豐富，而且具有鮮明的意象和生動的口吻」。〔註72〕這「生動的口吻」和文中大量使用的俗語有重要的關係。比如東山塢遇到了災荒，一隊長馬連福不僅不組織社員生產自救，反而說：「爹死娘嫁人，各人顧各人，我是泥菩薩過河，自身難保了。」第八章裏，馬之悅指桑罵槐，假裝向蕭長春發牢騷，說馬連福不聽他的話：「這會兒，他早把過去忘了，過河拆橋，卸磨殺驢，端起熱飯碗，連自己姓什麼都忘了。」焦振茂發現馬立本在追求自己的女兒，向淑紅娘批評馬立本說：「根子不正，還能長出好苗來？我就不待見這個小子那副酸相，豆芽子茉，水蓬蓬，竹竿子，節節空，出不了好材料！」〔註73〕

〔註71〕浩然，金光大道（第二部）〔M〕，北京：京華出版社，1994：144。
〔註72〕嘉陵，我看《艷陽天》〔A〕，孫大祐，梁春水，浩然研究專集〔M〕，天津：百花文藝出版社，1994：514。
〔註73〕浩然，艷陽天〔M〕，北京：人民文學出版社，1995。

在《金光大道》中，浩然也用到了大量的俗語。作家巧妙地將民間俗語融合在政治語境當中，使民間的道德倫理、生活常識與政治意識形態融爲一體。比如大家在高大泉的組織下討論怎樣盡快地建設社會主義新中國，有人提出不能太死板，太教條，用了這樣一句俗語：「姐倆繡牡丹，各使各的針，各用各的線」。再比如，梁海山教導高大泉等人革命的膽子要大一點：「俗語講得好，火大沒濕柴。你得敢燒、猛燒，不能小手小腳的。」這些俗語首先是生活的眞實寫照，它們的使用可以增強文本的說理性；其次，俗語的形象性和情感性也直接表明了作家的思想情感和立場，能夠直接地影響、引導人們的政治觀念和政治行爲。

類似的例子還有很多，例如「窮抱團，富摔盤兒」、「澆樹要澆根，知人要知心」、「一物降一物，鹵水點豆腐，蠍子怕公雞，穀苗就怕螻螻蛄」、「跟著好人學好人，跟著大仙跳假神」等等。

浩然把這些民間俗語用於政治語境當中，使民間的道德倫理、生活常識與政治意識形態融爲一體，既增加了作品的藝術感染力，也加強了敘事的眞實感；它一方面強調政治意識形態的合理性，另一方面又以其修辭化過程使文本的政治敘事藝術化而走向民間，增強了作品的人民性特徵。

二、人物語言

浩然在小說創作中還善於使用個性化的人物語言，這主要表現在對京郊方言的使用和形象生動的人物對白。

1、方言

方言指的是語言中跟標準語有差別的、僅在一定地域內使用的語言，它具有自身的使用價值和文化價值。文學作品中適當地使用方言可以凸顯人物形神、傳遞別樣韻味，而且由於方言本身厚重的歷史文化承載，文學方言也可以起到承傳地域文化的作用。

方言寫作和「方言文學」曾經是 40 年代末頗爲流行的文學思潮。在 1947～1948 年間，廣東、香港等地都曾進行過「方言文學論爭」。1948 年 1 月，邵荃麟、馮乃超發表了此次論爭的總結。在文中他們說到，「方言寫作」問題的提出，「首先是爲了文藝普及的需要」，既然不是「以知識分子作對象」，而是「面對大多數文化水平低的，甚至是不懂普通話的老百姓」，方言的運用就是不可避免的。尤爲重要的是，當歷史進入了「人民大眾當權的朝代」，

方言土語作爲各地群眾的語言，是我們「理解當地的具體的革命情況」，進而「領導群眾」的有力武器之一。〔註74〕

《講話》發表後，許多作家開始自覺地學習和使用方言。周立波在創作《暴風驟雨》時就自覺地運用了東北農民的方言，後來又使用湖南方言創作了《山鄉巨變》，在當時都頗爲引人注目。假如說周立波這樣的作家是高度自覺地學習農民的方言土語，那麼對於浩然來說，由於長期生活在河北、京郊一帶的農村，他與這種語言的天然聯繫使他在創作中可以自如地使用純正地道的當地方言，因而作品彌漫著濃濃的「京郊土氣」。

> 這會兒場是淨的，畦是光的，樹是禿的，不見一個人影，也聽不到一丁點兒聲音，特別的消停。〔註75〕

這句話中，「消停」一詞是京郊方言，和前面「淨、光、禿」三個形容詞溶爲一體，鄉土氣息濃鬱；假如將「消停」換成「安靜」，這段話的京東「味兒」就差得多了。

再例如《金光大道》中，有這樣一句話：

> 他們站在排子車的兩邊，再沒說什麼，就你一鍬我一鍬地往車上裝糞。在這靜夜間，那「嚓嚓」的聲音有節奏地響著，很好聽，傳老遠。〔註76〕

「傳老遠」中的「老」是北方方言中表示程度的形容詞，在此它所顯示的民間詩意是其他任何一個同義詞，如「很」、「非常」、「特別」等都無法做到的。

類似的例子還有很多，比如「不興」、「絕難」、「打個沉」、「繞世界」、「不待見」等等，都要比普通話更具有鄉土氣，更能夠表現地方的特殊風味，也更能夠體現作品中人物的地域個性。

2、人物對白

個性化的人物語言的另一個特點就是語言符合人物身份特點，體現人物性格。在談到自己的創作時，浩然說：「修改語言的目的是爲了塑造人物形象。……用人物來衡量語言……使語言符合人物個性、具體時間、環境，這

〔註74〕 邵荃麟、馮乃超，方言文學問題論爭總結〔A〕，荃麟文學評論選集〔M〕，北京：人民文學出版社，1981：125～132。

〔註75〕 浩然，彎彎的月亮河〔M〕，天津：百花文藝出版社，1982：11。

〔註76〕 浩然，金光大道（第一部）〔M〕，北京：京華出版社，1994：395。

是十分重要的」。〔註77〕在《月照東牆》中尚大叔夫婦有這樣一段對話：

> 老頭子丟下飯碗，綁上一副擔架，就要往縣醫院抬。**當時，尚大娘很不高興，心想，幹一天活了，剛才還說腰疼；這麼大歲數，再抬個人跑幾十里地，受得住嗎？**於是就說，「你呀，越來越不守本分了。這是老娘們的事兒，你可摻雜什麼？再說你還是個叔公輩哩，一點倫理都沒有啦！」老頭子說：「你呀，老腦筋。人命關天，她男人不在家，我當隊長的不管誰管？」尚大娘更沒好氣：「去你的吧，當隊長是管生產，還管人家養孩子？」老頭子說：「隊長什麼都得管，關心大家的生活，才能搞好生產。」尚大娘說：「就算該管，你就多派一個人嘛，爲什麼非要自個兒去？」

而修改前的原文是這樣的：

> ……老頭子放下飯碗，綁上一付擔架，就要往醫院裏抬。**尚大娘很生氣，上前一把扯住老頭，氣哼哼地說：「我就不能讓你去，當隊長沒領這份錢！幹一天活了，剛才你還喊腰痛，再抬個人跑幾十里地，你還要命不要命？」老頭子很生氣，坐在炕沿上，忍了半天才耐心地說：「人民公社就是一個大家庭，他的困難也是咱的困難，**他家沒有男人，咱是隊長，不管誰管？我身子沒關係，別說幾十里，就是幾百里我也跑得了，你快放心吧！」**尚大娘還是不肯讓步：「就算該管，你就多派一個人去嘛。爲什麼非要自個去？」

　　浩然認爲，修改前的語言不符合人物的身份，也不符合當時的情境：首先，尚大娘是個「有名兒的小性女人」，平時，尚大爺總會「有影沒影批評她一頓」。在當時的情況下，她決不敢、也不可能蠻橫地阻止尚大爺，而會採取拐彎抹角的語言和方法來達到她眞實的目的；第二，在此人命關天的時候，尚大爺一定會採取果斷的態度和行動，聽了尚大娘的話，也一定會發火，而不可能坐在炕沿上，慢慢地跟她講道理；第三，尚大爺講的關於人民公社的話是空話，沒有凸顯出人物的個性。基於以上的考慮，浩然將這段對話加以修改，修改後的對話較之之前相比，既符合人物的性格特點，也符合當時的特殊情境。

　　再例如《新媳婦》中的邊惠榮對她公公梁大伯揭發黃金寶做活不實在，

〔註77〕浩然，《月照東牆》的寫作經過〔A〕，孫大祐，梁春水，浩然研究專集〔M〕，天津：百花文藝出版社，1994：129～131。

梁大伯回答說：「他哪回不是這樣，不要理他。」葉聖陶盛讚這兩句，說：「就這麼簡短的兩句，把梁大伯的姑息怕事活畫出來。」〔註 78〕還有《雪紛紛》裏的萬存媳婦百般阻撓紅芳照顧五保戶許爺爺不成，憋了一肚子氣，一大早見紅芳給家裏人做完飯就又去了許爺爺院裏，又是做飯、又是拆洗被褥，搭人又搭工，於是來了個指桑罵槐：

> 頭也不抬，話也不說，陰沉著臉，像下雨的陰天。偏巧，她的女兒噗哧拉了一攤屎。她又是數叨又是罵，衝著窗戶，拉著聲音叫狗來吃：「花頭——花頭」叫了半晌，花狗才進來，它習慣地往炕上一跳。萬存媳婦順手打狗一個大嘴巴，咬牙切齒惡狠狠地罵道：「死狗，不要給你臉你偏不要臉！這回，不給你個屬害，你算不知道馬王爺三隻眼。大雪連天的，還滿處浪去，家裏的事還不夠你攪？看浪夠了，誰管你飯？天生賤骨頭下流貨！」〔註79〕

三言兩語之間，萬存媳婦的醜陋懶惰、尖酸刻薄的形象躍然紙上。

《豔陽天》中幾乎每個人物都有自己的語言特色，即使是年齡相仿的人，比如焦淑紅和馬翠清，也各有其聲情口吻。焦二菊出場一段最爲典型：

> 門簾子呼啦一下撩開了，跳進一個四十多歲的女人。又粗又壯，站在那兒像根柱子。她的一隻大腳剛邁到門檻子裏邊，不管三七二十一，就吼吼的叫開了：「你個挨刀的貨，鑽山了，進洞了，上天了，入地了？讓我跑折了腿，踩爛了腳，繞世界找不到你！」這女人喊著，一抬手，把一團又大又軟的東西扔過來，扔到蕭長春的懷裏，差點兒打掉他手裏的油瓶子；虧他手疾眼快，一抄手，把那團東西接住了，原來是一件老羊皮襖。沒容他開口，那邊又吵架似地喊起來了：「又不是三歲兩歲的孩子，怎麼連個冷熱都不知道？半夜裏野地外邊又是露水又是風，光穿個小單褂子，眞行？哼，要是光爲你，我缺不著，凍死你我也不心疼，我連個眼淚疙瘩都不掉。我不光是爲你送皮襖瞎跑道的，我是有重要的事來找你。村裏出了這麼大的事，連個味都沒聞出來，你的耳朵塞上雞毛了！快去找找馬主任吧，快去吧，那件事原來是他搞的，還得了哇？你整天縶在生產隊裏不

〔註78〕 葉聖陶，新農村的新面貌——讀《喜鵲登枝》〔A〕，孫大祐，梁春水，浩然研究專集〔M〕，天津：百花文藝出版社，1994：334～335。
〔註79〕 浩然，喜鵲登枝〔M〕，北京：作家出版社，1958：75。

行啊，長春不在家，你得多擔點呀……」〔註80〕

這段話運用比喻描寫形象，又用動詞和擬聲詞描寫動作，再加上生動的語言，我們彷彿見到了焦二菊的形象，聽到了焦二菊的聲音，也瞭解到焦二菊心直口快、粗中有細的性格。

《豔陽天》中孫桂英的語言也寫得很精彩。在第98章，孫桂英在蕭長春的幫助下，識破馬鳳蘭的詭計，與之決裂時說道：

> 我姓孫，你姓馬，趙錢孫李，我在頭一行；誰知道你那馬字兒在棚裏還是在圈裏呀？……我是就著星星喝的迷魂湯，趁著月亮吃的糊塗藥，狗吃日頭那會兒，我把白天當黑天；回頭一想啊，我驚了夢，醒了魂，一宗一件全都明明白白，我算睜開了雙眼認識了你！往回想也罷，往遠看也罷，越想越清楚，越看越透亮；沒玻璃的眼鏡框子，再也蓋不住爛眼邊了！你別在這兒跟我擺三國，我可沒有工夫跟你閒磨牙兒！你閒得屁股疼，我可是有忙事兒的人！……你別做夢挖元寶，想偏心啦！咱們是打碎的盤子敲爛的碗，扔在坑裏，撒在道上，你撿不回來，也對不到一塊；咱們是井水不犯河水，後脊梁對不著後脊梁，各走各的路，各投個的店兒！〔註81〕

這段話寫得十分精彩，讀起來上口，孫桂英潑辣、不吃虧的性格也表現得極其充分。

綜上可見，浩然的作品中大量地使用了本土化的農民話語，這種質樸而生動的語言所蘊涵的民族風格和鄉土特色使他的作品具有了濃鬱的鄉村生活氣息，政治小說也在一定程度上具有了審美價值，這是浩然擁有眾多讀者尤其是農村讀者的原因之一。誠如浩然自己所說：「一個作家要有豐富的文學知識、高深的藝術造詣，首先要從自己民族的文學藝術寶庫中吸取養分，必須在這方面站住腳，紮下根，再旁伸根鬚，從外來的東西里尋採滋補。我們寫的是中華民族的人與事、欲與情，主要的讀者對象也是自己祖國的同胞，唯有具備、保持中國味兒的作家和作品，才有生命力，才不失存在的意義。」〔註82〕

〔註80〕浩然，艷陽天〔M〕，北京：人民文學出版社，1995：52。
〔註81〕浩然，艷陽天〔M〕，北京：人民文學出版社，1995：1225。
〔註82〕浩然，我是農民的兒子〔A〕，孫大祐，梁春水，浩然研究專集〔M〕，天津：百花文藝出版社，1994：15。

第四章 浩然評價史(一)
──「政治化」的浩然

　　過去 50 多年來對浩然的評價有一個兩極化的現象:「十七年」和「文革」時期,批評界對浩然的創作眾口一詞地贊美;進入「新時期」之後,對浩然的評價急轉之下。細讀批評的文字,可以發現在這兩個截然不同的時期內,批評界對浩然的評價卻採用了極其相似的批評標準:「政治化」的批評。當然,浩然批評的政治化首先源於創作的政治化,這一點在第一、二章已有論證,這裡不再贅述。但是當批評界對一位作家的評價標準幾十年如一日地固定在「政治批評」的維度上時,這就成為一個需要引起注意的現象了,因為批評的政治化標準對浩然和浩然作品的研究並無益處,相反會使對浩然的言說一直浮在「政治」層面上,而無法客觀全面地揭示浩然作品本身所具有的文學性和社會價值。

第一節　「十七年」和「文革」時期的肯定

　　在「十七年」和「文革」期間,批評界對浩然的創作給予了積極的評價,也是在這個時期,浩然的文學地位逐漸提高,並在「文革」期間達到頂點。

一、「十七年」時期的鼓勵和引導

　　1956 年浩然以短篇小說《喜鵲登枝》在文壇嶄露頭角,在隨後的幾年中又相繼發表了上百篇與之風格相近的、反映新農村、新生活的短篇小說,並結集出版。浩然短篇小說中的「新人」主題與濃鬱的「泥土味」和清新自然的風格,受到了眾多讀者的喜愛,同時也受到了包括葉聖陶、巴人在內的老

作家和主流評論家的重視。他們紛紛著文評價其創作風格特點，同時也對創作中存在的問題提出了中肯的意見。

葉聖陶在《新農村的新面貌——讀〈喜鵲登枝〉》一文中詳盡地分析了作品中的人物形象和創作手法，認爲「所用語言樸素、乾淨，有自然之美」，人物對話「簡短」卻「耐人尋味」，小說的佈局也很巧妙，「可用『精心結撰』四個字」來稱頌。〔註1〕巴人的《讀稿偶記》對浩然作品中所透露出的生活氣息給予了積極地評價，同時也指出作品中的人物個性不夠鮮明，對生活的挖掘也很不夠。在另一篇文章，《略談〈喜鵲登枝〉及其他》中，巴人肯定了浩然作品中巧妙的情節和性格化的語言，也談到了創作當中潛在的問題，即對政策的緊密配合。對於怎樣處理文學作品與政策、與生活的關係，他談到：「創作態度不能代替創作方法」，「我們主張創作必須從生活出發……我們要描寫的是爲政策所滲透而改造過來或者正在改造中的活生生的生活面貌。絕不是所謂『寫政策』或『反映政策』」。〔註2〕艾克恩也在評論文章中指出了作家生活經驗不足的弱點，強調了作家深入生活的重要性：「光憑藉過去的生活經驗……就很不夠了。如果能繼續獲得新的生活滋養，那定會使他的創作面貌爲之一新」。此外在人物塑造方面，艾克恩以《搬家》、《躍進小插曲》等作品爲例，指出浩然「對人物的敘述多，而人物自己的行動少」。〔註3〕

雖然這個時期的文藝批評能夠從具體的文本出發來挖掘作品的文學價值和創作意義，但是50年代逐漸升溫的政治化批評已經逐漸「浮出歷史地表」。在許多評論文章中，評價者政治化批評取向漸露端倪。在一片贊揚聲中，主流的批評話語也不約而同地提出了浩然創作中的一個問題，那就是對階級鬥爭的關注不夠。

巴人在《略談〈喜鵲登枝〉及其他》中肯定了浩然通過文學創作爲政治服務的創作方向，但是「新農村的新面貌的出現，新人物的成長，決不是偶然的，是經過劇烈的階級鬥爭得來的……而在《喜鵲登枝》這個集子裏，我

〔註1〕葉聖陶，新農村的新面貌——讀《喜鵲登枝》〔A〕，南京師範學院中文系資料室，浩然作品研究資料〔M〕，南京：南京師範學院中文系資料室，1974：199～206。

〔註2〕巴人，略談《喜鵲登枝》及其他〔A〕，孫大祐、梁春水，浩然研究專集〔M〕，天津：百花文藝出版社，1994：339～352。

〔註3〕艾克恩，說長道短——評浩然的短篇小說集《蘋果要熟了》〔A〕，孫大祐，梁春水，浩然研究專集〔M〕，天津：百花文藝出版社，1994：353～364。

們看不到這一具有根本性質的鬥爭的生活面貌」。巴人認爲，浩然的大部分作品「只限於新和舊、前進和落後的鬥爭的描寫」，雖然前進和落後、新和舊是重大的主題，但是考慮到當時的社會現實，「雖然我們的新農村已經經過了社會主義的改造，集體所有制已成爲不可動搖的經濟基礎，但人們思想上的階級鬥爭未必就此熄滅」，因而，新和舊、前進和落後的鬥爭同兩條道路的鬥爭「有著千絲萬縷的聯繫」。作家對這一點理解得還不夠清楚，這是很值得關注的。巴人以《風雨》中的劉淑英爲例，指出浩然筆下的新人物「形象不夠突出、不夠高大」恐怕就是由於在創作中沒有凸顯「社會階級鬥爭的歷史背景」。〔註4〕艾克恩也指出了同樣的問題：浩然的作品「大多描寫的是有關公社福利方面的生活，他的人物也大多是從這些生活方面來表現，因此生活的複雜性、豐富性就顯得不夠，人物的戰鬥性就顯得差些」。〔註5〕

　　徐文斗認爲浩然的作品在及時配合政策，反映時代精神面貌方面是有成就的，但「對問題提得不夠尖銳，對生活反映得不夠深刻，有的還比較淺。有些作品只抓住了生活的表面現象，尚未能深入到生活的本質中去」，「首先是農村的主要矛盾——社會主義和資本主義兩條道路的鬥爭，沒有得到有力的反映」。他舉出了一些具體的實例：如《風雨》中的富農尤會計想乘人之危，謀奪寡婦的房產。這本來可以很好地揭露階級敵人的醜惡面目，可惜沒有發展下去。在反映人民內部矛盾的作品中，也存在類似的情況，如《雪紛紛》中，作家在處理紅芳和萬存媳婦的矛盾時有點草草收兵。這樣寫，「不能使讀者認識到階級鬥爭和生產鬥爭的複雜性和艱苦性，不能很好地發揮文學作品的認識作用和教育作用」。在人物塑造方面，徐文斗引用了1963年第6期《文藝報》的社論，指出作家的「戰鬥任務」就應該是「以正確的階級觀點和革命現實主義與革命浪漫主義相結合的藝術方法」「更鮮明地」表現時代精神，塑造英雄形象。他指出，雖然作家把人物放在了矛盾衝突和典型情節中去表現，但是「這些人物的個性特點還不十分鮮明突出，有些人物的性格還有雷同之處，特別是在深度上還顯得不夠」，而這主要是「和前面談到的作者沒有很好地描繪兩條道路的鬥爭有關」。徐文斗認爲作家可以把人物「放在更廣闊一些的社會環境中去寫」，「還可以更加理想化一些，更加高

─────────────────────

〔註4〕巴人，略談《喜鵲登枝》及其他〔A〕，孫大祐、梁春水，浩然研究專集〔M〕，
　　　　天津：百花文藝出版社，1994：339～352。
〔註5〕艾克恩，人民公社的讚歌——評浩然的幾篇小說〔J〕，萌芽，1959，（19）：44。

大一些」。〔註6〕徐文斗的評論文章發表於 1964 年。從他的評論中，隱約可見當時文學批評對「革命浪漫主義」和「典型化」的創作方法的認同。

進入 60 年代，特別是「文革」以後，隨著政治朝極左方向的發展，意識形態對文藝的約束更加嚴格，文學創作和文學批評都表現出高度的政治化。在這種狀態下，幾乎沒有人再探討浩然創作的文學性，浩然和他的創作完全湮沒在政治的迷霧當中。

《豔陽天》第一卷發表於 1964 年，先在《收穫》第一期刊載，9 月由作家出版社出版發行，1966 年出齊了全部三卷。作為「十七年文學的幕終之曲」（雷達語，筆者注），小說面世之後，立即受到文藝界的關注和一致好評。批評界認為《豔陽天》的成就首先在於「比較深刻地反映了社會主義革命和社會主義建設時期，農村中尖銳、複雜的階級鬥爭，藝術地再現了農業集體化中兩條道路的爭奪戰」，真正稱得上是「一曲社會主義的頌歌，一幅階級鬥爭的畫卷」〔註7〕。還有評論認為作品表現了「敵我矛盾更多地以人民內部矛盾的形式表現出來的特點」，「反映了兩條道路激烈的爭奪戰，寫出了我們黨的階級路線和政策的偉大勝利」，「很有現實意義和教育意義」。〔註8〕在《豔陽天》農民讀者座談會上，農民讀者對這部作品的評價佐證了范之麟的觀點。

在農村裏怎樣做黨的工作？怎樣教育社員走社會主義道路？在工作中依靠誰？作品中的主人公蕭長春，堅決貫徹黨的階級路線，依靠貧下中農，這對我很有啟發。

農村青年看看這本書很有益，他們階級鬥爭的經歷不多，這本書寫的就是階級鬥爭的活生生的事實，又有分析，不像實際生活那樣使人眼花繚亂，不容易一下子分辨。」金盞人民公社長店大隊團支部書記劉恩民說：「看過這部作品，學習了用階級分析的方法看人看事。〔註9〕

〔註6〕徐文斗，談浩然的短篇小說〔A〕，孫大祐，梁春水，浩然研究專集〔M〕，天津：百花文藝出版社，1994：374～399。

〔註7〕王主玉，評長篇小說《艷陽天》〔A〕，南京師範學院中文系資料室，浩然作品研究資料〔M〕，南京：南京師範學院中文系資料室，1974：220，236。

〔註8〕范之麟，試談《艷陽天》的思想藝術特色〔A〕，孫大祐，梁春水，浩然研究專集〔M〕，天津：百花文藝出版社，1994：456～469。

〔註9〕貧下中農喜讀《艷陽天》——記《艷陽天》農民讀者座談會〔A〕，南京師範學院中文系資料室，浩然作品研究資料〔M〕，南京：南京師範學院中文系資料室，1974：207。

在人物塑造方面，當時的批評普遍認為，浩然在《豔陽天》中運用階級分析的觀點塑造了眾多「真實、生動、有個性」的人物：

在這裡，既有表面裝老實的反動富農這種公開的階級敵人，又有打進來的階級異己分子，此外還有投機商人，有各個階層各種類型的農民，有不同出身和思想覺悟的年輕人，有各種農村幹部。中農裏邊，又分別寫出了一些富裕中農和一般中農。富裕中農也各有不同：有迷戀資本主義道路的富裕中農，也有不那麼迷戀資本主義道路而隨風倒的。同是迷戀資本主義道路的富裕中農又各有特點：有專門「繞人」的，也有大炮式的。一般中農裏，有積極的「政策迷」焦振茂，又有落後的鑽牛角尖的韓百安。中農以外，那麼多貧下中農，且大都各有面貌，並不重複：馬老四、焦二菊、五嬸和啞巴都寫得個性鮮明。〔註10〕

對於英雄人物蕭長春的塑造，評論界給予了充分的肯定和贊揚。王主玉首先援引毛澤東的話：「毛主席在《中國農村的社會主義高潮》一書的按語中說：『這類英雄何止成千上萬，可惜文學家還沒有去找他們』。這樣的英雄人物必須大書特書，把這『成千上萬』的英雄人物概括成藝術的典型形象，去感染讀者、教育讀者，是作家光榮、首要的任務。我們高興地看到，蕭長春的形象，正是這樣英雄人物的光輝典型，從他的身上可以看到：農村基層幹部生氣勃勃的鬥爭英姿，奮發圖強的革命精神。」在肯定了蕭長春的英雄人物形象之後，王主玉認為，由於作家主要把蕭長春放在階級鬥爭中來表現，因而「人物的性格鮮明突出，形象豐滿堅實」。他「最可愛、最感人的地方，就是他那鮮明的階級性格，無產階級戰士的革命品質，貧農、下中農堅持社會主義方向的『硬骨頭』精神。這樣的英雄人物，對讀者有著強烈的教育作用，可以產生『榜樣的力量』（列寧）。」〔註11〕

同時，評論界認為浩然塑造了一批性格鮮明的貧農形象，如馬老四、喜老頭、福奶奶等。「雖然他們個性不同，但都閃耀著同一階級的思想光輝」，「他們是農業社的支柱，是農村社會主義革命和建設的決定力量」；從他們對農業社、對黨的深厚感情裏，「可以感覺到社會主義思想已經深深地在貧下中農心

〔註10〕范之麟，試談《艷陽天》的思想藝術特色〔A〕，孫大祐，梁春水，浩然研究專集〔M〕，天津：百花文藝出版社，1994：461～462。

〔註11〕王主玉，評長篇小說《艷陽天》〔A〕，南京師範學院中文系資料室，浩然作品研究資料〔M〕，南京：南京師範學院中文系資料室，1974：226～231。

裏紮下了根」；從他們在階級鬥爭中的表現，可以看到「黨關於階級鬥爭的思想正在爲他們所掌握。而他們掌握了這一武器就可以擊敗任何狡猾的敵人而無往不勝」。

此外，評論還認爲作者用階級分析的觀點，塑造了各種不同類型的中農形象。其中，有積極向貧下中農靠攏，但在某些問題上「留一手」的焦振茂，有左右搖擺、怕惹是生非的馬子懷，有「對社會主義觀望、懷疑、甚至反對」的彎彎繞、馬大炮。馬子懷的轉變「證明了黨對中農的政策的正確和階級鬥爭路線的偉大威力」，「要爭取中農」，「就必須有團結有鬥爭」；而彎彎繞、馬大炮和馬之悅的勾結說明改造「農村小私有者」「濃厚的私有觀念和舊勢力根深蒂固的影響，是一項長期的艱苦的階級鬥爭」。「在兩條道路的鬥爭中，不是站在社會主義這一邊，就是站在資本主義那一邊」；「如果在階級鬥爭中，貧下中農佔了絕對優勢，打垮了敵人，堵住他們那通向資本主義的道路，在鬥爭中改造他們、爭取他們，這些人還是能夠走社會主義道路的」。

要想反映出階級鬥爭的完整畫面，僅僅刻畫出鮮明的正面人物形象顯然是不夠的，在評論中，大家還盛讚了對反面人物的刻畫，如「混進革命隊伍的階級異己分子」馬之悅和「最能代表資本主義反動勢力」的馬齋。通過挖掘這一類「反面教員」的階級實質，「可以幫助讀者認識階級鬥爭的複雜性，增強階級鬥爭的觀念，從而得到反面的教育」。王主玉認爲，「作者花了大量筆墨去剖析馬之悅的醜惡靈魂，揭露其反動思想的階級本質，是十分必要的。如果把反面人物簡單的臉譜化，只給讀者一個圖解式的概念，捕捉不住的模糊影子，那對於刻畫英雄人物豐滿的形象和深刻的性格，對於作品深刻表現階級鬥爭的歷史面貌，也是不利的。」范之麟認爲馬之悅的活動「反映了新的歷史條件下階級鬥爭的特點」，「具有普遍的認識意義」。〔註12〕

1974 年 5 月 15 日，《人民日報》發表署名爲「初瀾」的長篇文藝評論《在矛盾衝突中塑造無產階級英雄典型——評長篇小說〈豔陽天〉》。文章說：

> 浩然同志的長篇小說《豔陽天》是在我國文藝戰線上兩個階級、兩條路線激烈鬥爭中產生的一部優秀文學作品，長期以來，受到廣大工農兵讀者的熱烈歡迎。這部小說以黨的八屆十中全會的精神爲

〔註12〕以上評論散見於王主玉《評長篇小說〈豔陽天〉》、范之麟《試談〈豔陽天〉的思想藝術特色》、《貧下中農喜讀〈豔陽天〉》等文章。

指導，深刻地反映了我國社會主義農村尖銳激烈的階級鬥爭，成功地塑造了「堅持社會主義方向的領頭人」蕭長春的英雄形象。在當前批林批孔運動深入發展的大好形勢下，在反擊修正主義文藝黑線回潮、堅持無產階級文藝革命的鬥爭中，探討和研究《豔陽天》的思想藝術成就，對於批判林彪販賣孔孟的「克己復禮」、「中庸之道」、肅清「階級鬥爭熄滅論」在文藝領域中的流毒，反動文藝作品中的「無衝突論」和「中間人物論」等，是很有現實意義的。

　　努力塑造工農兵英雄典型，是社會主義文藝創作的根本任務。蕭長春，是我國農村社會主義高潮中湧現出來的成千上萬英雄人物的典型形象。這一人物之所以高大、豐滿而感人，很重要的一點，是由於作者在創作中運用革命的現實主義和革命的浪漫主義相結合的創作方法，通過把現實生活中的矛盾和鬥爭典型化的途徑，突出地刻畫了蕭長春的英雄形象。〔註13〕

這可以說是當時的主流評論界對《豔陽天》給出的最高評價。

　　1973年，《豔陽天》被改編成電影在全國上映。次年的1月26日，初瀾在《人民日報》發表文章《堅持社會主義方向的領頭人——評彩色故事片〈豔陽天〉中肖長春形象的塑造》，稱贊這「是一部優秀的影片」，「影片中的肖長春的確是一個堅持社會主義方向的領路人、用毛澤東思想武裝起來的自覺的共產主義戰士的藝術形象。他高大而又豐滿，深刻而又生動」，而「《豔陽天》長篇小說紮實的文學基礎，是這部影片所以能如此細緻刻畫英雄人物的重要條件」。〔註14〕

　　電影極大地促進了浩然作品的普及，甚至許多人能夠把《豔陽天》背下來。在《西沙兒女》中扮演程亮的演員張連文就談到在青島嶗山一個村子遇到的一件事。那個村的「支書夫婦請我們吃飯。他們說，就是因為《豔陽天》這本書，他們才結成夫夫婦的。吃飯時，支書念了第一句，媳婦就能接下第二句」。〔註15〕浩然作品的影響力之大由此可見一斑。

〔註13〕初瀾，在矛盾衝突中塑造無產階級英雄典型——評長篇小說《艷陽天》〔N〕，人民日報，1974，05（15）。

〔註14〕初瀾，堅持社會主義方向的領頭人——評彩色故事片〈艷陽天〉中肖長春形象的塑造〔N〕，人民日報，1974，01（26）。

〔註15〕陳徒手，人有病，天知否：1949年後中國文壇紀實〔M〕，北京：人民文學出版社，2000：378。

　　當然，對《豔陽天》也有一些批評的意見，主要集中在兩點，一是故事情節鬆散拖沓，二是部分形象刻畫得不夠深入。范之麟認爲蕭長春和馬之悅的鬥爭主線「常常被一些游離於主線之外的情節或插曲打斷」，「最明顯的是焦淑紅和馬立本的糾葛以及與此相連的焦淑紅的婚姻問題」，「對焦淑紅愛情生活的描繪，有些多餘的筆墨，不必要的渲染」。作家對馬立本的單相思、對焦淑紅的追求都著墨太多。農村讀者還提出了「孫桂英對蕭長春動心思」一節顯得多餘，導致了「主要人物沒有得到充分的描寫」；作家雖然寫出了馬之悅「個人主義的野心，但沒有充分揭露他的階級本質」，作家的處理方法會讓讀者產生誤解，認爲馬之悅「是爲了和蕭長春爭權奪利，或是由於歷史有問題才這樣壞的」，而實際上「當然不只因爲這個」，作品應「進一步寫出他想變天」。還有論者認爲，富裕中農「在作品中占得比重到底嫌多了些」，「好像中農是主流，大過貧下中農的勢力，這樣社會主義蓬蓬勃勃的勁兒就顯得少了，就減淡了」，這不太符合農村的實際情況。貧下中農「描寫得還不夠充分」，「作者給他們活動的天地太小」，「正面人物好像在人家的包圍之中，顯不出他們生機勃勃的勁頭來」。蕭長春的形象雖然「寫得比較成功，但還不夠突出，作者沒有把他放在鬥爭中加以充分描寫。作品中他跟階級敵人之間，跟鬧事的富裕中農之間的鬥爭沒有充分展開，許多地方該出場沒有出場」。還有讀者認爲「他對人團結多，鬥爭少；對壞分子耐心說服等待有餘，組織發動群眾進行鬥爭不夠」。總之，「大家感覺到作者對蕭長春下的工夫不如對一些富裕中農和馬之悅等人那麼深」。〔註16〕

　　這個時期，社會主義文學朝著政治化的方向越走越遠，文藝批評也幾乎完全轉向了逐漸純淨的政治化批評，忠實地傳達著政治的聲音。「文革」時盛行的讀者座談會也是在這個期間出現的，這種新的文學批評形式的逐漸普及暗示著政治更加直接、具體地介入到文學當中。

　　當時也有極少數的研究者從文學的角度談到了浩然的作品，但是他們的評價當時在國內並沒有公開發表的機會。比如葉聖陶在給浩然的私人信件中談到，作品中「說明人物性習與心理狀態之處，似稍嫌其多，可否作適當之刪汰。此宜於敘寫行動與對話之時宛委表達之，俾讀者自爲領悟」。〔註17〕再

〔註16〕以上評論散見於王主玉《評長篇小説〈艷陽天〉》、范之麟《試談〈艷陽天〉的思想藝術特色》、《貧下中農喜讀〈艷陽天〉》等文章。

〔註17〕浩然，懷念葉聖陶〔A〕，浩然，泥土巢寫作散論〔M〕，開封：河南大學出版社，1997：321。

比如，嘉陵從主題、結構、人物形象和寫作技巧四個方面肯定了《豔陽天》
是一部成功的作品，還從浩然的生活經歷、寫作熱情和民間文學的滋養幾個
方面分析了作品成功的原因，但這篇文章也是刊載於香港的雜誌，並未在中
國大陸獲得發表。

二、「文革」後期的全面肯定

　　這裡之所以用了「『文革』後期」一詞而不是「『文革』時期」，是因為在
「文革」的前幾年，浩然和當時別的作家一樣也被下放農村鍛鍊改造，並沒
有獲得寫作的權利。直到 1972 年，「當時控制文藝界的力量在浩然小說中，『發
現』了體現其文學觀念的創作例證」，〔註18〕浩然也隨之進入其一生中最輝煌
的時刻，他不僅著作頗豐：除了《金光大道》以外，浩然還創作了《西沙兒
女》和《百花川》兩部作品，出版了短篇小說集《春歌集》、《楊柳風》，散文
集《火紅的戰旗》、《大地的翅膀》和兒童故事集《七月槐花香》、《歡樂的海》
和《小獵手》，而且他的作品還被樹立為文革文學的「樣板」，他本人也成為
「八個樣板戲一個作家」中唯一的一位作家。這裡僅以《金光大道》為例來
談談當時主流話語對浩然創作的評價。

　　在《金光大道》的創作中，浩然自覺地用「階級和階級鬥爭的觀點」來
反映「現實革命生活鬥爭」，而且鬥爭不僅僅局限在「基層」，已經涉及到了
「高一層的領導」，「面對面的鬥爭」使矛盾衝突更加激烈；此外，因為「有
了革命樣板戲的榜樣」和「三突出」、「兩結合」創作方法的「成功經驗」，作
品中的英雄人物更加「高大」、「純粹」。可以說，在《金光大道》中，作家完
全「把自己的生活體驗和藝術想像，整合到「文革」時期的規範性的歷史敘
述之中」。〔註19〕應該說，對「文革」話語的完全接受和自覺呼應是浩然被樹
立為「樣板」的一個先決條件。

　　浩然的「努力」也得到了當時主流的文藝批評的確認：

　　　　在 1962 年之前，他（浩然，筆者注）大約寫了一百多個短篇，
　　大多是歌頌農村新人新事新生活的，但一般說來，題材領域比較
　　窄，作者還沒有高度重視正確表現階級鬥爭的問題。黨的八屆十中
　　全會以後，作者創作了以 1957 年農村階級鬥爭風暴為主題的長篇

〔註18〕洪子誠，浩然和浩然的作品〔N〕，北京日報，2000，11（22）。
〔註19〕同註 18。

小説《豔陽天》，其中對路線鬥爭的描寫也還處在一種不十分自覺的狀態。其原因是多方面的，最主要的，是文藝界被反革命修正主義文藝黑線專政的現實，不能不影響到當時這位僅有三十歲的青年作者。經歷了這場無產階級文化大革命以後，在馬列主義、毛澤東思想的哺育下，在群眾鬥爭的大風大雨的鍛鍊中，作者的積極覺悟和路線鬥爭覺悟有了顯著的提高，生活積累也更紮實了，尤其是有了革命樣板戲的光輝榜樣，作者的政治視野與藝術視野進一步開闊了，他嘗試著在《金光大道》中，以路線為綱，較全面地、深刻地反映社會主義時期的階級鬥爭生活。這個進步是可貴的，是一個值得重視的新起點。〔註20〕

在《浩然研究專輯》的附錄中，我們可以看到一個《浩然生活創作評介文章索引》，1972 年到 1976 年間關於浩然的評論文章達 96 篇之多，而且大多文章僅從標題就可以看出其中狂熱的政治激情。例如：《在社會主義的金光大道上披荊斬棘高歌猛進——贊長篇小説〈金光大道〉中高大泉的形象塑造》、《激流勇進戰旗紅——評長篇小説〈金光大道〉》、《熠熠照人的貧下中農群像——〈金光大道〉》、《文藝應當成為對資產階級全面專政的工具——談〈金光大道〉第二部對路線鬥爭的描寫》、《社會主義革命洪流銳不可擋——評長篇小説〈金光大道〉第二部》、《社會主義新生事物在鬥爭中前進——評長篇小説〈金光大道〉第二部》、《準確地表現社會主義時期的階級關係——評〈金光大道〉的思想特色》……批評界對浩然創作評價的政治化程度此時達到了頂峰。

這些評論文章的作者來自各行各業，既有專家學者如艾克恩、馬聯玉、金梅等，也有「文革」期間的權威寫作班子「初瀾」、「任犢」，還有來自各大學中文系的工農兵學員。而其中最引人注目的是來自城鄉基層單位的眾多理論組、學習組、文藝評論組，如「敦化林業局貯木廠評論組」、「黑龍江生產建設兵團獨立一營機關書評小組」、「歷城縣柳埠公社文藝評論組」、「北京光華木材廠文藝評論組」等等，諸如此類，不一而足。各界群眾積極參加文藝作品座談會，暢談浩然作品的學習感受，並爭先恐後在眾多文學刊物公開發表評論文章，不能不說是世界文學史上一個罕見的現象。

〔註20〕馬聯玉，社會主義道路金光燦爛——評長篇小説《金光大道》第一部〔A〕，南京師範學院中文系資料室，浩然作品研究資料〔M〕，南京：南京師範學院中文系資料室，1974：247。

當時的評論普遍認爲《金光大道》用「大量生動、形象的藝術描繪」「比較準確地」揭示了路線鬥爭的實質，「比較眞實地表現了路線鬥爭與階級鬥爭的關係」。高大泉的鬥爭經歷形象地揭示了「在土改以後，唯有『趁熱打鐵』、『組織起來』，粉碎地富分子的復辟陰謀，才能擺脫重受剝削壓迫的危險，走上共同富裕的金光大道，建設社會主義農村」。〔註21〕

《金光大道》中作者全力塑造的無產階級英雄形象高大泉被評論界普遍認爲是「《金光大道》的突出成就」。〔註22〕典型人物生活在特定的典型環境之中。典型環境，在當時最主要的是階級矛盾和階級鬥爭的環境。高大泉形象的成功塑造主要是由於作者「很注意把他置於階級鬥爭、路線鬥爭的激烈衝突之中」。〔註23〕作者一方面「緊緊抓住社會主義和資本主義兩條道路鬥爭的實質」，另一方面，「又從各個側面充分表現階級鬥爭的複雜性和尖銳性」。這樣，高大泉的英雄形象「既抓往了無產階級英雄典型的根本特徵，又從各個鬥爭側面豐富了英雄形象」。〔註24〕尤其是小說的第二部「把芳草地的鬥爭同城鎭手工業和資本主義工商業的社會主義改造聯繫起來，同火熱的抗美援朝、保家衛國的運動聯繫起來，這樣就使小說的時代背景更爲廣闊，爲高大泉提供了縱橫馳騁的用武之地」。〔註25〕

《金光大道》中一個引人注目的現象是對樣板戲舞臺化敘述語言的運用，後來有研究者將其歸納爲「我高敵低」、「我明敵暗」。〔註26〕「我高敵低」是指視覺上的俯仰效果，這樣使英雄人物的形象更加高大，反面人物更顯萎

〔註21〕以上評論散見於金枚《農村鬥爭生活的畫卷──評長篇小說〈金光大道〉第一部》、馬聯玉《社會主義道路金光燦爛──評長篇小説〈金光大道〉第一部》、黨文兵《〈金光大道〉第二部的重要成就》、辛文彤《社會主義歷史潮流不可阻擋》等文章。

〔註22〕金梅、吳泰昌，打著火把的領頭人──評長篇小説《金光大道》第一、二部中高大泉英雄形象的塑造〔A〕，孫大祐，梁春水，浩然研究專集〔M〕，天津：百花文藝出版社，1994：544。

〔註23〕馬聯玉，社會主義道路金光燦爛──評長篇小説《金光大道》第一部〔A〕，南京師範學院中文系資料室，浩然作品研究資料〔M〕，南京：南京師範學院中文系資料室，1974：247。

〔註24〕任犢，必由之路──評長篇小説《金光大道》第二部〔N〕，人民日報，1974，12（26）。

〔註25〕同註22，558。

〔註26〕陳順馨，中國當代文學的敘事與性別（增訂版）〔M〕，北京：北京大學出版社，2007，180。

縮；「我明敵暗」是指英雄人物的出場總有明亮的背景襯托，而反面人物的活動場所通常都是在黑夜、雨天或者陰暗的角落。通過這兩種能夠引起人們豐富聯想的手法，作者實際上揭示了社會主義與資本主義之間的對立關係。當時的主流文學評論話語敏感地捕捉到了這一點。署名「任犢」的「上海大革命批判寫作小組」高度贊揚了《金光大道》對樣板戲創作經驗的學習，稱其為「文學創作方面學習革命樣板戲創作經驗的一個重要成果」。馬聯玉則在文章中舉出大量實例加以佐證。比如作者在創作中用了象徵和比擬的手法來描繪一些場景和細節，如《拆牆》、《萌芽》、《板斧篇》等標題賦予了作品「政治抒情詩的色彩」；而周忠出場一節，作者使用了夜幕、星光、槐樹、鮮紅的火珠等「使人產生有意義的聯想」的意象，這樣就給人一個「鮮明的印象」——「老周忠就像老槐樹那樣把根基深深地紮在群眾之中，巍然挺立，不愧為農村社會主義革命的頂梁柱」。〔註27〕

　　評論界在高度肯定《金光大道》的同時，也提出了一些批評的意見，如「對黨的領導作用，描寫得不夠有力」，這表現在作者「雖然寫了地委工作組一個負責人和城市工人階級對高大泉的影響，但是沒有用更多的筆墨描繪黨的基本路線和黨的組織在農村生活和鬥爭中的強大作用」。這樣就不能充分表現「我們現實生活的本質真實」，「對各級黨組織的戰鬥核心作用」還可以寫得更具體一些。另一個缺點是「結構比較鬆散」，「某些章節之間缺乏情節上的必然聯繫」。如果作者「捨去一些與主題關係不大的情節，使矛盾更集中，情節更緊湊，緊緊抓住主要人物和主要事件來展開故事，可能會收到更好的藝術效果」。此外，作品中「兩個階級、兩條道路的鬥爭以及和私有制觀念實行決裂的艱難性」還可以「表現得更深刻些」。比如在表現高大泉和高二林的矛盾衝突時，「對於他如何更積極主動地去防止高二林誤入歧途和如何把他從邪道中拉過來，寫得不夠」，在促使高二林轉變的過程中，「高大泉的積極作用顯得不足」。「如果描寫高大泉已經做了大量的政治思想工作，再讓高二林分裂出去」，高大泉的形象就會更加成功。〔註28〕

〔註27〕馬聯玉，社會主義道路金光燦爛——評長篇小說《金光大道》第一部〔A〕，南京師範學院中文系資料室，浩然作品研究資料〔M〕，南京：南京師範學院中文系資料室，1974：247。
〔註28〕以上評論散見於金枚《農村鬥爭生活的畫卷——評長篇小說〈金光大道〉第一部》、馬聯玉《社會主義道路金光燦爛——評長篇小說〈金光大道〉第一部》、金梅、吳泰昌《打著火把的領頭人——評長篇小說〈金光大道〉第一、二部

　　《人民日報》1974 年 12 月 26 日發表任犢的署名文章《必由之路──評長篇小說〈金光大道〉第二部》，贊揚《金光大道》「是一部進行黨在社會主義歷史階段基本路線教育的形象化教材。已經發表的第一、第二部，通過五十年代初期發生在芳草地的一場驚心動魄的鬥爭，聯繫當時國際國內階級鬥爭的廣闊歷史背景，概括了我國農村合作化運動中的兩條道路、兩條路線激烈鬥爭的基本面貌。特別是第二部，雖然只表現了從互助組到初級合作社的短暫的歷史進程，但通過精心提煉的情節，概括了那個時期的鬥爭風貌，無論在思想深度的開掘和英雄形象的塑造上，都取得了較大的成就」。〔註29〕

　　權威媒體上的權威文章對浩然作品明確表態，不僅標誌著浩然已經了邁入一流作家的行列，同時也直接確立了作家的政治地位。1973 年浩然出席了黨的第十次代表大會；1975 年當選全國第四屆人民代表大會代表；1976 年 9 月，浩然成為毛澤東治喪委員會中唯一的文學界代表，跟老將軍楊成武一起守靈；1977 年 12 月當選全國第五屆人民代表大會代表、北京市七屆人民代表大會代表和北京市革委會委員。

第二節　新時期以來的褒貶毀譽之間

　　進入新時期以來到上世紀末，對浩然的重讀和評價大體可以分為兩個階段，第一個階段是在 70 年代末和 80 年代初伴隨著文藝界的「撥亂反正」進行的，此時對浩然及其作品的評價一落千丈，降到了歷史的最低點；第二階段是 90 年代，《金光大道》的再版和浩然的一系列言論在文壇引起軒然大波，支持或反對的觀點展開激烈的交鋒。但是在這個階段，政治化的評價依然作為一個普適的評價標準得到運用。

一、新時期之初的「轉向」

　　隨著「文化大革命」宣告結束，全國上下開展了一場規模空前的「撥亂反正」運動。但是在「文革」結束的頭兩年，由於黨中央的主要負責人推行兩個「凡是」的方針，對「左」的錯誤的批判受到了壓制。1978 年 5 月 11 日，《光明日報》發表特約評論員文章《實踐是檢驗真理的唯一標準》，次日《人

中高大泉英雄形象的塑造》等文章。
〔註29〕任犢，必由之路──評長篇小說《金光大道》第二部〔N〕，人民日報，1974，12（26）。

民日報》全文轉載，這引起了全國思想理論界的一場大討論。1978 年 12 月，十一屆三中全會在北京舉行，在撤銷「反擊右傾翻案風」、「天安門反革命事件」等一系列錯誤文件的同時，會議從指導思想上解除了「兩個凡是」的束縛，明確提出應當及時地把全黨的工作重心轉移到「以經濟建設爲中心」的軌道上來。在這樣的背景下，文藝界也展開了一系列的批判、反思、平反。

文藝界的撥亂反正是從對「四人幫」的政治批判開始的。1976 年 10 月到 1977 年，各級報刊圍繞著「陰謀文藝」、「文藝黑線專政」論及其理論與實踐發表了大量批判文章。1977 年 11 月和 12 月間，《人民日報》、《人民文學》編輯部邀請部分文藝界人士舉行座談會批判「文藝黑線專政」論，《人民文學》還闢出「徹底批判「『文藝黑線專政』論」的專欄，要把「四人幫」顚倒了的路線是非、思想是非、理論是非再顚倒過來。1978 年 5 月末 6 月初，中國文聯召開第三屆第三次全體會議，宣佈中國文聯及五個協會正式恢復工作，《文藝報》復刊。1979 年 10 月 30 日，全國第四次文學藝術工作者代表大會在京召開，鄧小平出席大會並代表黨中央國務院向大會致了祝辭。祝辭肯定了「十七年」的文藝工作成績，總結了建國以來文藝戰線的經驗教訓，並爲新時期社會主義文藝的發展指明了方向。在黨和文藝的關係上明確提出：「衙門作風必須拋棄，在文藝創作、文藝批評領域的行政命令必須廢止」，「在藝術創作上提倡不同形式和風格的自由發展，在藝術理論上提倡不同觀點和學派的自由討論」。〔註30〕第四次文代會閉幕不久，鄧小平在另一個講話中又強調：「不再繼續提文藝從屬於政治的口號」。〔註31〕1980 年 7 月 26 日的《人民日報》社論用「文藝爲人民服務，爲社會主義服務」取代了過去「文藝爲工農兵服務，爲政治服務」的口號，並把「百花齊放，百家爭鳴」作爲新時期文藝的基本方針確定下來。

伴隨著文藝界的撥亂反正，浩然和浩然的作品被重新評價。翻開《浩然研究專輯》中的「浩然生活創作評介文章目錄索引」，可以清楚地看到，自 1977 年《廣東文藝》11 月號率先刊登了李冰之的《評浩然的〈西沙兒女〉》開始，浩然的評價發生了一個突然但一致的轉向。浩然的作品從文學「樣板」瞬間墮落爲「爲江青篡權鼓譟」的「反黨小說」、「陰謀文藝的一個標本」、「毒性

〔註30〕孟繁華、程光煒，中國當代文學發展史〔M〕，北京：人民文學出版社，2004，156。
〔註31〕王慶生，中國當代文學史〔M〕，北京：高等教育出版社，2003，245。

十足的毒草小說」，而浩然的文學道路變成了「為四人幫效勞的、危險的道路」。這些僅從文章的題目就可以看出來，如：苗玉明的《批判為江青篡權鼓譟的〈西沙兒女〉》（《濟南日報》1978 年 6 月 17 日）、經百君的《燒向哪個階級的「三把火」？──評反黨小說〈百花川〉》（《北方文學》1978 年 8 月號）、鄧榮堅的《陰謀文藝的一個標本──評浩然的〈西沙兒女〉》（《南方日報》1978 年 6 月 23 日）、張書芳、楊喜順的《一部毒性十足的毒草小說──評〈西沙兒女〉》（《北京文藝 1978 年 6 月號）、舒莫的《為「四人幫」效勞的作品與道路──評浩然的〈西沙兒女〉及其創作「新道路」》（邊疆文藝 1978 年 9 月號），李德君的《危險的道路　嚴重的教訓──評〈西沙兒女〉作者的變化》（《北京文藝》1978 年 10 月號）。

　　而歷史的詭異之處在於，70 年代末 80 年代初對浩然及其作品的批判，在 60、70 年代都曾以肯定的面目出現過，並且部分或者出於相同作者之手，或者刊登於相同的期刊。比如，同樣是南京師範學院的教師，同樣是《南京師院學報》，1974 年南京師範學院中文系資料室組織編寫了《浩然作品研究資料》，1975 年第一期的《南京師院學報》僅一期內就刊登了《西沙兒女多奇志──評中篇小說〈西沙兒女·奇志篇〉》、《英雄時代的英雄典型──評〈金光大道〉（一、二部）高大泉的形象塑造》、《農村反覆辟鬥爭的歷史畫卷──評長篇小說〈豔陽天〉》等四篇文章，1976 年 5 月浩然還應邀到該院中文系講話，而在 1978 年，《南京師院學報》第 2 期卻發表了該院教師郁炳龍的文章《〈百花川〉批判──兼評浩然在我院中文系的一次「講話」》。再比如，同樣是部隊作者，《解放軍文藝》1975 年 1 月號刊登了《豪情詩筆寫西沙──部隊作者座談中篇小說〈西沙兒女〉發言摘要》，《解放軍報》1978 年 4 月 19 日就刊登了署名為「廣州部隊理論組」的《地地道道的修正主義文藝邪路──評〈西沙兒女〉及其作者的所謂創作道路》。《南方日報》1974 年 9 月 13 日刊登了《無產階級正氣的高亢讚歌──談中篇小說〈西沙兒女〉》，1978 年 6 月 23 日就同時刊登了《浩然究竟與哪個階級的文藝觀決裂？──批判毒草小說〈西沙兒女〉》和《陰謀文藝的一個標本──評浩然的〈西沙兒女〉》等兩篇文章。這一切不能不說是一個意味深長的現象，當代文學批評的變化無常由此可見一斑。

　　據浩然本人回憶，當時發表的批判文章有近百篇，批判的目標主要指向浩然在文革期間創作的三個中篇，尤其是《西沙兒女》和《百花川》以及「文化革命期間宣傳『十七年文藝黑線』、『根本任務論』、『寫與走資派鬥爭』等

言論」。〔註 32〕

　　率先向浩然「開火」的是《廣東文藝》。1977 年 11 月至 1978 年 2 月，《廣東文藝》連續四期發表了李冰之的四篇文章：《評浩然的〈西沙兒女〉》、《評浩然的「新」道路》、《評浩然的〈百花川〉》、《關於〈百花川〉》的兩個版本》等四篇文章。隨後，《評浩然的〈西沙兒女〉》一文分別被《南方日報》、《人民文學》、《內蒙古文藝》等雜誌轉載，《解放軍報》、《北京文藝》、《上海文藝》等多家期刊雜誌都有類似的文章出現。這些評論認爲，《西沙兒女》「歪曲和篡改了西沙軍民的鬥爭生活，美化吹捧江青」，〔註 33〕是「在『四人幫』利用批林批孔運動，大搞篡黨奪權陰謀活動的政治氣候下出籠的一株毒草」，〔註 34〕而其中的主人公阿寶「頭上長角，身上長刺，無端造反，目無法紀」，「是江青篡黨奪權的政治需要和『三突出』創作模式的混血兒」。〔註 35〕

　　《百花川》的命運也基本相同，被批判爲「完全脫離現實生活，脫離典型環境，脫離歷史眞實，胡編亂造，隨口瞎說」的「陰謀文藝」、「反黨小說」。〔註 36〕其中的主角楊國珍是「按照『四人幫』的政治需要和理想，用『三突出』的創作模式捏造出來的『幫英雄』」〔註 37〕；作爲一個放火燒荒的急先鋒，「她一燒革命老幹部，二燒無產階級革命路線，三燒社會主義家業」〔註 38〕，她的形象「正是四人幫鼓吹的『總把新桃換舊符，一代新人撻舊人』的政治陰謀圖解」。〔註 39〕當時的文藝評論還將這兩部作品同浩然吹捧江青、追隨「四人幫」聯繫在一起。他們認爲，《西沙兒女》中反覆出現的「大海」、「勁松」等都是江青的化名，在文本中成了英雄人物精神力量的來源，這是「赤裸裸

〔註 32〕浩然，我是農民的子孫〔A〕，孫大祐，梁春水，浩然研究專集〔M〕，天津：百花文藝出版社，1994：23。

〔註 33〕李德君，危險的道路 嚴重的教訓——評《西沙兒女》作者的變化〔J〕，北京文藝，1978（10）：30～36。

〔註 34〕石國仕，這是誰家的「兒女」——評中篇小説《西沙兒女》〔J〕，解放軍文藝，1978，（05）：85。

〔註 35〕這是一條什麼新的創作道路——各地報刊相繼批判浩然的毒草作品〔N〕，文匯報，1978，05（02）。

〔註 36〕李冰之，評浩然的《百花川》〔J〕，廣東文藝，1978，（01）：22～25。

〔註 37〕徐明壽，滿天大火爲那般——評《三把火》到《百花川》的奧妙〔J〕，北京文藝，1978，（07）：36～40。

〔註 38〕郁炳龍，《百花川》批判——兼評浩然在我院中文系的一次「講話」〔J〕，南京師院學報，1978，（02）：41～44。

〔註 39〕同註 37。

地爲江青塗脂抹粉，歌功頌德」，而楊國珍的身上也「飄蕩著江青之靈」。

　　浩然在「文革」期間所宣傳的「三突出」、「根本任務論」、「寫與走資派鬥爭」等言論也遭到了猛烈地批判。李冰之在《評浩然的「新道路」》中總結了浩然奉爲圭臬的三條文學理論：「突破眞人眞事的局限論」、「源於生活，高於生活論」、「三突出論」，並指出這些都是「四人幫」爲達到其反動政治目的「理論法寶」。〔註40〕郁炳龍在《〈百花川〉批判——兼評浩然在我院中文系的一次「講話」》中指出，浩然在與南京師範學院中文系部分師生座談時上反覆聲稱「要走一條新的文學創作道路」，提出「文藝要密切配合政治任務，反映與『走資派』的鬥爭」。這表明浩然已經背叛了自己的創作道路，宣誓要爲「四人邦」的陰謀文藝效犬馬之勞了。〔註 41〕總之，浩然就是「根據『四人幫』『主題先行』的謬論，帶著反動的政治意圖，到群眾中搜集一點事例，然後閉門構思，違反實際生活捏造人物，宣揚反革命修正主義路線。從革命文學，到奉命文學，到陰謀文學，這便是浩然所走的『新』道路的全過程」。〔註42〕

　　從這些霸氣十足的批判文章不難看出，當時的批評主要是從政治的角度對浩然「文革」期間的創作進行批判，而且批評模式同「文革」時期的批評模式並無二致：以點蓋面、牽強比附、上綱上線等等。這其中唯一的區別就在於政治環境的轉變導致了政治立場的變化，而政治立場的變化又引起了文學批評話語的轉變。文藝批評完全喪失了應有的理性與客觀態度，再一次淪爲政治的工具。

　　聯繫當時的時代背景，這也是可以理解的一種必然現象。1977～1978 年之交正是中國政治語境的一個新的轉折點。撥亂反正的浪潮波及到社會生活的方方面面，文學界一直以來作爲「時代的晴雨表」是時代話語最敏感的神經。對幫派文藝的批判源自並服從於當時的政治鬥爭，是全國批判「四人幫」、撥亂反正的一部分。對於浩然的重評，「恰好是文學歷史書寫的撥亂反正對社會政治的撥亂反正潮流的自覺應和」。〔註43〕由於長期的精神禁錮，短時間內

〔註40〕李冰之，評浩然的「新道路」〔J〕，廣東文藝，1977，（12）：39～42。

〔註41〕郁炳龍，《百花川》批判——兼評浩然在我院中文系的一次「講話」〔J〕，南京師院學報，1978，（02）：41～44。

〔註42〕這是一條什麼新的創作道路——各地報刊相繼批判浩然的毒草作品〔N〕，文匯報，1978，05（02）。

〔註43〕任南南，歷史的浮標——新時期初期「浩然重評」現象的再評价〔J〕，海南師範大學學報（社會科學版），2007，（06）：3～9。

個人的主體性還難以恢復，個人的思想也還無法超越自己的社會環境，因而
這些文章的措辭和文風時時令人想起「文革」時代的某些話語，但在當時卻
起到了一種打破禁區的作用。這些話語在使浩然評論整體轉向的同時，也有
效地顛覆了文革時期的極左政治形態，使浩然評論中再一次出現文學話語成
為可能。

二、九十年代的兩次論爭

　　歷史很快進入了九十年代。上世紀九十年代圍繞著浩然文學界有兩次爭
論，第一次是由於 1994 年京華出版社出版了《金光大道》全四冊，另一次是
因為 1998 年《環球時報》刊載了長文《浩然要把自己說清楚》。與以往不同
的是，90 年代的論爭中，被批評的一方終於有了「還手之力」，批評和反批評
兩種聲音輪番登場。

　　1994 年，浩然將文革期間出版過的一、二卷和尚未出版的《金光大道》
的三、四卷合併出版，並在作為附錄的《有關〈金光大道〉的幾句話》裏介
紹了自己出版《金光大道》的意圖：

　　　　《金光大道》是我藝術生命的青春季節，是我年富力強、文思
　　敏捷、創作欲旺盛期的產兒，是我在寫出一百多個短篇，有了寫長
　　篇的實踐經驗、信心十足的狀態下寫作的。當時的極左思潮相當嚴
　　重，我的創作思想確實受到一些影響，但在寫《金光大道》的過程
　　中，在許多方面我盡力保持著清醒……在執筆時，我盡力忠於生活
　　實際，忠於感受，忠於自己的藝術良心，大膽地寫人情世態和愛情
　　糾葛等其時很不時髦的情節和內容……

　　　　由於《金光大道》是在特定的時期創作的，不可避免地打上了
　　那個期間的烙印，留下難以彌補的缺德。我沒有修改它，讓它保留
　　其原汁原味原來的面貌。因為它是「過去」那個年代的產物，它本
　　身就已經成為歷史。這樣對讀者認識過去的歷史和過去的文學，以
　　及認識那個時期的作者更會有益處。〔註44〕

　　《金光大道》的再版在文壇立刻引起軒然大波，艾青、叔綏人、何滿子
等人紛紛撰文就此發表觀點。艾青在《關於〈金光大道〉也說幾句》一文中

〔註44〕浩然，有關《金光大道》的幾句話〔A〕，浩然，泥土巢寫作散論〔M〕，開封：
　　　　河南大學出版社，1997：262。

談到：《金光大道》雖然寫的是「遠離」「文革」時代的「奪權鬥爭」，卻寫了合作化運動時期的「奪權鬥爭」；雖然沒有正面寫「文革」時代的「現實」，卻用「文革」時期的主流思想來表現五十年代的「路線鬥爭」：高大泉、田雨、梁海山和張金發、王友清、谷新民的鬥爭，正是圖解了黨內「兩條道路、兩條路線」的鬥爭，圖解了「文革」時期反「黨內走資派」的理論。〔註45〕

相比之下，叔綏人等人的文章言辭比較激烈，多有譏諷之語。叔綏人說：「曾被釘在文壇恥辱柱上的《金光大道》，在人們不經意之中再度粉墨登場」；其作者「在市聲喧囂的今天翻騰舊賬，籲求所謂『活下去的權利』，無非是故作驚人之呼，爲《金光大道》的銷售策劃做廣告罷了」；在結尾又不無輕蔑地說：「什麼金光大道，回光反照而已！」〔註46〕

楊揚在《癡迷與失誤》一文中說：「《金光大道》在藝術表現上並沒有什麼成就，那種概念化的描寫，那種假大空和伴裝的幸福感，都是文革特有的東西，也構成了本書的『精粹』部分……《金光大道》與其說是在表現合作化運動中中國農民的正確、偉大，還不如說是爲文革歷史唱讚歌，否則，這部小說決不會一枝獨秀，成爲那個時代的『經典』之作」。〔註47〕

何滿子在《讀其書，不知其人可乎？》中完全否定了《金光大道》，認爲該書的作者再版這部「久已被人唾棄的小說」完全是爲了「要頑強地表現自己」。他還將《金光大道》這樣的「勞什子」比作可以「做一個標本」的「死老虎一隻」。〔註48〕

不同於這些尖刻的批評，少數評論家持有比較寬容的觀點。張德祥一方面並不否認《金光大道》「本身存在的特定歷史時期的政治觀念」，但他認爲《金光大道》又「不僅僅表現了政治」，批評意見都是基於「政治標準唯一」的價值標準，「你《金光大道》產生於『文革』時期，你『應和』了極左政治，政治傾向性決定了你一無是處、毫無價值」。〔註49〕

在這一點上，熊元義的觀點與張德祥基本相同。他認爲，在這次爭論中「儘管有些人聲言要竭力迴避政治，但是他們的批判或捍衛仍然是站在一定

〔註45〕艾青，關於《金光大道》也說幾句〔N〕，文匯讀書週報，1994，10（29）。
〔註46〕叔綏人，關於「名著」《金光大道》的對話〔J〕，文學自由談，1994，（04）：94。
〔註47〕楊揚，痴迷與失誤〔N〕，文匯報，1994，11（13）。
〔註48〕何滿子，讀其書，不知其人可乎？〔J〕，文學自由談，1995，（02）：12～14。
〔註49〕張德祥，神話的創造與破產〔J〕，文藝爭鳴，1995，（04）：55～58。

的政治立場上。對於動搖他們的地位的批判者，他們是不惜從政治上進行討伐的，甚至以他們的政治標準為唯一的衡量尺度」。〔註50〕王一川認為不應該單純地「把高大泉的出世歸咎於『文革』時期的『鬥爭哲學』」，而要看到高大泉的孕育並非一朝一夕之間，而「至少是世紀初以來我們的典型傳統的延伸與變異的結果」。〔註51〕

1998年9月20日《環球時報》刊登了盧新寧、胡錫進採寫的名為《浩然：要把自己說清楚》的長篇訪問記。浩然在這篇文章中的觀點後來被歸納為以下三條。（1）迄今為止，我（浩然，筆者注）還從未為以前的作品《豔陽天》、《金光大道》、《西沙兒女》後悔；相反，我為它驕傲。我最喜歡《金光大道》。（2）我認為我在「文革」期間，我對社會、對人民是有貢獻的。（3）我想我是一個奇跡，亙古未出現過的奇跡。這些觀點成為浩然後來廣受批評的理由，而幾乎所有的批評都將浩然在「文革」中受到的禮遇作為理由，認為他應該就此為自己的作品懺悔。

焦國標發表雜文《你應該寫的是懺悔錄》言辭激烈地質問浩然：「浩然先生說：『農民政治上解放我解放，農民經濟上翻身我翻身，農民文化上提高我提高』，話說得跟農民關係好像很鐵，實際經不起推敲。農民1960年前後餓死成千上萬，你浩然先生做到『農民餓死我餓死』沒有？……農民遭遇的壞事沒你的份兒，農民沒碰上的好事你全碰上了。『文革』中和江青同看一場戲，同吃一桌飯，提名為文化部副部長，出行有直升飛機，病了可住北京三零一，你自封為『農民中間我是一個代表人物』，你代表了農民什麼？浩然說，『我寫《豔陽天》、《金光大道》，完全是出於我的創作衝動和激情，沒有人要求我按照他們的某種路子寫』。幹了錯事，因為出於自己的衝動和激情，他就可以被原諒麼？他就從而沒有錯麼？」〔註52〕

廣州軍區專業作家章明在《浩然的確是個「奇跡」》中說：「1974年我軍收復西沙群島，你（浩然，筆者注）榮任江青同志『親自委託』的兩名特使之一，由廣州、海南去西沙時，一路上受到『國賓』般的接待，你曾經遜謝推辭過嗎？……你以超常的速度趕造出來的《西沙兒女》，究竟是歌頌誰的？難道

〔註50〕熊元義，可怕的栽贓〔N〕，《文藝報》1996：01（19）。
〔註51〕王一川，中國現代卡里斯馬典型——二十世紀小說人物的修辭論闡釋〔M〕，昆明：雲南人民出版社，1995：213。
〔註52〕焦國標，您應該寫的是懺悔錄〔J〕，文學自由談，1998，（06）：23～26。

不可以反思一下嗎？作爲一名當年參加過黨的『十大』代表，今天在內心中把和黨的十一屆三中全會決議對著幹的舊作當成寶貝……公然大吹自己的錯誤是『奇跡』，也就只好承認他是『奇跡』了」。〔註53〕

　　王彬彬在《理解浩然》一文中談到，浩然這樣的人是毛澤東時代的「既得利益者」，因而會深深地懷戀那個時代曾經帶給自己的幸福和榮耀。「一個只讀過半年私塾和三年小學的人，居然獲得那樣高的政治地位和文化地位，居然在長達十年的時間裏成爲中國『唯一的作家』或『首席作家』，居然就靠爬格子爬爲『女皇』的寵臣，這不都是那個時代所給予的嗎？這不都是當年那種創作方法帶來的嗎？今天的浩然，有理由在清夜起坐時，一遍又一遍地感歎：那可眞是一個好時候呵！既如此，要讓他像那些那個時代的受害者一樣對那個時代心生痛恨，要讓他像在那個時代遭放逐、遭摧殘的作家那樣對那個時代的文學觀念滿腔憎惡，不是有些強人所難嗎？」在文章的最後，王彬彬還將電視連續劇《雍正皇帝》中的李衛與浩然聯繫起來，李衛在劇中說：「人不能忘本，四爺就是我的本！」浩然也不能忘本。「那對於無數人是惡夢一場的年代，恰是浩然的『本』，那被無數人視作是妖孽毒蛇的『女皇』，是浩然的『本』。浩然的『不後悔』，正是狗兒式的『不忘本』的表現。對於把『文革』稱作『十年浩劫』，浩然斷不能接受……那是浩然的『本』呀！」〔註54〕

　　以上文章的邏輯推理是這樣的，因爲浩然曾是江青的「寵臣」，而江青又是國家的罪人，那麼浩然也同樣是罪人；因爲《金光大道》等作品創作於「文革」時期，「應和」了極左政治，那麼這種作品就一無是處、毫無價值，甚至是犯罪行爲。今天翻閱這些文章，頗有似曾相識之感。那種政治評判的標準，二元對立的思維方式與「文革」時期乃至新時期之初的政治批判何其相似！如果與1994年那次爭鳴相比，這次的批判文章已經帶有了明顯的人身攻擊性質。

　　面對這些劈頭蓋臉的政治批評，浩然的同情者和讚同者們也開始反擊。但令人遺憾的是，除了極個別的評論者對浩然的作品從審美價值的標準出發做了客觀的評價外，大多數的反批評文章也都是從政治的角度出發對浩然進行辯護。

〔註53〕章明，浩然的確是個「奇跡」〔N〕，今晚報，1999，04（03）。
〔註54〕王彬彬，理解浩然〔J〕，文學自由談，1999，（05）：90～93。

　　原北京市文聯主席、老作家管樺指出：「批浩然表面是對作品，實際上是對解放以後共產黨領導農民走集體富裕道路的否定，他們把反映合作化的作品與後來我們黨的人民公社、大躍進混爲一談。……互助合作化的道路是不能抹殺的，它是我們黨領導農民走集體致富道路的一種探索，它是帶領農民都富裕起來，絕不是要把農民推向苦難的深淵……他們表面是批浩然作品，實際是對我們黨17年農村工作的徹底否定。鄧小平同志主持下的《關於建國以來黨的若干歷史問題的決議》對我黨17年的工作已有了科學而準確的評價和結論」。關於批評者對浩然政治人格的批判，管樺指出：「粉碎『四人幫』以後，北京市委和中央對浩然進行了認眞的調查核實以及他自己的認識是做了結論的，浩然任北京市作協主席，是北京市全體作家代表大會民主投票選舉出來的，是北京市委認可的，他們攻擊北京市作協主席是極左，這是否定我黨對知識分子的正確政策。」〔註55〕

　　趙潤明在《浩然應該不後悔》這篇文章中肯定了《豔陽天》的成就以及浩然在讀者中的地位，並說：「在那種時代背景下（指「文革」，筆者注），浩然並沒有做出改變他本質的事。文革結束後，有關組織對他的審查證明，他在文革中是沒有干什麼壞事的」。〔註56〕

　　浩然本人也在各種場合爲自己做了辯解。他認爲，「在那段非常的歷史日子裏，我有缺點和錯誤，但自信終歸是個正派的好人；今天和以後，也是個對社會有用處的人」。〔註57〕況且，「這幾年，黨中央不斷總結以往工作上的經驗教訓，包括指出農村工作因『左傾』思潮影響而造成的失誤，由此制定了一系列意在發展鞏固集體經濟改善提高農民生活的新政策。但在黨中央發佈的會議公報和決議等文件中，並沒寫著否定土改以後到『大躍進』前的那一段農村社會主義改造和農村集體化運動。更沒有否定農村所定的社會主義道路。」浩然希望批評者「從我國農村五十年代主要社會矛盾的準確把握和認識出發」，把他的作品和作品中的人物「放在那個歷史範圍內加以分析」；「不能用『今天』的眼光看歷史人物，也不能因『今天』政治氣候需要苛求歷史人物」。〔註58〕

〔註55〕管樺，對「爭議浩然」現象的一點看法〔J〕，名家，1999，（06）。

〔註56〕趙潤明，浩然應該不後悔〔J〕，名家，1999（06）：42～49。

〔註57〕浩然，《蒼生》是怎麼寫出來的〔A〕，浩然，泥土巢寫作散論〔M〕，開封：河南大學出版社，1997：9。

〔註58〕浩然，關於《艷陽天》、《金光大道》的通訊與談話〔A〕，孫大祐，梁春水，

　　從以上的爭論來看，批評和反批評的雙方不存在分歧，因爲他們都是從一定的政治立場出發，從「政策」的視角來評價浩然其人其文，政治標準幾乎成爲唯一的衡量尺度，這在反方那種以偏概全地「打棍子」、「扣帽子」的批評方法中表現得尤其明顯。難怪有研究者毫不客氣地說：「那些批判文字幾乎無一例外地沒有眞正談過浩然的小說，哪怕是像中學語文課堂式的分析也沒做過」。〔註59〕歷史早已證明，這種「政治標準唯一」的批評方法對文藝創作是極其有害的，因而在新時期受到了人們的強烈譴責。在對浩然的批評中，政治批判卻再一次成爲論爭雙方的基本武器，有些文章甚至以謾罵和人身攻擊代替說理，這不能不說是一種遺憾。

第三節　政治化批評的局限

　　伊格爾頓指出：「科學的批評應該力求依據意識形態的結構闡明文學作品：文學作品既是這種結構的一部分，又以它的藝術改變了這種結構。科學的批評應該尋找出使文學作品受制於意識形態而又與它保持距離的原則」，而不是「從文學作品中搜索意識形態內容，並將這種內容直接聯繫到階級鬥爭或經濟」。〔註60〕文學批評固然不能完全脫離社會的、政治的批評，但這並不是文藝批評的全部內容，文藝批評的基本對象仍然是作家的個性、風格和審美傾向，文藝作品的結構、語言、表現手法等等。

　　而在本世紀以前對浩然的評價中，政治化的批評是一個顯著的特點。筆者認爲，這種評價標準有以下幾點局限性。

一、「政治化」批評的問題

　　「政治化」批評的問題，首先在於批評一味地追究作家「圖解政策」的責任，卻忘記了批評本身在作家創作中承擔的角色，也忘記了追究批評自身的責任。

　　文學批評從本質上講，本應是一種藝術審美活動。然而，在當代中國，「政

　　　　浩然研究專集〔M〕，天津：百花文藝出版社，1994：180～196。
〔註59〕陳侗，發自左邊的聲音──爲浩然辯護，轉引自連曉霞，「爭議浩然」：文學批評的語言學「缺席」〔J〕，福建師範大學學報，2009，（04）：70～79。
〔註60〕伊格爾頓，馬克思主義與文學批評〔M〕，文寶譯，北京：人民文學出版社，1980：23～28。

治文化規約了文學的發展方向」。〔註61〕毛澤東在《講話》中明確提出「政治標準第一，藝術標準第二」的文學批評原則，周揚也在第一次文代會上所做的報告中指出，文學批評「必須是毛澤東文藝思想之具體運用」，批評的指導思想和具體的範疇都被嚴格地規約。在近三十年的時間中，文學批評不再是個性化、科學化的作品解讀，而淪爲體現政治意圖，對文學活動和主張進行裁決的工具。這種政治色彩濃厚的批評對作家產生了重要的影響。文學批評逐漸參與到小說的文本建構中。權威的評斷對作家的創作進行強有力的引導和修正，從而促使作家最終產生符合文學規範的產品。

以浩然作品中的階級鬥爭話語爲例。前文已述，在《豔陽天》之前，浩然短篇小說中鮮見階級鬥爭話語，而到了《豔陽天》，階級鬥爭話語在他的作品中逐漸強勢起來，最終階級鬥爭話語成爲《金光大道》的主導性因素。這個過程當然與浩然本身對文學的理解有關，但是又不僅僅與浩然的文學觀念有關，一種巨大的外力也在推動浩然在階級鬥爭敘事話語的道路上越走越遠，而這個外力就是當時主流的文藝批評。

《豔陽天》第一卷出版後，針對批評界提出的蕭長春的形象「不夠突出，沒有把他放在鬥爭中加以充分描寫」和故事情節拖沓、心理描述過多等兩條主要意見，浩然在《豔陽天》的第二、三卷的創作中一一加以修正，在對馬之悅形象的刻畫上我們可以明顯地看到這種變化。

在第一卷中馬之悅有一些很眞實的心理活動描寫，比如由於在生產救災中錯走了一步，馬之悅黨支部書記的職務被撤銷，一方面「彎彎繞」、焦淑紅對他不像過去那麼尊敬了，另一方面，老婆也在家裏對他冷嘲熱諷，說他「主任還是副的，屁味兒，掛牌子的，跑龍套的，驢皮影人，由著人家耍。共產黨是領導人，人家姓蕭的領導你，你也吧噠吧噠嘴，品品滋味兒，從打姓蕭的上了臺，人家拿眼夾你沒有？信不信由你，反正你這個空名目也頂不長了。你在人家手心裏攥著，想圓就圓，想扁就扁，人家不是傻子，容你這個眼中釘，肉中刺啊？遲早得把你壓到五行山下，讓你徹底完蛋！」〔註62〕鄉黨委書記王國忠來東山塢指導工作時，安排工作的時候把馬之悅的名字放在了蕭長春和焦淑紅的後面，作者這樣描寫他的心理狀態：

雖然自己也在共產黨的花名冊上掛了這些年的名字，雖然也掌

〔註61〕孟繁華，中國當代文學通論〔M〕，瀋陽：遼寧人民出版社，2009：13。
〔註62〕浩然，艷陽天〔M〕，北京：人民文學出版社，1995：67。

握過東山塢的印把子，真正給共產黨效過力，也自認為是一個有資格、有歷史的老幹部，但是，這全是假的，全是自作多情，人家誰也沒有把馬之悅當成他們的人，自己也沒有把自己放在他們中間；這個天下，自然不是馬之悅的，自己是寄人籬下，是俘虜，是囚徒⋯⋯天昏地暗，他好像發覺自己的軀體在萎縮，變小，從一個頂天立地的大漢，變成一個渺小的小人物了。〔註63〕

　　他想到二十多年前，自己一心要「奪下馬小辮的天下」，後來，他改變了主意，打算從另一條路子上達到稱雄東山塢的目的，好容易熬到掌上了大權，可以按自己的心思來統管東山塢了，可惜又冒出一個蕭長春來，「把他擠得都沒有站腳的地方了」。想到現在不光有人嘲笑他、頂撞他，甚至有人敢指著鼻子罵他馬之悅了，他心裏又羞又恨：「沒有良心的東西呀！不是我馬之悅，你們能有今天嗎，是誰用腦袋保住了你們的房子？是誰為你們應付了種種事變？四通八達的道路是我馬之悅指揮修的，新式的學校是我馬之悅操持蓋的，東山塢出了名，一切榮譽是我馬之悅給你們奪來的呀！無功無祿，這會兒，你們要把我馬之悅一腳踢開！」心灰意冷之下，馬之悅不由地生出了激流進退的念頭：

　　　　他的兩眼有些潮濕了。他現在才感到為人處世的難處。想安生，就像韓百安那樣，一生一世窩窩囊囊；⋯⋯你要想出頭露面，有所追求，就得經歷千辛萬險，就得遭受各種各樣的折磨，就得花盡心血，絞盡腦汁，可是又忽東忽西，自己也看不到前途是個什麼樣子。唉，算了吧，都五十歲的人了，兒子中學一畢業，也是自己的幫手，也能養活自己了；放著安定的日子不過，何必奔波這個呢！人世間不過是這樣亂七八糟，不過是你詐我詐，你爭我奪，詐詐一遭兒，爭奪一遭兒，全是空的。勝利者是空的，失敗者也是空的，毫無價值。⋯⋯〔註64〕

　　這些心理活動的描寫非常真實細膩，符合人情人性。但是在後兩卷中，類似的描寫幾乎消失殆盡。馬之悅的形象變得異常醜陋和反動，到最後向社會主義發動猖狂的進攻，公然策動退社，甚至不惜以武力相向。

　　除此之外，蕭長春被放在了激烈的階級鬥爭中加以描繪，因而形象更加

〔註63〕浩然，艷陽天〔M〕，北京：人民文學出版社，1995：437。
〔註64〕浩然，艷陽天〔M〕，北京：人民文學出版社，1995：526。

突出，階級鬥爭的警惕性更高，鬥爭策略也更加成熟。隨著故事的發展，故事情節也越來越集中於路線鬥爭和階級鬥爭。可以說，《豔陽天》後兩卷在人物、情節方面的變化都與當時主流的批評意見高度重合。在這裡，主流批評話語對作家的引導和修正是不容忽視的，甚至可以說它對浩然的轉變起到了關鍵性的推動作用，而在這個過程中，個人的力量又是如此的渺小。正如有研究者指出的那樣，浩然的際遇是「群體鬧劇中的個人悲劇，而不能解讀為群體悲劇中的個人鬧劇」。〔註65〕

其次，十七年間的很多作家，包括浩然的前輩們，趙樹理、丁玲、周立波、柳青、楊沫等等，都在用與浩然相同的方式進行寫作。他們或者雄心勃勃地要為農村寫史，為農民立傳，或者以當時的黨的政策路線指導自己的寫作；他們的作品中不乏革命鬥爭、階級鬥爭、路線鬥爭的內容，他們的作品也都算得上是形象化地表述了主流意識形態話語。浩然只是他們其中的一個，甚至可以說，作為他們的後輩，浩然只是沿著他們指引的方向繼續前行。尤其是當我們把柳青的《創業史》和浩然的《豔陽天》放在一起比較時，會發現二者實際上存在著巨大的相似性：「史詩性」、「高度真實」、「新人典型」，這些術語同樣也適用於《豔陽天》；而且，按照《創業史》的矛盾發展線索，小說同樣會陷入兩個階級、兩條道路鬥爭的模式，梁生寶必然演變為蕭長春，郭振山也必然是馬之悅的前身，這也是不少評論者慶幸柳青沒有全部完成《創業史》的原因。可問題是，他們在新時期都得到了「原諒」，他們都重新被放回到「審美批評」的層面上，只有浩然依然被放在「政治批評」的層面。究其原因，主要由於浩然與「文革」的種種糾葛。

在這裡，追究浩然在「文革」時期的表現同樣會落入「政治批評」的陷阱，對浩然其人其文的研究並無太大意義。但是需要說明的是：第一，李潔非在《樣本浩然》中曾經提到過兩個詞，非常有道理：一個是「推己及人」，一個是「反求諸己」。我們需要把自己放在別人的位置去設想一下，換了自己，會怎麼做。作為後來者，我們看到了當時那段歷史的謬誤之處，可是如果我們處在當時浩然的位置，又有多少人能夠保證把握住自己，能夠做得比浩然更好。況且，「文革」時的浩然內心也不見得沒有矛盾和惶恐，不見得就是坦然和滿足的。在《浩然口述自傳》中，他這樣回顧到：

　　從 1966 年到 1976 年這十年，我不能上天入地，只能跟著風浪

〔註65〕孫寶靈，浩然——一個緊張的話語場（博）〔D〕，開封：河南大學，2004。

顛簸，所以這一段的歷史腳步是複雜險峻的，而且表面上豐富多彩，內涵卻有著各種滋味，非是幾頁兒稿紙所能說清道明的。〔註66〕

……

那種處境下有一度輝煌，對年輕的我來說，確實有所愜意，有所滿足，但也伴隨著旁人難以知道和體味的惶恐、憂患和寂寞。〔註67〕

原北京作協副秘書長鄭雲鷺也曾經談到：

他（浩然，筆者注）內心裏是矛盾的……那個時候他不願意回市文聯宿舍樓，覺得回這個樓自己抬不起頭來，別人看自己都是那麼一個眼光。〔註68〕

第二，如果因為否定「文革」就否定與「文革」有關的一切，這本身就算不上理性的思維方式。「文革」的確給中華民族和中國人民帶來了嚴重的災難，但是如果因此就憎恨在「文革」中曾經「春風得意」的浩然，憎恨他的作品，顯然是不合情理的。在文藝批評中流露出鮮明的感情色彩無可厚非，但是如果過於強調主觀的感情好惡，對作家作品攻其一點，不及其餘，這也不是科學的研究態度。文藝批評的對象是客觀存在的作家作品。實事求是，是對文藝批評的起碼要求。懷著個人偏見來評論作家作品是無法做到客觀公允的。感情上的隔閡會阻礙人們進入作品與作家和作品中的人物進行交流，從而失去深刻地理解作家創作的機會，文藝批評自然也會偏離科學、公正的軌道。

二、「時代精神的記錄」

從對浩然的批評來看，大多數的意見都集中在《豔陽天》、《金光大道》和《西沙兒女》三部作品上，批評者認為它們虛假，矯情，沒有反映出真正的農村。

浩然從來不曾為《西沙兒女》做過任何辯護。相反，他自己也指出，《西沙兒女》是在一個月內就寫出來的，完全是應付差事：

由於對生活不熟悉，《西沙兒女》採用詩體形式，在形式上變變

〔註66〕浩然口述，鄭實採寫，浩然口述自傳〔M〕，天津：天津人民出版社，2008：241。

〔註67〕浩然口述，鄭實採寫，浩然口述自傳〔M〕，天津：天津人民出版社，2008：294。

〔註68〕陳徒手，人有病，天知否──1949年後中國文壇紀實〔M〕，北京：人民文學出版社，2000：372。

樣，避免把故事寫得那麼細。把我所知道的我家鄉抗戰故事改造一下應用上去了。寫這本書，熱情很高，但又是應付差事，不足爲法。

尤其第二部是在批林批孔的氣氛下寫的，寫了阿寶參加路線鬥爭，參加反擊右傾翻案風，這麼寫都是跟著形勢走的。〔註69〕

而對於《豔陽天》和《金光大道》，浩然在八、九十年代曾多次在各種場合或激烈地或平和地做過爭辯，他一再地強調這兩部作品「所表現的人物和事件、思想與感情、風景與語言等等，都是當時的社會眞實的生活在作者的頭腦中眞實反應的產物，沒有虛假和臆造」，它們是「眞正意義上的小說」，應該以「小說」的身份存活下去。評論界對這兩部作品的「冷漠、懷疑，以至貶斥和基本否定的態度」是「不合理，不公允，不正確的」。

1984年在寫給《西北大學》學報的一封信中，浩然談到《豔陽天》眞實地表現了五十年代「農村的種種情景」和「農民的精神面貌」：

《豔陽天》裏所描寫的社會生活情景、各類人物，都是作者親眼所見，親耳所聞的，絕大多數事件，我親身體驗過，絕大多數人，都是我的親戚、朋友和反覆打過交道，有透徹瞭解的。《豔陽天》裏所描寫的，沒有一事一人是作者靠採訪、彙報和看人家的作品、材料抄襲來的，更不是關在書房杜撰編造的。〔註70〕

浩然堅持這部作品是「作者世界觀的眞實表露，是作者思想、感情、立場、觀點的眞實表露」，因而「《豔陽天》具有歷史價值、認識價值和美學價值」：

我認爲《豔陽天》應該活下去，有權活下去。我相信未來的讀者在讀過《豔陽天》之後，會得到一些活的歷史知識，會得到一些美的藝術享受，會對已經化成一堆屍骨的作者發出一定的好感和敬意。〔註71〕

《金光大道》的創作也是有現實基礎的：

《金光大道》所描寫的生活情景和人物，都是我親自從五十年代現實生活中吸取的，都是當時農村中發生過的眞實情況。今天可以評價我的思想認識和藝術表現的高與低、深與淺，乃至正與誤，

〔註69〕陳徒手，人有病，天知否——1949年後中國文壇紀實〔M〕，北京：人民文學出版社，2000：368。

〔註70〕浩然，關於《豔陽天》《金光大道》的通訊與談話〔A〕，孫大祐，梁春水，浩然研究專集〔M〕，天津：百花文藝出版社，1994：186。

〔註71〕同註70。

但不能説它們是假的。土改後的農民大多數還活著,他們可以證明:那時候的農民是不是像《金光大道》裏所描寫的那樣走過來的?當時的中央文件、幾次的關於互助合作問題決議,也會説話:當時我們黨是不是指揮高大泉、朱鐵漢、周忠、劉祥,包括作者我,像《金光大道》所表現的那樣,跟張金發、王友清、谷新民、小算盤等在做鬥爭中發展集體經濟的,而且做得虔誠?今天,評論家可以説那時的做法錯了,但不能説「作者根據先驗的『路線出發』、『三突出』等模式編造的假東西。〔註72〕

在《有關〈金光大道〉的幾句話》中,浩然也談到評論界從根本上否定《金光大道》,他「不能心悦誠服」:

……《金光大道》所反映的那段生活道路是我國幾億農民確確實實經歷過的。參加那場「農業改造」實踐的人大多數還活在世上,他們可以作證。身為該書作者的我,也不是那一段歷史的旁觀者,更不是靠單純採訪獲得的寫作素材。我在農村當過 8 年村、區、縣基層幹部,當過多年報紙的新聞記者和編輯,是中國農村大地上那場社會主義改造運動的參加者和組織者。當時的積極分子高大泉、朱鐵漢等等,都是我的依靠對象和戰友;我曾協助那些先進人物們説服、動員無數個體單幹的農民一路同行,與傳統觀念和傳統生產生活方式決裂,加入了集體勞動組織行列,走共同富裕的道路,因而才開闢出一個又一個「農業合作化」的新局面。他們對幸福明天的熱烈嚮往、頑強追求,以及為達到目的所表現出來的自我犧牲精神,當時就深深地感動了我,至今也銘記在心頭……我以自己的所見所聞所感,如實地記錄下了那個時期農村的面貌、農民的心態和我自己當時對生活現實的認識,這就決定了這部小説的真實性和它的存在價值。用筆反映真實歷史的人不應該受到責怪;真實地反映生活的藝術作品就應該有活下去的權利。〔註73〕

我們必須要承認的是,在建國初期的農村,的確有這樣一批積極樂觀,

〔註72〕浩然,關於《艷陽天》《金光大道》的通訊與談話〔A〕,孫大佑,梁春水,浩然研究專集〔M〕,天津:百花文藝出版社,1994:181。

〔註73〕浩然,有關《金光大道》的幾句話〔A〕,浩然,泥土巢寫作散論〔M〕,開封:河南大學出版社,1997:262。

豪情萬丈的社會主義新人。最起碼我們可以說，浩然作品中的人物，如蕭長春、高大泉的確是有生活原型的，王家斌、王國藩、李順達，以及蕭長春的原型蕭永順都曾眞實地存在於歷史當中。1955 年毛澤東在中國共產黨第七屆中央委員會第六次全體會議上承諾：「我們就得領導農民走社會主義道路，使農民群眾共同富裕起來，窮的要富裕，所有農民都要富裕，並且富裕的程度要大大地超過現在的富裕農民。只要合作化了，全體農村人民會要一年一年地富裕起來」。〔註74〕「富裕起來」，而且是「共同富裕起來」不正是中國農民世世代代所企盼的夢想嗎？蕭長春、高大泉們對未來生活充滿了美好的希冀，並且爲了這個夢想的實現，他們把一腔熱血全部投入到農業合作化的事業中去。那一代人的確懷著對自己所屬的群體及自我的崇高感，自願地投入到合作化中去的。當然，他們不曾料想的是，理想的道路會那樣曲折，付出的代價會那樣沉重。

此外，在那個藝術高於生活的革命浪漫主義年代，當時的人們並沒有覺得浩然作品中的人物是虛假的，裝模作樣的；相反，當時的閱讀者卻「有非常生動的感受」，不僅「看得如醉如癡」，「心靈就像樹的無數根微小的觸鬚，在泥土的深處，不需強勢時代和話語的允許，就與小說中的一切發生了親切的、近於戀人的熱烈擁抱」，而且還會拿自己的生活和書裏的故事進行比較，心中頓生羨慕之情：「爲什麼我們這裡不像人家那裏，生活那麼蓬勃，人物那麼美好？鬥爭那麼火熱，愛情那麼甜蜜？要是我們也能像他們那樣就好了」。〔註75〕這些都無一例外地說明了當時讀者的感受，那個時候，人們不覺得他的作品虛假，造作。成爲問題，那是後來的事。

我們需要肯定的是，浩然所表達的感情是眞誠的、無須懷疑的；而他在小說中所表現的理想，也正是他所衷心信仰和追求的理想。他以自己的方式眞實地演繹了那個時代的精神、激情、理想和浪漫，表達了生活在那個時代的人們的單純、樂觀和狂熱。正如程光煒先生所言：浩然的小說「記錄了一代人曾經經歷的生活……記錄了我們所經歷的激情、追索、困惑、眷戀和生命衝動」，〔註76〕儘管這種激情和追索被今天的主流敘述打上了「愚昧、無知」

〔註74〕毛澤東，農業合作化的一場辯論和當前的階級鬥爭〔A〕，毛澤東選集第五卷〔M〕，人民出版社，1977：197。
〔註75〕以上引文散見於陳曉明《浩然：依然令人懷念的鄉村敘事》、白燁《一個執拗的悲情人物——浩然印象點滴》、程光煒《我們這一代人的文學教育》。
〔註76〕程光煒，我們這一代人的文學教育〔J〕，南方文壇，2008，（4）：34～36。

的標籤，可是誰能夠否認，新中國建立伊始，中國農民心中不曾有過這樣的追索，心中不曾湧動過這樣的激情呢？在信仰缺失的今天，當人們回首新中國的歷史，又怎能不被這樣一種為新生活而奮鬥的真摯而熱切的激情所深深吸引和打動呢？

正是基於此，我們可以說，浩然的作品中有政治，有意識形態，也有他真正的生活體驗和真摯的感情投注。正如張德祥所說，「這裡有政治，也有生活；有觀念，也有形象；有歷史的真實，也有虛構的想像；有真實的感情及真誠的激情，也有虛妄的自信及烏托邦的信念；有流行過的豪言壯語，也有作家的生活感悟；有人形也有神影；有追求也有幻滅；有英雄主義也有利己主義」。〔註77〕這是問題的兩個方面，忽略了這兩個方面的任何一面，都只會產生曲解和誤解。

從另一個角度看，《金光大道》、《西沙兒女》、包括部分的《豔陽天》從今天的審美標準來看，似乎讓人難以卒讀，但是，如果因此就把它們從文學史中抹去，恐怕也不是明智之舉。因為「這些作品不但在訴說一個年代的『故事』，還反映著一種文學思潮在『文革』十年中的發展狀況」。〔註78〕浩然的創作方法不是他的獨創，「三突出」、「兩結合」的創作原則都與「十七年」的文學思潮密切相關；浩然的創作也深受他的前輩作家的影響，他的審美方式、認知方式、話語方式、敘述方式始終在時代「共同文體」框架之中，他並沒有做出打破既定常規的藝術嘗試。如果說浩然做了什麼，那只能說他把這種創作方式推向了頂峰。文學史家不應該僅憑著特定時期的觀念、思維模式和立場，對文學作品進行取捨和評價，而應該儘量客觀地找出文學發展的內外部規律，找出文學與歷史之間的互動關係所引發的各方面的問題。

三、對時代和讀者的影響

浩然的作品畢竟曾經對那個時代，以及那個時代的讀者有過巨大而深刻的影響。《豔陽天》出版十年間，發行五百多萬冊，在日本翻譯出版時，一版就印了十萬冊；作者收到主要談《豔陽天》讀後感或提到《豔陽天》的讀者來信多達萬件；小說改編成電影、連環畫和廣播劇播講之後，為更多不識字、

〔註77〕張德祥，作為小說的《金光大道》〔A〕，浩然，金光大道〔M〕，北京：華齡
　　　　出版社，1995：1～3。
〔註78〕陳順馨，中國當代文學的敘事與性別（增訂版）〔M〕，北京：北京大學出版
　　　　社，2007：177。

不讀書和地處偏遠地區的人們所知曉。而《金光大道》前兩部出版發行以後，
在電臺連續廣播過，同時改編成連環畫、拍成電影、譯成多種少數民族文字，
還被譯爲日文和英文發行海外。整整一代人的記憶，都與浩然的作品有關。
在那樣一個精神生活極度匱乏的年代，浩然的作品曾經伴隨多少人度過了多
少寂寞、無聊甚至無助的時光呢？因爲浩然的作品，又有多少人在讀書渴望
最強烈的時候有了閱讀文學作品的機會，從而獲得最初的文學滋養呢？不可
否認，浩然是一代人最早的、也是最重要的文學啓蒙者。如李敬澤所言，「世
上的書、世上的故事被禁止，這並非浩然的意圖更不是浩然所爲，而如果沒
有浩然，1970 年代早期的中午將會荒涼寂寞」。〔註79〕僅憑這一點，浩然就值
得我們感激和尊敬。

　　政治化的批評將對作家和作品的評價極度簡單化，似乎一個作家、幾部
作品只要從政治上定性，就可以束之高閣萬事大吉了。可是浩然的問題並不
僅僅是他個人的，浩然和浩然的作品與那個時代有著密不可分、千絲萬縷的
關係。如果我們要求一個作家去承擔時代需要負的責任，把這個作家單獨拿
出來批評，那麼這種批評方式就忽略、甚至簡化了時代問題的複雜性。浩然
在中國當代文學史上的命運沉浮，實際反映了不同時代截然不同的審美趣味
和評價標準。浩然作品的特殊意義和價值只有回到產生它的語境中方能看清
楚。我們需要做的是，把浩然還原到歷史現場，弄清楚浩然和那個時代的關
係，哪些責任需要由時代來承擔，哪些責任需要由作家本人來承擔。這樣的
評價才是盡可能公允、客觀的一種評價。

〔註79〕李敬澤，浩然：最後的農民與僧侶〔N〕，南方周末，2008，02（28）。

第五章　浩然評價史（二）
——「文學史」的浩然

　　浩然在「十七年」和「文革」時期的創作一直沒有得到應有的客觀評價，這不能不說是一件非常遺憾的事情。實際上，浩然這樣一位作家的出現並非偶然，他的成長和創作都與那個時代有著密切的關係，他小說中所存在的問題也絕不僅僅屬於他個人，而有著深刻的時代根源。正如雷達所說：浩然的文學生命「與當代文學史的命運的浮沉，關係極為直接和緊密，於是，他的一身，奇特地交織著當代文學的某些規範、觀念、教訓和矛盾」。〔註1〕任何一個作家都不可能超越他所處的時代，尤其是在中國當代文學發展的前 30 年，意識形態的力量對作家創作的制約達到了極端的程度。對於浩然的評價，重返歷史現場是非常重要的，我們需要清楚地知道怎樣的時代土壤產生了這樣一位作家，這樣才有可能從他的成長歷程中獲取寶貴的經驗和教訓。唯有勇敢地面對歷史，我們才會有勇氣面對我們自己。當然，由於自身不可避免的局限性，我們這一代人的回顧與總結也許會陷入一種新的誤區，但即使是誤區也會給後人提供一些可資借鑒的資料。同時，我們也深知，回顧歷史既需有一種公正評說的無情，亦需對前人有一種真正的同情，對他們具體而不可超越的歷史環境有一種清醒的估計。

　　問題的另一方面是，在當時中國的社會政治環境中，意識形態話語對作家有強大的制約力，鮮有作家能夠保持清醒冷靜和獨立的思考能力，但是這

〔註1〕雷達，浩然，十七年文學的最後一個歌者〔J〕，北京文學，2008，（04）：145～147。

並不意味著浩然的選擇是唯一的選擇，根據現有的資料看，在當時作家還是有別的路向可循的，比如錢鍾書，再比如汪曾祺。那麼這裡的問題是，為什麼浩然沒有做出他們所做出的選擇？在浩然的成長道路上，除了時代的因素外，有沒有他自己需要承擔的責任？答案顯然是也肯定的。

第一節　時代的產兒

「當代文學的歷史敘述，通常是以重大的政治事件為標示的，這一敘述方式本身就意味著政治與文學的等級關係或者主從關係」。〔註2〕不可否認，在當代中國，文學創作與政治文化幾乎息息相關，並且後者曾經一度規約了文學創作的內容和方向。這主要是由於政治生活曾經在一個很長的時期內構成了中國社會生活最重要的內容，政治性話語也因此成為凌駕於其他話語之上的中心話語。政治的美學化是中國當代文學的一個普遍現象，在這樣的背景下，作家的創作活動想要脫離政治而進入到比較純粹的文學話語中去也幾乎是不可能的。傑姆遜把包括中國在內的第三世界的文學看作是投射著政治的民族寓言，並稱包括作家在內的第三世界的知識分子為「政治知識分子」，從這個意義上來說，傑姆遜是正確的。

一、寫政策

在很多研究者看來，浩然小說的一個致命缺點是做政策的傳聲筒，圖解政治，如《豔陽天》和《金光大道》對農業合作化政策、對階級鬥爭和兩條路線鬥爭的圖解。但我們需要看到的是：圖解政治並非浩然的首創。作為「社會主義現實主義文學的新模式」，〔註3〕《太陽照在桑乾河上》和《暴風驟雨》對黨的土改政策的敘事遠遠早於浩然對農業合作化政策的解讀。即便就互助合作政策的抒寫來說，柳青也要早於浩然。

寫政策需要放在當時的大背景下去考察。建國後，隨著文藝生產與傳播的「計劃化」和文藝的徹底「政治化」，文學的創作主體也發生了變化。傳統意義上的作家變成了「文藝戰線」上的「文藝工作者」。這不僅僅是一個稱呼的變化。這意味著作家由過去的自由職業者變成了直接隸屬於國家部門的國

〔註2〕孟繁華、程光煒，中國當代文學發展史〔M〕，北京：人民文學出版社，2004：6。

〔註3〕錢理群，1948天地玄黃〔M〕，濟南：山東教育出版社，1998：212。

家幹部，他們或者在文聯、作協的編制之內，或者在新聞、出版等文化領域，或者在教育部門供職。一方面，這種幹部身份賦予了作家相當的社會政治地位，並提供了相對優越的物質生活；但另一方面，當作家進入到各個規定的單位，成爲國家體制中的雇員時，他們就必須不斷地轉變自我身份的定位，以滿足爲其提供了物質待遇的意識形態的要求。也就是說，他們必須要放棄作爲「知識分子」一份子應具有的獨立思維，轉而去迎合意識形態的期望和要求。他們不再是單純的寫作者，而首先是黨的實際工作者，因而很多作家在進行創作之前，必須要投身到群眾工作中去。在解放區土改時，丁玲和周立波都曾作爲土改工作隊的成員參與到土地改革的運動中去。柳青在創作《創業史》之前曾任陝西省長安縣縣委副書記，主管農業互助合作工作，並親自指導了王莽村「七一聯合農業社」、皇甫村「勝利農業社」的工作，使長安農業社成爲陝西和西北的先進典型。趙樹理也長期生活在農村，早在 1948 年初就參加了河北趙莊的土地改革，1958 年和 1965 年還分別擔任山西陽城和晉南兩縣的縣委副書記，直接介入到當地具體的農村工作中。

　　創作主體身份的變化直接導致了創作觀念的變化，創作首先要「有利於實際的工作和鬥爭」。關於這一點，周揚在延安時期就曾有過明確的表述：文學藝術與「當前各種實際政策的開始結合」，是「自文藝座談會後，藝術創作上的一個顯著特點」，也是「文藝新方向的重要標誌之一」。作家必須充分發揮「藝術作品的教育作用」，不僅要用「革命精神去感染與鼓勵」解放區軍民，而且「要在具體的政治思想、政策思想上去幫助他們。他們本人就是一切革命政策的實行者、創造者，他們不但希望他們的生活和事跡在藝術中得到反映，而且要求藝術作品幫助解答他們在工作中遇到的問題。他們期望從藝術作品中學習到一些鬥爭的知識」。〔註4〕

　　這樣，文學的實際效用就被提到了首位而成爲要求和評價作品的標準。「緊密地服從當前的政治任務」，並能夠對實際的工作予以指導是一部文學作品獲得主流批評話語認可的必要條件之一。在這種情況下，對黨的政策的認真體會就成爲作家貫徹在整個寫作過程中的一個關鍵。在「深入生活」時，要時時用黨的政策觀察、分析生活和鬥爭；進入創作階段時，還要認真地研究黨的政策文件，並以其爲標準，對生活素材進行篩選、提煉和加工，以達到「政策和形象的統一」。在這樣的創作模式中，黨的政策首先是作家創作的

〔註 4〕轉引自錢理群，1948 天地玄黃〔M〕，濟南：山東教育出版社，1998：199。

起點，作家隨之也變成了黨的政策的宣傳員，作家的主體性逐漸消失。然而這種創作模式在當時是值得鼓勵和褒獎的，根據這種創作模式創作出的作品也獲得了主流批評話語的認可。

在這樣的情況下，浩然的作品與「政策搭調」就不是什麼令人驚訝的現象了。實際上在浩然的創作中，他一直高度重視作品的主題、人物形象與黨的政策的統一。但是浩然和丁玲、周立波甚至是柳青不同的地方在於，他的創作動機、生活積累與時代的主流話語完全契合，渾然天成，可謂如魚得水；如果說在丁玲、周立波的創作中還會出現與自己作為作家的主體性矛盾、鬥爭的情況的話，那麼在浩然這裡，文學則與政治天衣無縫地結合在一起。

二、工農兵作者

浩然能夠以作家的身份脫穎而出，成為「文革」時期的樣板，不僅僅與他的創作觀念和創作方法有關，他的成長道路與另一個具有中國特色的現象有著更直接的關係，那就是對「工農兵作者」的培養。

對「工農兵作者」的重視和培養萌芽於延安時期。在對《講話》的貫徹中，知識分子對文學創作的壟斷地位被逐漸打破，工農兵作者悄然走上了文藝創作的舞臺，並最終形成了「中國獨有的專業與業餘並舉、工農兵作者與文化人寫作者『兩條腿走路』的文學景觀」。〔註5〕這種狀態一直持續並在「文革」時期達到高潮。

1942 年毛澤東《在延安文藝座談會上的講話》明確指出，為工農兵服務以及如何為工農兵服務是兩個中心問題。在《講話》中，毛澤東把文藝的對象首先確定為工農兵，因為他們是消滅敵人要動員的主要力量：「我們的文學藝術都是為人民大眾的，首先是為工農兵的，為工農兵而創作，為工農兵所利用的。」如何為工農兵服務就涉及到普及與提高的問題。毛澤東明確指出，提高不是文學藝術家本身的提高，而是指對於工農兵的提高：「我們的文藝，既然基本上是為工農兵，那麼所謂普及，也就是向工農兵普及，所謂提高，也就是從工農兵提高。」這就否定了當時的「關門提高」即文學藝術家的圈子裏自我培養的傾向。同時毛澤東還談到了知識分子向工農兵學習的問題：「我們的文學專門家應該注意群眾的牆報，注意軍隊和農村中的通訊文學。我們的戲劇專門家應該注意軍隊和農村中的小劇團。我們的音樂專門家應該

〔註5〕李洁非，工農兵創作與文學烏托邦〔J〕，上海文化，2010（03）：23～40。

注意群眾的歌唱。我們的美術專門家應該注意群眾的美術。」《講話》實際上也可以視爲「工農兵文學」的主要理論來源。

《講話》發表以後，延安的作家們開始轉變思想，深入工農大眾中獲取創作素材。趙樹理的《小二黑結婚》是《講話》以後工農兵文學結出的第一顆碩果，隨後出現的《李有才板話》、《王貴與李香香》都受到了工農兵群眾的歡迎，也爲工農兵文學的創作提供了成功的範式。這一時期培養的一大批文學青年和作家構成了新中國成立後文壇上一支活躍的力量。

但是在 50 年代初期，人們的普遍期待是借由新中國誕生而形成的和平的建設環境，使文學創作迅速正規化，以縮短與世界先進文學之間的距離，因而在建國初期儘管出現了孫萬福、陳登科、高玉寶、曲波等頗有影響的作家和創作，但是工農兵作者的創作還遠未成爲重心。1957 年反右運動開展起來後，毛澤東提出：「教育必須爲無產階級政治服務，必須同生產勞動相結合。勞動人民要知識化，知識分子要勞動化。」隨後文藝制度開始調整，「大整大改」開始。除了年老體弱，或在國家機關、文學團體擔任了職務的專業作家以外，其他的作家統統被下放到農村、工廠參加勞動，以實現通過這種勞動化、業餘化的方式將專業作家逐漸改造成爲工農階級一部分的目的。據《人民日報》報導，在「大整大改」中，中國作協下放勞動人員，達總數的百分之四十五至百分之五十。

1958 年春的「蒐集民歌」運動促成了中國有史以來全民創作「詩歌」的高潮，全民執筆，人人是詩人，「工農兵創作」的奇觀終於眞正到來。隨著「全民辦文藝」、「全黨辦文藝」，工農兵文學創作也迎來了放衛星的高潮。在《工農兵創作與文學烏托邦》一文中，作者例舉了大量的數字：如山西陽城一中師生在十天內寫出文章三十五萬九千七百七十四篇；河北東鹿縣成立了五千多個創作組，百分之七十的人口參加了創作活動；瀋陽市鐵西區的九十五個工廠中有三百三十二個業餘文藝創作小組，兩千六百多人參加了創作；上海電纜廠創作組成員有一百二十多人，一週內創作文學作品五百多篇；更令人不可思議的是同樣位於上海的中國染料三廠。該廠職工僅兩百餘人，而百分之三十左右是文盲與半文盲，可就在這樣一個工廠裏，也有創作小組，並且百分之六十職工參加創作，完成作品一百五十篇……就這樣，神秘、高不可攀的專屬於知識分子和職業作家的文學創作，從象牙塔中被解放出來，變成了普通老百姓的日常生活。這樣的事情，在同樣是社會主義國家的蘇聯和其

他東歐各國都沒有出現，只有在中國，不可不謂奇觀。

到了「文革」時期，專業知識分子的權威被徹底打破，工農兵在文學中佔據了主導地位，不僅成爲文學創作的主力軍，同時也成爲文學創作的權威。絕大多數的作家被打倒，但是在必要的時候他們會成爲工農兵作者的秘書，做一些文字加工的工作。這一時期工農兵創作的實績不僅僅局限於詩歌，同時擴展到了小說、散文等領域。

但是，當時儘管出現了天津小靳莊農民詩這樣的工農兵創作的典型，小說的創作方面並沒有出現切合「文化激進派」的政治意圖和文學訴求的作品。正是在這種情況下，浩然被重新「發現」。1974 年前後，對浩然的評價迅速提高，幾乎可以看作是在文學（小說）上推出的「樣板」。正如洪子誠所說：當時控制文藝界的力量在浩然小說中，「發現」了體現其文學觀念的創作例證；〔註 6〕而浩然的被褒獎，也昭示了這樣一條創作道路：「有著一定生活體驗和發現能力的作家，如何自覺調整、限定自己的步調，來進入一種有較強規約性的創作體制之中」。〔註 7〕

浩然在接受《環球時報》記者的訪談時，曾說自己是「亙古未曾出現過的奇跡」，他說的是自己從一個只讀過三年半小學的農民，最終成長爲一名專業作家這件事。但是當我們把浩然放在 20 世紀中國當代社會歷史背景中去考察的話，會發現如果沒有那樣的一個時代契機，浩然的成功將是不可思議的。固然，每一位作家的成功都與他個人的努力有著直接的因果關係。沒有爲農民寫作的熱情和努力，沒有樸實、準確、生動的語言能力和敘述天賦，歷史就不會選擇和造就浩然。然而，浩然的成功又絕不單單是個人努力的結果，而與當時的時代有著密切的關係。從某種意義上，我們可以說，時代造就了浩然，浩然是時代的產兒。

自延安時期以來，農民價值觀逐漸佔據主流，並對作家的創作觀念、心態和審美態度產生了巨大的作用。這種價值觀既不同於馬克思主義經典作家的闡釋，也不同於以魯迅爲代表的「五四」作家們對中國農民的權威釋義。一方面，趙樹理、丁玲、周立波、柳青等作家通過自己的創作再現了農民的鬥爭史與創業史，再現了農民身上的人格精神與道德理想；另一方面，從事文化工作的「資格」限制被革命的意識形態逐漸打破。革命隊伍不僅不會對

〔註 6〕洪子誠，浩然和浩然的作品〔N〕，北京日報，2000，11（22）。
〔註 7〕洪子誠，中國當代文學史〔M〕，北京：北京大學出版社，1999：202。

工農兵的作家夢加以嘲諷和阻止，相反，還會花相當大的力氣鼓勵、引導和
扶持他們，把他們造就成作家、記者。「文革」時期甚至形成為制度，要各地
文化機構或報刊，把培養「工農兵作者」、「工農兵通訊員」列為工作任務。
如果不處在那個時代，浩然即使有再高的文學天賦卻仍不具備相應的文化身
份，他也只能去種地；然而他卻不僅拿起了筆桿子，而且在向來由文人雅士
佔據的文學史上，取得了一張突出的席位。「生活和才華這兩大稟賦，使他於
歷來的『工農兵作家』中鶴立雞群，這一群體的創作成就也因他而推向高峰」。
〔註8〕前文談到過，浩然曾經是一個時代最優秀的代言人，這不僅僅是指他再
現了那個時代的精神，也同樣是指浩然是那個時代文學制度、文學秩序的代
表。與其說他選擇了時代，不如說時代選擇了他；與其說他書寫了時代，不
如說是時代書寫了他。

第二節　先入為主的創作觀念

　　浩然的產生和創作固然與時代有密切的關係，畢竟那個年代沒有為作家
提供太多的選擇。然而，如洪子誠說：「即使在那時，也仍然有著個人選擇的
空間，不是一點自主性都沒有的。否則，存在的不同際遇和不同路向的事實，
就無法得到解釋」。〔註9〕如果我們把浩然創作上的失誤全部歸咎於時代因素
的話，顯然也不是一種客觀全面的評價方式。畢竟在當時的情況下，作家至
少有兩種以上的選擇：或者暫時地放棄寫作的權利，以沉默來面對激進的意
識形態話語，失去個人話語權利的同時保持了人格的獨立；或者一方面追隨
時代話語，另一方面在作品中曲折地表達自己的文學訴求，守住藝術良知的
底線。那麼，浩然為什麼會無條件地服從了主流政治話語對文學的召喚，完
全地融會於集體意識當中？這個問題的答案與浩然的創作觀念有著密切的聯
繫。

　　浩然的「文學夢」源於趙樹理：當時浩然在薊縣青年團縣委工作，一次
開會的時候，跟浩然在同一個討論組的唐力「不經意地」提起了趙樹理，說
他「在當區幹部的時候，寫出了一篇小說《小二黑結婚》，轟動了整個解放區，
後來還傳到香港，黨中央的大幹部都表揚他」。這些看似漫不經心的話「如同

〔註8〕李洁非，典型文壇〔M〕，武漢：湖北人民出版社，2008：341。
〔註9〕洪子誠，浩然和浩然的作品〔N〕，北京日報，2000，11（22）。

鼓風澆油似的」，瞬間點燃了浩然的作家夢，並「立即就在靈魂深處紮下根了」。〔註10〕通過趙樹理這樣一個「榜樣」，認識並走上文學創作的道路，對浩然來說，再自然不過。他們的確有著諸多相似之處：同樣的農民出身，同樣的農村生活經驗；通過文學史我們還可以看到，他們同樣以寫農村、農民見長，同樣受惠於誕生他們的時代，後來又分別成為某一個歷史階段內文學創作的方向性人物。

然而仍然是通過文學史，我們看到，這兩位貌似相似的人物，後來卻有了迥異的命運：趙樹理在上世紀五十年代因為《邪不壓正》、《三里灣》、《鍛鍊鍛鍊》屢次受到評論界的批評，並最終由於在大連會議上關於農村形勢的發言招致批判，在「文革」中被迫害致死；而浩然從發表《喜鵲登枝》開始便受到主流批評話語的關注與好評，文學地位逐漸提高，到了《金光大道》最終成為小說創作的「樣板」。究其原因，正是由於創作觀念的差異而導致了他們命運的不同。

趙樹理把自己的創作追求概括為「老百姓喜歡看，政治上起作用」：作為中國共產黨的一員，他有義務代表與維護黨的利益，在創作上起到宣傳黨的政策的作用；但是，作為中國農民的兒子，他首先要代表與維護農民的利益，創作必須要滿足農民的要求，這樣才能做到「老百姓喜歡看」。二者既是統一的也是矛盾的：黨的政策基本符合農民的利益與願望時，黨、人民、實際生活與作家自身就取得了一種內在的和諧；但是當黨的指導方針出現了偏差，威脅和損害到了農民的利益，並且在一段時間內得不到糾正的時候，趙樹理必然會不顧及各種「利害」，用包括創作在內的方法為農民據理力爭。在創作上，趙樹理雖然總會給作品安排一個黨糾正了工作中的偏差、皆大歡喜的大團圓結尾，但這並不意味著他會不加選擇、不加思考地盲目追隨主流意識形態話語。

趙樹理稱自己的小說為「問題小說」，這種「問題」意識使他在創作中更相信自己對農村實際情況的觀察，而不是迷信先入為主的觀念和流行的創作方法。1965 年，在不斷受到批判的情況下，趙樹理仍然在一次座談會上說：「我沒有膽量在創作中更多加一點理想，我還是相信自己的眼睛。」〔註11〕也正

〔註10〕浩然口述，鄭實採寫，浩然口述自傳〔M〕，天津：天津人民出版社，2008：129。
〔註11〕戴光中，趙樹理傳〔M〕，北京：北京十月文藝出版社，1987：415。

是由於這一點，才使趙樹理的作品區別於丁玲、周立波、李準、王汶石等人以歌頌爲主，更具「理想」色彩的創作。

在趙樹理的作品中我們既可以看到作家對新社會新農民的贊美，也可以看到對農民身上所殘留的封建思想和自私落後等陋習的諷刺和批判；既可以看到對黨的方針政策的熱情歌頌，也可以看到對損害農民利益的黨員幹部的針砭和批評。比如創作於 1948 年 9 月的《邪不壓正》。1948 年初，趙樹理參加了河北趙莊的土地改革，通過細緻地觀察，發現一般貧農儘管在經濟上翻了身，但是政治上沒有被重視，大多沒有參加政治活動的機會，還有一部分貧農依然過著窮苦的生活，連部分地翻身都沒有做到；得到好處的大多數是農村幹部和流氓分子。這樣造成的後果就是「流氓混入幹部隊伍和積極分子群中，仍在群眾頭上抖威風」，「群眾未充分發動起來的時候，少數當權的幹部容易變壞」。正是在這樣的背景下，趙樹理創作了《邪不壓正》，小說結尾雖然是黨糾正了土改中的偏差，以正壓了邪，但是作家卻把「重點放在不正確的幹部和流氓身上，同時又想說明受了冤枉的中農有何觀感」。〔註 12〕這樣，作品在提供了一種不同與丁玲、周立波等人以歌頌爲主的土改敘事景觀的同時，也爲趙樹理招致批評：比如階級觀點含糊，沒有充分地寫出黨的領導作用，忽視「創造新人物的英雄形象」，「擅於表現落後的一面，不善於表現前進的一面」等等。

批評界所提出的這些「缺點」在趙樹理以後的創作中並沒有得到改正。《三里灣》依舊被批評界認爲「典型化」程度不夠，沒有能夠充分地展示農村「無比複雜和尖銳的兩條路線的鬥爭」，沒有能夠把農民的革命力量「充分地眞實地表現出來」；〔註 13〕《鍛鍊鍛鍊》中的「小腿疼」、「吃不飽」王聚海、楊小四不僅不能反映出農業合作化的現實，反而「污蔑了農村勞動婦女和社幹部」。〔註 14〕

實際上，趙樹理對創作中的公式化、概念化很不認同。1950 年趙樹理主

〔註 12〕趙樹理，關於《邪不壓正》〔A〕，黃修己，趙樹理研究資料〔M〕，太原：北嶽文藝出版社，1985：99～102。

〔註 13〕俞林，評《三里灣》的人物形象處理〔A〕，復旦大學中文系《趙樹理研究資料》編輯組，趙樹理專集〔M〕，福州：福建人民出版社，1981：424～435。

〔註 14〕武養，一篇歪曲現實的小說──《鍛鍊鍛鍊》讀後感〔A〕，復旦大學中文系《趙樹理研究資料》編輯組，趙樹理專集〔M〕，福州：福建人民出版社，1981：482～485。

辦的《說說唱唱》創刊不久，發表了一個描寫落後農民的故事《金鎖》。有意見認爲《金鎖》「辱沒了勞動人民」，趙樹理不得不做出檢討。但在檢討文章中，趙樹理依然認爲「有些寫農村的人，主觀上熱愛勞動人民，有時候就把一切農民都理想化了」，自己之所以選登這篇作品是因爲作者「眞正瞭解未解放前的農村……可使人瞭解革命勢力來到之前自然狀態下的農村具體情況如何」。他還奉勸「作農村工作的同志」，不要「事先把農民都設想成解放軍那樣的英雄好漢」，結果自然是繼續檢討。在第二次檢討中趙樹理說之所以出問題，在於「自己有了熟悉農村這個包袱，在感情上總覺著千篇一律的概念化的作品討厭」。〔註15〕

到了 1965 年，趙樹理依然堅持自己的看法。在長治舉行的「戲劇觀摩匯演」大會上，趙樹理說：「最近，我看到些劇本裏，你寫是英雄人物學『毛選』，他寫是模範人物學『毛選』，燈光一照，『毛選』翻，念上幾句後，思想通了，矛盾就解決了。這叫典型的公式化、概念化。」「最近下鄉看了幾次戲，不是學『毛選』，就是開會、積肥、擔糞，你把臺上搞得『臭烘烘』的，誰還願意買票看戲呢？這樣的戲把觀衆都看瞌睡了，旁邊有人問他，你怎麼睡著了？他說：『白天我擔糞，晚上看擔糞，因爲白天擔糞擔乏了，所以晚上乏得不能看。』對於觀衆的這些反映，我們搞戲劇工作的應該很好地考慮考慮。」〔註16〕

浩然則恰恰與趙樹理相反。他當然不缺乏農村生活的經驗，這在浩然作品的細節中可以得到充分的證明。然而，在進行創作時，主導浩然創作的並不是實際的生活體驗，而是先入爲主的觀念。

1982 年在與東北地區高等院校寫作講習班的學員談話時，浩然說：「寫現實生活，寫當今中國的現實生活，不可迴避地要跟執政的共產黨的方針政策，以至於黨所發動的政治運動和生產運動『搭上調兒』。」〔註17〕1984 年在一篇創作談中，浩然又說：「我立志從事文學創作那時候起，就願意有一顆忠誠的心：對信仰忠誠，對革命事業忠誠，對所寫生活忠誠，對藝術忠誠，對讀者忠誠。有了這種忠誠，才能夠忠誠地用腦、執筆，使自己的作品表現出眞實」。〔註18〕

〔註15〕戴光中，趙樹理傳〔M〕，北京：北京十月文藝出版社，1987：271～273。

〔註16〕李輝，趙樹理、浩然之比較〔J〕，文學自由談，1996（04）：89～92。

〔註17〕浩然，關於《艷陽天》、《金光大道》的通訊與談話〔A〕，孫大祐，梁春水，浩然研究專集〔M〕，天津：百花文藝出版社，1994：191。

〔註18〕浩然，我願有顆忠誠的心〔A〕，孫大祐、梁春水，浩然研究專集〔M〕，天津：

我們至少可以從中看出以下幾點：首先，對浩然而言，他首要強調的是文學藝術的宣傳教育功能，寫作首先要服從革命工作的需要，要宣傳黨的方針、路線、政策；其次，作爲一位革命作家，首先要對信仰和革命事業忠誠，其次才是對生活忠誠，對藝術忠誠；第三，只有對信仰和革命事業忠誠，作品才能夠表現出眞實。那麼，由此可見，浩然的眞實觀並非生活的眞實，而是觀念的眞實。這一點可以得到多方面的佐證。

在浩然的創作談中，他明確提出「寫英雄人物要源於生活高於生活，不受眞人眞事局限」，作品中反映的生活「要比普通的實際生活更高，更強烈，更有集中性，更典型，更理想，因此就更帶普遍性」。〔註19〕爲了達到這個目的，就必須要「發揮藝術概括的威力」。第一，要分析生活現象的「本質」和「根由」；第二，要深入下去，「發掘那些暫時還處於萌芽狀態的東西」，然後「把第一點加以改造，把第二點加以發揮」。〔註20〕

在接受陳徒手的採訪時，浩然也說過這樣一句話：「我也知道農民的苦處，我是在農民中熬出來的，農民的情緒我瞭解，那幾年挨餓我也一塊經歷過。但是這些事當年能寫進書裏嗎？不行啊！」〔註21〕浩然逝世後，《人民文學》雜誌社前副主編崔道怡在接受採訪時，談到浩然的短篇小說創作：「後來我從朋友那兒知道，當時浩然對農村的社會現實也不是沒有看法，他說某些農村幹部像地痞流氓。他怎麼辦呢？他越是見到不好的，就越在心裏創造一個美好的理想出來。」〔註22〕在浩然這裡，觀念的眞實遠比生活和藝術的眞實重要。

浩然一再強調《金光大道》所表現的人物事件、思想感情「都是當時的社會眞實生活在作者的頭腦中眞實反應的產物，沒有虛假和臆造」。〔註23〕然而，通過研究，我們發現事實並非如此。

百花文藝出版社，1994：43。

〔註19〕 浩然，漫談塑造無產階級英雄人物的幾個問題〔A〕，南京師範學院中文系資料室，浩然作品研究資料〔M〕，南京：南京師範學院中文系資料室，1974：24。

〔註20〕 浩然，雜談藝術概括〔A〕，南京師範學院中文系資料室，浩然作品研究資料〔M〕，南京：南京師範學院中文系資料室，1974：70。

〔註21〕 陳徒手，人有病，天知否──1949年後中國文壇紀實〔M〕，北京：人民文學出版社，2000：381。

〔註22〕 夏榆，浩然，或那個時代〔J〕，半月選讀，2009，（09）：26～27。

〔註23〕 浩然，關於《艷陽天》、《金光大道》的通訊與談話〔A〕，孫大祐，梁春水，浩然研究專集〔M〕，天津：百花文藝出版社，1994：192。

　　南京師範學院中文系資料室所編的《浩然作品研究資料》這樣介紹《金光大道》：「用路線鬥爭的觀點來反映現實革命鬥爭生活，是浩然同志創作上的一個飛躍……故事的背景雖然處在社會主義改造的初期，但由於作者站在時代的高度，把黨在社會主義歷史階段基本路線的精神，體現於藝術形象的描繪中，使作品獲得了強烈的時代氣息」。〔註24〕這的確非常準確地概括了《金光大道》的一個創作特點，那就是以政治觀念來結構作品，作家的生活體驗被納入到預先設定好的適應政治理念的情節模式中：即兩條道路和兩條路線的鬥爭。作品的情節、結構、人物處處緊扣「階級鬥爭」和「路線鬥爭」，居於中心地位的主要英雄人物高大泉同公開的或者隱蔽的階級敵人展開激烈的鬥爭並最後取得了勝利。

　　《金光大道》創作的另一個特點就是對樣板戲經驗的學習，這主要體現在對英雄人物高大泉的塑造上。「三突出」是樣板戲最重要的一條創作原則，除此之外，還有一整套的「三字經」和「多字經」，如「三對頭」、「三陪襯」、「三打破」、「三出新」、「多側面」、「多浪頭」、「多回合」、「多層次」等。但是這裡的「三」和「多」最終指向的是「一」，也就是那個居於中心的主要英雄人物。在《金光大道》中，高大泉的人性被弱化，神性卻被大大地凸顯出來，此外與主題無關的人物和細節都盡可能地被壓縮，所有的這一切都是為了服務於高大泉這個英雄形象的塑造。因而我們完全可以說，無論在主題思想上，還是在情節模式上，或者是人物的塑造上，《金光大道》所表現的都只是「講述故事的年代」作家對現實生活的認識，而不是「故事講述的年代」作家的認識。換言之，《金光大道》講述的是作家觀念中的現實生活而非實際的現實生活。

　　浩然的這種創作理念與浩然早年的經歷有直接的關係。從 14 歲參加革命，成為王吉素村兒童團團長以後，浩然一直都從事著基層的政治工作，寫作也都是在黨的領導下作為政治宣傳工作的一個部分進行的。27 歲加入作協成為專業作家以後，浩然也自然而然地會繼續用這種寫作方式進行創作，我們看到實際上這種寫作方式被浩然堅持了大半生。在那樣早的一個年齡，接受了那樣一種創作理念，並在這種理念的指導下進行了幾十年的創作，讓他反思這種創作觀念的弊病的確很難。

〔註24〕浩然簡介〔A〕，南京師範學院中文系資料室，浩然作品研究資料〔M〕，南京：南京師範學院中文系資料室，1974：6。

　　政治美學化是中國當代文學的一個特點，這是由中國社會發展的歷程決定的。中國社會自近代以來所經歷的內憂外患深刻而持久地影響了中國文學的發展，文學逐漸地從「無用之物」變成了「療救社會的藥而被不斷地尋覓和探索」。〔註25〕進入當代以來，在很長一段時間內，政治生活成為社會生活最重要的內容，政治性話語也因此成為凌駕於其他話語之上的中心話語。在一次又一次的政治運動中，文學不斷地強化自身的教化和宣傳功能，以達到更好地為現實的運動服務的目的。一方面，政治觀念與文學創作有可能達成一種積極意義上的重合，比如浩然創作於 60 年代的《豔陽天》。嘉陵在讀完《豔陽天》後認識到，「政治的目的，對於創作的生命也不一定都是一種壓抑和扼殺」。「如果一位作者的生活體驗和思想及感情，都是與他所要表達的政治目的相合一的話，那麼政治的目的對於他的創作生命便不僅不是一種遏抑，且有時還會成為一種滋養，因此他自然便可以寫出一部雖然含有強烈的政治目的，也同樣具有強烈的創作生命的文學作品來。」〔註26〕《豔陽天》這部作品的出色之處就在於此：浩然與時代的政治話語是高度契合的，關於階級鬥爭的政治理念支配了整部作品的情節結構，這是小說在當年的影響力所在；然而在作品中，浩然又很注意對鄉村生活的描摹，性格鮮明的人物、個性化的語言、真實的生活細節又都顯示了作家對生活的真切體驗和純熟的寫作技巧，這又是作品在今天的魅力所在。

　　但是，如謝冕先生在為《20 世紀中國文學叢書》所寫的總序《世紀末：中國知識分子的思索》中所說的那樣：「文學對社會的貢獻是緩進的，久遠的，它的影響是潛默的浸潤。它通過愉悅的感化最後作用於世道人心。它對於社會是營養品、潤滑劑，而很難是藥到病除的全靈膏丹。」當浩然過份強調文學的宣傳教化功能，使文學創作負載過多的不屬於自己的東西時，文學和作家的主體性就會喪失。正如在《金光大道》的創作中，浩然幾乎完全放棄了個人的話語，而附著在「文革」的樣板話語之上，成為政治觀念的留聲機和傳聲筒。正如有研究者指出的那樣，「他的創作不是自發的，而是根據一套程序製造出來的，而只有在那特定的機器裏，他的功能才能顯示出來，當那機

〔註25〕謝冕，輝煌而悲壯的歷程──《百年中國文學》總序〔J〕，社會科學戰線，1997，（01）：274～276。

〔註26〕嘉陵，我看《艷陽天》〔A〕，孫大祐、梁春水，浩然研究專集〔M〕，天津：百花文藝出版社，1994：474～475。

器失靈的時候，他的名字所帶動的話語作用也失靈了。浩然在文革中所發揮的重要作用，是以完全放棄他作為個體作者的主體性為代價的」。〔註27〕

第三節　人性的弱點

一般來說，作家的生平經歷、思想性格都會對作家的創作起到重要的影響作用。浩然創作中的問題固然與他的創作觀念有關，但是也不排除其他的原因，比如，在壓力下的妥協，比如對自身地位的考慮，比如恐懼。這些內心的感受從一個側面讓我們看到一個更豐富、更完整的浩然。

在《浩然口述自傳》中，老年的浩然談到自己鍾愛的文學事業：「我太愛這個事業，愛得發昏，愛得成癖，愛了足足一生。這樣的深愛，將會跟我的生命並存亡。」〔註28〕對文學的癡迷當然有個人的興趣、愛好的原因在裏面，但是對浩然而言，這種癡迷卻有更深層次的動因。

在浩然的自傳體三部曲和《口述自傳》中，浩然多次談到自己「好強」、「虛榮」、「盼望露臉」的個性。大約15歲的時候，浩然擔任了王吉素村第一任，也是最後一任的兒童團團長，晚年的他談到自己當時的感受：

> 在當時，在我那幼嫩的不成熟的思想意識裏，還有一種「與常人不同」的優越感和「出了風頭」的虛榮心。以後我被時代的大潮捲進獻身血與火的革命鬥爭行列，再以後我傾心於文學創作，那種早就紮了根子的「優越感」和「滿足感」一直或多或少、或明或暗、或自覺地或下意識地起著一定的作用……我曾經努力地用最偉大最無私的觀念，管束和規正自己的思想與行為，強制自己沿著最美好最乾淨的軌道，塑造自己的靈魂，移動人生的腳步。然而那種種優越感和滿足感，依舊頑固地、陰魂不散地、時隱時現地伴隨著我，干擾著我。〔註29〕

> 從母親那裏繼承下來的好強心、虛榮心，以及在雖不長卻複雜的社會生活中滋生出來的總願意自己比別人高一頭、比別人露臉的

〔註27〕陳順馨，中國當代文學的敘事與性別（增訂版）〔M〕，北京：北京大學出版社，2007：184。

〔註28〕浩然口述，鄭實採寫，浩然口述自傳〔M〕，天津：天津人民出版社，2008：300。

〔註29〕浩然，活泉〔M〕，北京：人民文學出版社，1993：178。

欲望，跟革命的道理所激發的革命熱情混合交融，促使我盼望有一
個顯示、證明自己……的機會。〔註30〕

　　1949 年浩然在薊縣團委工作，區委書記點名讓他編一齣慶祝國慶的小
戲，年輕的浩然覺得「編寫演唱節目是一件特殊的任務，當著這麼多夥伴的
面，區委書記把這任務交給了我，這本身就顯出我「與眾不同」，比別人強，
是一件很露臉的事兒。我那年輕人特有的、很強的虛榮心得到了滿足，心裏
暗暗得意」。節目編完後，女主角卻沒了著落，區委書記又鼓勵浩然扮演小媳
婦的角色，浩然的夥伴們「沒有贊成，也沒有反對」，他們的沉默和懷疑對浩
然來說是一種莫大的侮辱：「這種懷疑……是對我最瞧不起的一種表現。以這
樣的態度對我，比站出來當面反對，比漠不關心更加刺激我的自尊心，更能
觸發我的虛榮心。」正是在這種心理動因下，浩然答應了書記的安排，上臺
表演。當然演出大獲成功，這是浩然「第一次在大庭廣眾面前露臉，顯示出
小小的才華」。接著他聽說了趙樹理的名字，文學夢暗暗萌生：「寫文章登報
可比過去中狀元還神氣呀！」〔註31〕

　　這種個性的形成一方面來自母親的遺傳，另一方面則與浩然的個人經歷
有直接的關係。

　　在《樂土》中，浩然回憶自己的母親時，用得最多的形容詞就是「好強」：
「她一生都在執著地追求一種東西，盼望夫榮妻貴，以便在親友面前，特別
是在故鄉梁（夫家）蘇（娘家）兩族人的面前，顯示出她高人一等，而不低
人一頭。」然而，這個夢想的追求過程並不順利，相反，她「屢遭失敗」。但
是，「每失敗一次，她的好強心非但不削弱，反倒加強」，以至於最後發展到
極端，變成了「虛榮心」。浩然的父親「什麼正經事都沒做成」，反而淪落為
一個賭徒，最終在一個女人的床上送了命。出於對丈夫的極度失望，浩然的
母親把所有的希望都寄託在兩個孩子，尤其是浩然的身上。即使生活拮据，
浩然仍然進入了趙各莊煤礦的一所小學念書。後來因父親去世而不得不離開
趙各莊，遷到舅舅住的王吉素村，他的母親依然在千辛萬苦中，把他送入了
村內的一家私塾。可以說，浩然的母親把「扭轉乾坤」的最後希望都寄託在
了唯一的兒子的身上。

〔註30〕浩然，活泉〔M〕，北京：人民文學出版社，1993：348。
〔註31〕浩然口述，鄭實採寫，浩然口述自傳〔M〕，天津：天津人民出版社，2008：
　　　　127～131。

　　然而，少年時代的浩然卻因為癡迷於看書耽誤了農活而被王吉素村「最有威望」的吳老師斷定是「全莊孩子裏邊最沒出息的一個」；進入青年時代，浩然追求文學夢的經歷又備嘗艱辛。在鄭實採寫的《浩然口述自傳》中，浩然回憶起自己從 1949 年十七歲時做起「文學夢」到 1959 年加入中國作家協會成為一名專業作家這十年間所遭到的冷漠、嘲笑和輕視。他曾經講到關於《喜鵲登枝》的一個故事。他把自己很得意的一篇稿子——後來他的成名作《喜鵲登枝》——交給了《河北文藝》的一位編輯。當時那位編輯滿口答應稿子「要是真有點意思」，就在《河北文藝》發表，再讓「文聯領導寫篇評論」。一段時間後，他打電話詢問處理意見，對方答道：「你的稿子我們看過了，不能用，早就退給你了。」浩然「一聽這話，真是『腦大如斗』」，因為他沒想到這篇小說會「被槍斃」，而且沒留底稿，萬一退寄丟失，「那可實實地坑死了人」。他立刻趕到《河北文藝》。打電話的那個「絡腮胡」中年編輯「見我不經約請就闖進來，立即表現出一副極不耐煩的神氣，或者是十分厭惡的神情，一邊冷漠地說，你這個人怎麼這樣？跟你說了，稿子早就給你退回去了，又不是名家的手稿，我們保留它能有什麼用？要找你只能到你們《河北日報》收發室去找。」

　　可是浩然卻「橫下一條心」一定要把稿子找到，「讓有眼光沒偏見的人看看，評評理，討個公道」。浩然憑直覺「斷定我的稿子絕沒退還，而壓在他們沒工夫看和不屑一看的稿子堆裏」，於是徑直翻找起來——「在桌面上的大堆落滿灰塵的稿子裏，我那個裝著《喜鵲登枝》原稿、被貼得嚴嚴實實的信封，從來就未被拆開過，他們根本沒有看過。他們回答的所謂『不真實』，所謂『已經退回』，統統都是哄騙人的假話！」

　　之後，浩然把小說投往《北京文藝》。幾天後，收到編輯部的回信，稿子發表，浩然從此「邁上了走向成功的道路」。1959 年，浩然經郭小川介紹加入中國作家協會。他「手裏捧著作協會員證」，心中百感交集：「從 1949 年秋季裏做起文學夢，已整整十年。這十年是漫長的、曲折的，也是坎坷的。我這樣一個農民的後代，一個只有三半學歷的基層幹部，終於圓了美夢，跨進了文學這個大門口。」〔註32〕

　　這段苦澀的尋夢經歷對浩然以後的創作道路無疑是有重大影響的。一方

〔註32〕浩然口述，鄭實採寫，浩然口述自傳〔M〕，天津：天津人民出版社，2008：
　　　　157～160。

面，坎坷的經歷激發了浩然要強的心理，他急於證明自己是「與眾不同」的，是能夠「出人頭地」的，而他自身的文學才華就是能夠幫助他「出人頭地」的一條道路；另一方面，坎坷的經歷也使他在以後的創作中小心翼翼，不敢越雷池一步。在《蒼生》後記中，有這樣一句話：「我這支筆來之不易。我最怕有了拿筆的本領而失掉拿筆的權利。於是乎，小心謹慎，不敢邁錯一步。」〔註33〕

　　在當時的環境中，尤其是在「文革」時期，作家如果希望獲得寫作的權利，就必須要放棄自己獨立的思想和人格，與主流話語媾和。浩然性格中的這個部分決定了他一定會選擇這條路。我們已經看到了，後來的浩然無論在何種情況下，都不肯放下自己手中的筆。這種執著，在浩然的人生和創作經歷中，曾經產生過積極的作用，但也產生了消極的作用。

　　積極的作用在於，被「四人幫」拉攏時，浩然之所以沒有完全地投靠過去，也沒有像其他人一樣藉此機會走上仕途，平步青雲，最主要的原因就是在於他對寫作的熱愛勝過了對權勢的熱愛。浩然畢生的，也是唯一的追求，就是「在創作上出人頭地」。所以，當江青一夥向他拋出「橄欖枝」時，他沒有拒絕，因為他認為「被江青重視的人不會挨整的，我可以踏實地搞創作」；〔註34〕但是當江青問他需要什麼的時候，他回答說：「希望黨多給我寫作時間，千萬別讓我做組織領導工作」。〔註35〕在政治上，浩然顯然是沒有野心的，這一點也可以從陳徒手採訪的許多當事人口中得到旁證。如浩然幾次對陳建功說：「我能寫作就心滿意足了，我對上面躲都躲不過來，還當什麼官？」讓他去日本訪問，他也推辭：「我不去，寫作不能打斷。」〔註36〕可以說，正是出於對文學的熱愛和執著，才會使浩然「在歷史的顛簸中有根底、有所不為……即使在政治和歷史的強力支配之下，他依然堅信他生命中另有重要的事、另有重要的價值，他惦記著收穫，他不忍荒廢了他的土地」，〔註37〕未曾陷入更深的錯誤。

〔註33〕浩然，《蒼生》是怎麼寫出來的〔A〕，浩然，蒼生〔M〕，北京：北京十月文藝出版社，1988：608。
〔註34〕陳徒手，人有病，天知否──1949年後中國文壇紀實〔M〕，北京：人民文學出版社，2000：374。
〔註35〕浩然口述，鄭實採寫，浩然口述自傳〔M〕，天津：天津人民出版社，2008：248。
〔註36〕同註34，372。
〔註37〕李敬澤，浩然：最後的農民與僧侶〔N〕，南方周末，2008，02（28）。

但是從另一方面看，卻也正是由於他對文學的執著，始終不肯放棄寫作的權利，他才會在創作中主動地迎合當時主流的意識形態話語，甚至不惜委曲求全寫出《西沙兒女》等作品。

為了不失去寫作的權利，浩然在題材的選擇和傾向把握上非常謹慎。在《浩然口述自傳中》，他講到了關於蕭也牧的一件往事。1956 年在蕭也牧的鼓勵和指點下，浩然暫時放棄寫長篇小說的想法，集中精力寫短篇，陸續發表了《一匹瘦紅馬》、《雪紛紛》等作品。後來在採訪中工作，浩然發現有幾名地富出身的人當選了長治地區潞安縣的人大代表。他以這件事為基本素材寫成了中篇小說《新春》，主要是講了幾個地主和地主子女，土地改革時被清算，後來經過「曲折的反覆的痛苦和磨練，脫胎換骨變成新人」的故事。稿子修改完畢後，交給了蕭也牧。當時是 1957 年秋冬之交。蕭也牧對這篇稿子大加讚賞，認為「題材新、有深度」，稍微修改一下就可以出版。然而，幾個月後蕭也牧受到批判，他給浩然打電話，說《新春》的稿子「有點危險」，讓浩然拿回家自己處理。浩然跑回家，沒進屋，就「鑽到五六戶夥用的廚房裏，趁鄰人午休的空隙，蹲在煤火爐前，一頁一頁地扯下合訂在一起的《新春》稿本，看著它升起青煙，冒著火苗，化為灰燼」。而這件事，他對任何人，包括自己的妻子都沒有吐露過。可以說這件事對浩然影響深遠：當時他只有二十五六歲，「在文學的田園中，只不過是一棵剛剛鑽出土皮的嫩苗」〔註38〕，竟然寫了這樣一篇出格的東西，幸運的是蕭也牧偷偷地把稿子還給了他，使他安全地度過了「險關」；從此以後，浩然再也沒有越雷池一步，寫出任何脫離正確路線、可能會給自己的寫作事業帶來滅頂之災的作品。

無論是在《口述自傳》中，還是在《圓夢》中，讀到浩然回憶 60 年代和「文革」時期文字，他最大的感受就是一個字——「怕」。一想起自己因故沒有參加俄文友好報社和《北京文藝》「大鳴大放」會，從「反擊右派的大網中漏了下來」，「後脊梁嗖嗖地冒涼氣」；參加劉紹棠的批判會後，浩然心情沉重，「時時在心裏警告自己，不要走劉紹棠的路子，不能學劉紹棠的樣子，要老老實實做人，規規矩矩寫作，選擇最安全最牢靠的地方落腳和邁步」；旁聽了批判「丁陳反黨集團」的大會，浩然暗暗地為遭難的人惋惜，也為自己慶幸，「處在政治風浪的搖撼中」，浩然時刻警醒自己「說話、寫作要小心」，對「右派分子」，既不能「糊糊塗塗地跟別人瞎投手榴彈」，也不能「公開表示同情

〔註38〕浩然口述，鄭實採寫，浩然口述自傳〔M〕，天津：天津人民出版社，2008：204。

挨整的人」。這樣做就是為了「避免政治上犯錯誤，以免有了拿筆的能力卻失掉了拿筆的權利」。〔註39〕

　　讀著這些文字，我的腦海中閃現的卻是另一個人的形象，《彎彎的月亮河》中那個老實巴交，性格儒弱的柳順。兩個人是何其相似！對柳順來說，他最高的理想是安安穩穩過日子，所以他時刻警告自己要做到「忍為貴、和為高」，生怕自己一不留神砸了飯碗，打碎了過安穩日子的夢想。浩然最高的理想是寫作，他珍視自己的寫作才能，並把它作為自己出人頭地的唯一路向，因而，他也怕，怕自己失去手中的筆，失去寫作的權利。

　　正是因為這些心理動因，浩然才會在後來的創作中出現了明顯迎合主流的、激進的文學話語的行為。比如接受了西沙之行的差事，創作出《西沙兒女》，並在文本中塞進了許多直接配合「知識青年上山下鄉運動」和「批林批孔」的文字；主動到號稱「農民個個會寫詩」的小靳莊參觀，並在 1974 年 10 月 1 日的《人民日報》發表文章《遍地英雄唱新歌──小靳莊抒懷》，鼓吹小靳莊的詩歌運動；後來還是因為怕，參加了電影《井岡山》的創作，儘管這部電影隨著「四人幫」的倒臺也下馬了。這些不能不說是浩然人生經歷中的污點。

　　但是他的迎合中顯然隱伏著痛苦和無奈。《金光大道》第二卷的責任編輯韋君宜談到，《金光大道》第二卷的編輯組長是一位造反派，從來沒有做過文學編輯，他看了稿子後，要求加入抗美援朝的內容，還要把小標題《堵擋》，「改成頗有戰鬥性的《阻擊》，把《讓房》改為《讓房破陰謀》」。浩然「苦笑著」對韋君宜說：「我不同意他這麼改，沒有別的意思，只是還想保護一點點我的藝術創作……這個人像念咒似的一句一個抗美援朝……」。〔註40〕

　　正是因為出於對文學的熱愛，浩然不得不出讓自己作為一名作家的品格。即使是在「文革」中，在他最顯赫的時候，浩然也不是像有些人想像的那樣趾高氣揚，而是苦悶而焦慮的：「那種處境的一度輝煌，在一個年輕的我來說，確實有所愜意，有所滿足，同時也伴隨著旁人難以知道和體味的惶恐、憂患和寂寞」。〔註41〕他曾寫到：「一九七六年的春寒時節……忽然間，有那麼一個冷

〔註39〕浩然口述，鄭實採寫，浩然口述自傳〔M〕，天津：天津人民出版社，2008：
　　　　193～200。
〔註40〕轉引自王堯，文革主流意識形態話語與浩然創作的演變〔J〕，蘇州大學學報，
　　　　1999，（03）：48～54。
〔註41〕陳徒手，人有病，天知否──1949 年後中國文壇紀實〔M〕，北京：人民文學
　　　　出版社，2000：381。

風呼嘯的深夜，我淒涼地感到自己的藝術生命的旺盛期過去了。當時正在壯年的我，終日裏把大半精力消耗在憂國、憂民、憂己的苦悶與自危、自衛上面，把主要的時間支付給政治活動、迎送外賓的奔忙上面，這哪裏還像個作家呢？這怎麼能夠讓自己心神寧靜下來寫作，又怎麼能夠寫出使自己和讀者滿意的作品呢？……我深爲前途茫茫，而灰心喪氣。」〔註42〕

作爲解放後共產黨培養的工農兵作者，浩然的人生選擇與中國革命的發展有某種同步性。他本身出身於社會底層，而社會底層一直是中國各種社會矛盾和衝突的主要受害者，這種人生經歷必然對他的性格氣質產生巨大的影響；當時代的激流湧來，也更容易做出擁抱大眾，投身革命的抉擇。由於基本沒有接受過系統的學校教育，因而在與社會實踐相結合時，浩然更容易採取一種實用的、直接的態度，因而在他的作品中，「寫政策」、歌頌讚美工農大眾原本也是題中應有之義。

浩然無疑有很高的文學天賦，「在講故事的絕對流暢方面沒有誰比得了他。用精心選擇的細節來使人物的一舉一動一顰一笑富於感染力，從庸常瑣碎中搶救出的小插曲也飽含寓意，而象徵則既像芟剪枝蔓的斧斤，又像在扣結之處蓄著力量的繩索——一個生動的故事所具有的這一切都似乎行雲流水般出自浩然」。〔註43〕但是一個有天賦的人，除了珍惜自己的才能以外，還應該更珍惜自己的品格，這一點對一個作家而言尤其重要。如果爲了追求寫作的權利，在不當求的時候仍捨不得放棄，出讓自己的獨立人格，降低作品的品格，那麼這種堅持，對自己的創作生命而言就不是愛惜，而變爲摧毀。

第四節　新世紀以來的浩然研究

如果說在新世紀以前，批評界對浩然及其作品的解讀還普遍存在著簡單化的思維模式的話，進入新世紀以來，這種簡單、粗暴的批評模式逐漸淡出，取而代之的是趨於客觀、理性的闡釋和評價。尤其是 2008 年浩然去世後，雷達、李敬澤、程光煒、賀桂梅、李雲雷等學者相繼發表文章，在網絡上，烏有之鄉和左岸網站也舉辦了浩然專題研討會，對浩然及其作品的解讀隨之進

〔註42〕雷達，浩然，十七年文學的最後一個歌者〔J〕，北京文學，2008，（04）：145〜147。

〔註43〕麥克法誇爾、費正清，劍橋中華人民共和國史（下卷）〔M〕，謝亮生等譯，北京：中國社會科學出版社，1992：795。

入到一個更深入的階段。

　　在浩然研究的前幾個階段，對浩然作品的具體分析和解讀是有明顯欠缺的。這種不足在新世紀得到了彌補和修正。葉君在《論〈豔陽天〉》、《論〈豔陽天〉中的階級鬥爭想像與鄉村生活再現》、《遮蔽與敞開──關於〈金光大道〉和〈蒼生〉的對比閱讀》三篇文章中用「擠兌」、「遮蔽」和「敞開」三個關鍵詞梳理了《豔陽天》、《金光大道》和《蒼生》三部作品，指出不同的時代氛圍、不同時代的美學理想以及作家在社會不同時期和個人不同人生時段的創作心態都極其深刻地影響了作品的生成。葉君認為，《豔陽天》中的鄉村階級鬥爭場景與日常生活場景一直處於互動的狀態中。為了服從階級鬥爭主題的需要，作家往往用鄉村階級鬥爭場景去擠兌甚至遮蔽鄉村日常生活場景，讓後者成為前者的陪襯。這主要表現在小說中兩種場景的切換以及對「小石頭之死」和蕭長春愛情的延拓敘述上。〔註44〕而《金光大道》作為「歷史時代的見證」，雖然是個人創作，但因為完全失去了作家的個人話語，整部作品無論是主題、人物還是情節結構，都是時代共名的演繹。在《蒼生》中，作家不再關注意識形態，「視閾的敞開」使作家放棄了二元對立的思維方式，作品不再以「歌頌」為主，出現了對農村現實積弊、封建家長專制和權力崇拜的批判。〔註45〕

　　陳曉明的文章《依然令人懷念的鄉村敘事》認為浩然對鄉村中國現實的書寫即使在今天來看也是有其獨到之處的。他的代表作《豔陽天》當然可以作為「那個時期的意識形態最具有代表性的文本加以理解和分析」，〔註46〕但是如果拋開階級鬥爭的敘事模式，《豔陽天》仍然有它自身的藝術特色，如作品中具有鄉土韻味的生活細節描寫、橫向展開的共時性結構等等。

　　值得注意的是，新世紀以來，對《金光大道》的研究較以往有顯著的增加。在中國知網以《金光大道》為搜索關鍵詞，可以看到如下圖表。

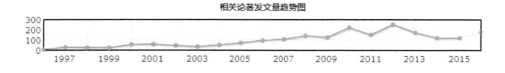

相关论著发文量趋势图

〔註44〕葉君，論《艷陽天》中的階級鬥爭想像與鄉村生活再現〔J〕，學術論壇，2003，（05）：93～97。

〔註45〕葉君，遮蔽與敞開──關於《金光大道》與《蒼生》的對比閱讀〔J〕，懷化學院學報，2003，（01）：59～62。

〔註46〕陳曉明，浩然：依然令人懷念的鄉村敘事〔J〕，朔方，2008，（10）：10～13。

　　圖表顯示，新世紀以前的年相關發文量在 20 至 30 篇，2000 年開始逐漸增加，其中 2012 年達到 254 篇。越來越多的學者不再對這部作品予以簡單地否定，不再從政治的角度而是從文學的角度對作品的結構、語言、表現手法以及作家的主體性進行研究。

　　在《關於〈金光大道〉的幾點思考》一文中，圍繞《金光大道》產生的論爭，作者譚解文首先肯定了這種論爭對於人們全面、客觀地評價作品具有的積極意義，繼而指出了論爭所體現出的政治批評越位和理性精神缺失。他認為，《金光大道》的確有諸多遺憾，但是具體到生活場景和細節，卻不乏真實感人之處。它記錄了一個特定時期內人們的生活追求及情感活動，因而無論是作為一部文學作品，還是作為一卷資料、一種標本，作品都有其自身獨特的價值。而作為主人公的高大泉被刻畫成為「高大全」，有其深刻的歷史和現實的原因，他「既是作家的個人創造，也是歷史時代的產兒」。〔註 47〕

　　郭元剛則另闢蹊徑，他分析了《金光大道》中的城市書寫，認為浩然在小說中所構建的「北京」既具有鄉村的和諧，又有現代工業城市的喧鬧，而這種城市書寫體現了主流意識形態對城市的想像和規訓。當高大泉和其他農民被編入火車站的工人隊伍中參加勞動時，這種臨時獲得的工人身份使他對自己的身份、責任和農村、農民的未來有了自覺的認識。因而，高大泉的進城經歷，不僅沒有給他造成任何精神和肉體上的戕害，反而在他的精神成長中承載了不可或缺的重要意義。不同於十七年與「文革」時期其他文學文本中對城市的「妖魔化」書寫以及緊張尖銳的城鄉對立，《金光大道》中的城市成為鄉村在新的歷史條件下重新確立自我認同的「鏡像」。〔註 48〕

　　在《浩然的文學史焦慮與自我反省及重塑——以〈金光大道〉再版本的修改為例》一文中，于樹軍通過對《金光大道》一、二卷初版本與再版本校讀發現，浩然對後者進行了數萬字的刪改增補：初版本中刻意迎合、突顯主流意識形態的文字在再版時都做了大量刪改和「去政治化」的處理。結合浩然在新時期的創作，作者認為此舉折射出了浩然在上世紀八、九十年代語境中的思想意識與創作觀的重大轉型，而這種轉型則源於他新時期以來的文學

〔註 47〕譚解文，關於《金光大道》的幾點思考〔J〕，文藝理論與批評，2002，（01）：68～73。

〔註 48〕郭元剛，論《金光大道》的城市想像與呈現〔J〕，西華大學學報（哲學社會科學版），2008，（05）：48～52。

史焦慮：即浩然希望通過淡化這部小說濃厚的意識形態色彩，試圖扭轉自己「文革」期間「八個樣板戲、一個作家」的尷尬身份，改變人們對《金光大道》的固有印象，「以個人的反省之舉來修正過去的創作與思想意識的誤區，重塑自我」。〔註49〕

　　新世紀以來，還出現了對浩然作品，尤其是《豔陽天》的「再解讀」。如余岱宗在《階級鬥爭敘事中的道德、愛情與苦難》中對《豔陽天》進行了重評，他認為以「階級鬥爭」為主題的文學敘事並不天然地喪失其審美價值，作品本身雖然表面上存有明確的政策性主題，但其中豐富多彩的藝術形象在今天的歷史語境中可以獲得複雜多樣的詮釋，並以馬老四、蕭長春、韓百安為例說明「階級鬥爭」觀念雖然是《豔陽天》貫穿始終的敘事線索，但它並不是《豔陽天》中各色人物最深層最真實的心理動機。〔註50〕楊守森在《「階級鬥爭」背景的超越》認為，《豔陽天》本是以「階級鬥爭」為主體框架進行創作的，但是它的客觀內容與浩然的創作初衷並不完全一致，繼而分析了文本中所隱含的人性異化、宗法意識、極左思潮、詩意情懷等深層內涵。〔註51〕惠雁冰的《論農業合作化題材長篇小說的深層結構——以〈創業史〉〈豔陽天〉〈金光大道〉為例》從文本的層面對文中的幾部作品進行全新的解讀，認為《豔陽天》和《金光大道》在文本表層的政治意義秩序之外，還存在著另一個意義秩序。這個意義秩序以「誘惑」與「抗拒」、「鬥法」與「救贖」、「丑角」與「莽漢」的敘述方式潛伏在文本底層，守持著傳統小說的藝術魅力。〔註52〕

　　此外，還有研究者對浩然進行了比較研究。如在《有關浩然的兩個問題》中，吳培顯首先將浩然創作於1962年前、後的作品進行了比較，認為雖然這兩個時期的作品表現的都是「十七年」時期的農村工作，但是由於創作時間和作家創作觀念的變化，1962年前、後的作品構成了強烈的自我衝突；其次將《金光大道》與柳青的《創業史》加以比較，認為儘管《創業史》和《金光大道》都力求對農業合作化運動做出「真實反映」，但在其藝術思維和創作

〔註49〕于樹軍，浩然的文學史焦慮與自我反省及重塑——以《金光大道》再版本的修改為例〔J〕，學術月刊，2016，（04）：125～133。

〔註50〕余岱宗，革命的想像：戰爭與愛情的敘事修辭〔J〕，福建師範大學學報（哲學社會科學版），2005，（03）：82～90。

〔註51〕楊守森，階級鬥爭背景的超越〔J〕，河北學刊，2006，（03）：139～144。

〔註52〕惠雁冰，論農業合作化題材長篇小說的深層結構——以《創業史》、《豔陽天》、《金光大道》為例〔J〕，文學評論，2005，（02）：127～133。

取向的基本點上，後者是對前者的反動和顛覆。〔註53〕

在另一篇文章《觀念的誤區與藝術的困厄》中，吳培顯比較了《豔陽天》和《金光大道》兩部作品，認爲兩部作品雖然創作於不同的時間，但都以階級鬥爭觀念作爲過濾生活的武器。《豔陽天》中，作家的創作重心由「牧歌情調」轉向「階級鬥爭」，作家在努力轉變自己「舊」的創作觀念時，也時時地流露出與階級鬥爭觀念對抗的痕跡，而「作品恰恰在這裡閃現出藝術成就的閃光點」。《金光大道》的史詩追求則使作品完全落入「更大的先驗設定的迷津之中」。〔註54〕

張霖則在《階級敘事的建立及其變調》一文中將浩然的《金光大道》和姚雪垠的《李自成》兩部作品進行了對比，認爲作爲中國當代文學「一體化」進程中「最直觀的文學標本」，《金光大道》的創作風格、創作方法及其傳播、評論過程儘管具有明顯的時代特徵，但作家爲了保留或表現文學的「個人性」做出了種種敘事策略上的嘗試和周旋，而這種「掩藏在合法的政治外衣下的審美努力」，才是那個時代文學與政治複雜互動關係的最眞實寫照。〔註55〕

新的批評視角的引入也深化了對浩然及其作品的研究。衛曉輝的《浩然的悲喜劇——語言和政治》一文以浩然爲例分析了語言和政治之間的聯繫。作者認爲，在新時期以前浩然的創作語言是他所熟悉的、具有鮮明民間文學特徵的語言，這是他可貴的地方，也是他創作的意義所在。但進入新時期之後，浩然的語言質地發生了變化，甚至「連小說語言必需的流暢都無法做到」。造成這種變化的原因在於浩然只是用語言和敘事編織既定的理念，「他最初的創作不包含內心體驗，只是直接的對生活的外部觀察，是對生活的模擬，介乎於生活和藝術之間」。進入上世紀 80 年代之後，時代的轉換要求作家面對內心和精神世界，而浩然恰恰缺乏的就是這種「體驗世界和反省內心的能力」。〔註56〕但是在文章中作者幾乎沒有用任何實例來闡釋自己的觀點，因而文章顯得並沒有說服力，基本上還是屬於政治批評的範疇。

與此形成鮮明對比的是福建師範大學連曉霞的博士論文《金光大道——

〔註53〕吳培顯，有關浩然的兩個問題〔J〕，文學自由談，2000，（03）：30～34。
〔註54〕吳培顯，觀念的誤區與藝術的困厄〔J〕，理論學刊，2001，（02）：120～123。
〔註55〕張霖，階級敘事的建立及其變調——以《金光大道》和《李自成》爲中心〔J〕，《西南民族大學學報》，2012，（11）：183～187。
〔註56〕衛曉輝，浩然的悲喜劇——語言和政治〔J〕，小說評論，2004，（05）：66～68。

政治意識形態規約下的文學話語》。論文運用了功能語言學和修辭學的理論對《金光大道》進行解讀，探討其藝術上的成敗得失。通過具體的話語分析，作者認爲，《金光大道》中的話語是以階級鬥爭的政治話語爲主，同時伴以其他話語，如民族的、社會的、倫理的話語，而作品的眞實性就表現在這些話語形態中。論文同時指出，浩然在將意識形態與藝術形式整合的過程中，也存在大量有違修辭規則和藝術眞實的創作硬傷，這主要是由於政治話語對作者的限制和左右，嚴重遮蔽和消解了文本的藝術感受。〔註 57〕這篇論文彌補了之前研究中語言學缺失的不足，爲浩然研究提供了新的視角和方法。

在《作家身份與文學創作關係探究──以浩然爲例》一文中，蘇曉紅從「身份」的角度梳理了浩然的小說創作。結合浩然所處的特定時代背景，作者發現，由於身份的轉變而帶來的精神的、思想觀念的，乃至心理的、行爲習慣的變化總是會投射到作家的創作中，進而影響作品的生成。「作家」身份有力地調節和控制著浩然的創作思想和行爲，影響著他的言說選擇並決定了作品的基本面貌。〔註 58〕

新世紀以來對浩然研究最豐碩的成果是在文學史領域，許多研究者將浩然和浩然的創作納入了文學史的範疇，對浩然這樣一位作家的產生以及他的創作觀念加以研究。此外，2000 年以後還出現了對浩然評價的再評價。這些文章對浩然研究都很有啓示意義。

洪子誠在《浩然和浩然的作品》中探討了浩然在「文革」時期的創作。他認爲，浩然之所以在「文革」期間被「發現」，主要是由於一方面「按照當時激進的政治、文學觀念創作的《牛田洋》、《虹南作戰史》等小說，並不能取得預期的效果」，另一方面浩然的創作「比較切合文革的『文化激進派』的政治意圖和文學訴求」。但是在今天來看，作品中所闡釋的「觀念」和闡釋「觀念」時所運用的方法都存在「重大的失誤」。〔註 59〕李雲雷將《蒼生》納入到中國當代文學的農村題材小說的創作中進行分析。他在《〈蒼生〉與當代中國農村敘事的轉摺》一文中以《蒼生》爲切入點，分析了這部作品在人物、結構、主題等方面與 50─70 年代、80 年代文學作品的相似與不同之處，指出這部作品

〔註 57〕連曉霞，金光大道──政治意識形態規約下的文學話語（博）〔D〕，福州：福建師範大學，2007。
〔註 58〕蘇曉紅，作家身份與文學創作關係探究──以浩然爲例〔J〕，《語文學刊》，2011，（09）：4～8。
〔註 59〕洪子誠，浩然和浩然的作品〔N〕，北京日報，2000，11（22）。

處在當代中國農村題材小說從「社會主義現實主義」到「改革文學」的轉折點上，同時也指出浩然對農民的感情值得尊重，但他對主流意識形態的追隨、觀察世界角度的單一、藝術形式的保守，也應該深刻反思。〔註60〕張雅秋在《論浩然的小說創作》以浩然自 50 年代開始到新時期的創作爲線索，認爲浩然及其作品命運的根源所在是作家「來自農民，歸於農民」精神氣質，農民式的深層文化心理結構、生活和知識積累使浩然很難建構起反思歷史、反省自我的精神能力。〔註61〕任南南的《歷史的浮標——新時期初期「浩然重評」現象的再評價》梳理了新時期之初在新的文化語境中對於浩然的評價，指出「作爲連接左翼政治與新時期政治的天然關節點，浩然重評折射著革命意識形態與現代意識形態的轉型中兩者之間的斷裂與勾連」。〔註62〕

浩然去世後，一些文學評論家、浩然的生前好友、同事以及得到過浩然幫助的作者紛紛在報紙、雜誌發表緬懷文章。可以說，此時的媒體對浩然出現了前所未有的寬容和理解。這其中程光煒、李敬澤、雷達、賀桂梅、李雲雷等學者的文章對浩然研究的進一步推進起到了關鍵的作用。

程光煒從一代人的「文學教育」的角度重新反思和審視了浩然所攜帶的文學史問題。他談到，整整一代人先是在浩然那裏受到最初的「文學教育」，從他的作品中汲取了關於文學的最基本的營養和啓示，這代人的個體經驗、歷史記憶和文學教育，事實上都明顯殘留著浩然小說的某些因子。他還指出，在目前的語境之中，評價浩然還存在著諸多問題，比如浩然與時代、浩然與左翼文學的關係。〔註63〕雷達將浩然稱爲「『十七年』文學的最後一個歌者」，認爲他「無疑是當代文學史上一位曾經擁有廣大讀者的重要作家，同時，因其經歷的特別，又是當代文學崎嶇道路上彙聚了許多歷史痛苦負擔和文學自身矛盾的作家。『浩然方式』既複雜又有代表性」。〔註64〕李雲雷的《一個人的「金光大道」》認爲，評價浩然，需要農村研究、文革研究與文學史研究等各方面的共同推進，因爲浩然的創作與「人民文學」的傳統密切相關，他的

〔註60〕 李雲雷，《蒼生》與當代中國農村敘事轉折〔J〕，文學評論，2006，（03）：72
～78。
〔註61〕 張雅秋，論浩然的小說創作〔J〕，北京社會科學，2002，（04）：56～60。
〔註62〕 任南南，歷史的浮標——新時期初期「浩然重評」現象的再評價〔J〕，海南
師範大學學報，2007，（06）：4～9。
〔註63〕 程光煒，我們這一代人的文學教育〔J〕，南方文壇，2008，（04）：34～36。
〔註64〕 雷達，浩然，十七年文學的最後一個歌者〔J〕，北京文學，2008，（04）：145
～147。

作品又與農村合作化的歷史相交織。此外，作者還認爲《豔陽天》因其三重意義上的「完成性」當屬 20 世紀 50～70 年代的「合作化」小說中更爲重要的作品，而浩然在新時期的作品，尤其是自傳體三部曲是深入研究作家必不可少的資料。〔註65〕

李敬澤的評價更帶有個人感情色彩。在《浩然：最後的農民與僧侶》一文中，李敬澤認爲浩然「爲一代人的生命和奮鬥所做的熱情辯護仍然值得後人愼重傾聽」；他同趙樹理、柳青、路遙等作家一樣，同屬於中國現當代文學中一個邊緣而光輝的、很可能已成絕響的譜系，「他們都是農民，他們都是文學的僧侶，他們都將文學變爲了土地，耕作勞苦忠誠不渝」，也正是因了對文學的信仰，使他們「在歷史的顚簸中有根底、有所不爲」。〔註66〕

2008 年 8 月出版的《典型文壇》一書中，李潔非將浩然作爲他的觀察和研究對象之一，力圖「從文學上把浩然講清楚，把他跟那時的文學的關係講清楚，並透過此把那時的文學看清楚」。在文中，李潔非用了「樣本」這樣一個詞來給浩然定位，因爲浩然的寫作「從內容到形式、從精神到實踐所充分再現的 50 年代、60 年代、70 年代中國文學基本形態的變遷，都構成了最佳樣本」。李潔非認爲，浩然後來在相當程度上走到農民的反面去的一個主要原因在於「浩然始終未能建立起自己有關農民的意識形態」，他一直都是按照政策、文件來理解農民，反映農村問題的。這樣，浩然的作品就缺失了文學最重要的一樣東西，那就是批判精神。〔註67〕

可以說，在新世紀剛剛過去的 15 年中，對浩然的研究成果已經遠遠超過了新世紀之前的四十多年，這裡指的是質量而不是數量。儘管在此期間我們還是能夠看到一些文章依然從政治化批評的角度或者對浩然的政治表現進行定性，或者譴責作家按照當時流行的政治觀念圖解路線鬥爭，爲給人民帶來災難的東西大唱讚歌，但是畢竟浩然研究已經邁上了學術化的軌道，並在逐步深入。

〔註65〕李雲雷，一個人的「金光大道」──關於浩然研究的幾個問題〔J〕，文藝理論與批評，2008，（03）：60～65。

〔註66〕李敬澤，浩然：最後的農民與僧侶〔N〕，南方周末，2008，02（28）。

〔註67〕李潔非，典型文壇〔M〕，武漢：湖北人民出版社，2008。

結　語

　　1982 年，浩然在寫給《中國當代文學》編寫組的信中說：「有人說當時的中國只剩『一個作家八個樣板戲』，《中國當代文學史初稿》說，《金光大道》『在讀者中造成不好的影響』，『尤甚』。對於怎樣就剩下一個作家，他的作品怎樣會造成壞影響，像那樣一筆代過，只有空帽子一頂，這『史』就失掉了不小的價值。讀者關心，青年一代應該知曉，作者本人沒死，還想在正派的文學理論家和史學家們幫助下，總結經驗教訓，在新時期寫出對祖國文學事業發展有益的作品來，多麼希望看到公正的、說理的論述呀！」〔註1〕

　　晚年的浩然沉默而孤獨，不再發出這樣急迫的籲請。如今，當他已經作古，成為文學史中的一個人物時，我們有理由給他一個盡可能客觀、公正的評價。當然由於自身的局限性，今天的回顧與總結也許會陷入一種新的誤區，但即使是誤區也會給後人提供一些可資借鑒的資料。

　　浩然曾經轟動一時，「一人講述，萬人傾聽」，也曾經銷聲匿跡，孤獨寂寞，還曾經遭到嚴厲指責，備受爭議，而這一切都在說明一個事實：直到今天，浩然和他的創作仍然是中國當代文學繞不開的一個重要的文學話題。

　　浩然走過的道路是一條極具「中國特色」的道路，無論從創作觀念、創作方法還是他本人的成長經歷來看，都體現了強烈的本土性特徵。作為一位在《講話》精神的指導下成長起來的作家，「一個自覺地用文學作品為推動和保衛社會主義事業而努力的作家」〔註2〕，浩然的一生都與時代政治有著千絲

〔註1〕浩然，關於《艷陽天》《金光大道》的通訊與談話〔A〕，孫大祐，梁春水，浩然研究專集〔M〕，天津：百花文藝出版社，1994：183。

〔註2〕金梅，《山水情》——浩然小說創作上的一個新發展〔J〕，長城，1981，（02）：209。

萬縷的聯繫。政治曾經是浩然投身文學創作的原始推動力，也曾經鼓勵和引導了他的創作，然而從另一個方面說，政治也曾經極大地限制了他的創作，甚至一度引領他走向歧途。一方面，任何人，包括作家在內的知識分子都不可能超越身處的具體的歷史環境，因而過份地苛責作家是沒有任何意義的。但是，從另一方面來說，如果把作家創作中所存在的問題全部歸結於時代，也只是涉及到了問題的一個方面。浩然本人對主流意識形態話語的高度認同，對一度流行的創作觀念的無條件接受，對政治話語的文學表達方式都需要反思。只有把二者結合起來，才能夠對這一段中國當代文學史有更加清醒的認識。

參考文獻

一、中文原著部分

1. 南京師範學院中文系資料室，浩然作品研究資料〔M〕，南京：南京師範學院中文系資料室，1974。

2. 茅盾，茅盾論中國現代作家作品〔M〕，北京：北京大學出版社，1980。

3. 黃修己，趙樹理評傳〔M〕，南京：江蘇人民出版社，1981。

4. 復旦大學中文系《趙樹理研究資料》編輯組，趙樹理專集〔M〕，福州：福建人民出版社，1981。

5. 李華盛、胡光凡，周立波研究資料〔M〕，成都：四川人民出版社，1983。

6. 黃修己，趙樹理研究〔M〕，太原：山西人民出版社，1985。

7. 黃修己，趙樹理研究資料〔M〕，太原：北嶽文藝出版社，1985。

8. 戴光中，趙樹理傳〔M〕，北京：北京十月文藝出版社，1987。

9. 陳其南，文化的軌跡〔M〕，沈陽：春風文藝出版社，1987。

10. 李揚，抗爭宿命之路——「社會主義現實主義」（1942～1976）研究〔M〕，長春：時代文藝出版，1993。

11. 梁春水、孫達祐，浩然研究專輯〔M〕，天津：百花文藝出版社，1994。

12. 謝晃、洪子誠，中國當代文學史料選：1948～1975〔M〕，北京：北京大學出版社，1995。

13. 浩然，泥土巢寫作散論〔M〕，開封：河南大學出版社，1997。

14. 費孝通，鄉土中國生育制度〔M〕，北京：北京大學出版社，1998。

15. 錢理群等，中國現代文學三十年（修訂本）〔M〕，北京：北京大學出版社，1998。

16. 李書磊，1942 走向民間〔M〕，濟南：山東教育出版社，1998。

17. 錢理群，1948 天地玄黃〔M〕，濟南：山東教育出版社，1998。

18. 洪子誠，1956 百花時代〔M〕，濟南：山東教育出版社，1998。

19. 楊鼎川，1967 狂亂的文學年代〔M〕，濟南：山東教育出版社，1998。

20. 洪子誠，中國當代文學史〔M〕，北京：北京大學出版社，1999。

21. 孟繁華，夢幻與宿命〔M〕，廣州：廣東人民出版社，1999。

22. 楊匡漢、孟繁華，共和國文學 50 年〔M〕，北京：中國社會科學出版社，1999。

23. 陳徒手，人有病，天知否——1949 年後中國文壇紀實〔M〕，北京：人民文學出版社，2000。

24. 唐小兵，英雄與凡人的時代——解讀 20 世紀〔M〕，上海：上海文藝出版社，2001。

25. 黃子平，「灰闌」中的敘述〔M〕，上海：上海文藝出版社，2001。

26. 洪子誠、孟繁華，當代文學關鍵詞〔M〕，桂林：廣西師範大學出版社，2002。

27. 溫儒敏、趙祖謨，中國現當代文學專題研究〔M〕，北京：北京大學出版社，2002。

28. 王慶生，中國當代文學史〔M〕，北京：高等教育出版社，2003。

29. 牛運清，中國當代文學精神〔M〕，濟南：山東教育出版社，2003。

30. 李澤厚，中國現代思想史論〔M〕，天津：天津社會科學院出版社，2004。

31. 孟繁華、程光煒，中國當代文學發展史〔M〕，北京：人民文學出版社，2004。

32. 程光煒，文學想像與文學國家：中國當代文學研究 1949～1976〔M〕，開封：河南大學出版社，2005。

33. 朱立元，當代西方文藝理論（第二版）〔M〕，上海：華東師範大學出版社，2005。

34. 陳思和，中國當代文學史教程（第二版）〔M〕，上海：復旦大學出版社，2005。

35. 孟繁華，中國二十世紀文藝學學術史（第三部）〔M〕，北京：中國社會科學出版社，2006。

36. 閻嘉，文學理論精粹讀本〔M〕，北京：中國人民大學出版社，2006。

37. 陶東風，文化研究精粹讀本〔M〕，北京：中國人民大學出版社，2006。

38. 李揚，50～70 年代中國文學經典再解讀〔M〕，濟南：山東教育出版社，2006。

39. 黃仁宇，萬曆十五年（增訂本）〔M〕，上海：中華書局，2007。

40. 趙園，地之子〔M〕，北京：北京大學出版社，2007。

41. 唐曉兵，再解讀──大眾文藝與意識形態〔M〕，北京：北京大學出版社，2007。

42. 陳順馨，中國當代文學的敘事與性別（增訂版）〔M〕，北京：北京大學出版社，2007。

43. 丁帆，中國鄉土小說史〔M〕，北京：北京大學出版社，2007。

44. 王本朝，中國當代文學制度研究〔M〕，北京：新星出版社，2007。

45. 葉君，鄉土‧農村‧家園‧荒野〔M〕，北京：中國社會科學出版社，2007。

46. 浩然口述，鄭實採寫，浩然口述自傳〔M〕，天津：天津人民出版社，2008。

47. 李潔非，典型文壇〔M〕，武漢：湖北人民出版社，2008。

48. 董之林，熱風時節──當代中國「十七年」小說史論〔M〕，上海：上海書店出版社，2008。

49. 程光煒，文學史研究的興起〔M〕，福州：福建教育出版社，2008。

50. 孟繁華，中國當代文學通論〔M〕，瀋陽：遼寧人民出版社，2009。

51. 黃科安，延安文學研究〔M〕，北京：新星出版社，2009。

52. 閻浩崗，紅色經典的文學價值〔M〕，北京：人民出版社，2009。

53. 李潔非，典型文案〔M〕，北京：人民文學出版社，2010。

54. 李潔非、楊劼，解讀延安──文學、知識分子和文化〔M〕，北京：當代中國出版社，2010。

55. 程光煒，當代文學的「歷史化」〔M〕，北京：北京大學出版社，2011。

二、中文譯著部分

1. 〔美〕韋勒克、沃倫，文學理論〔M〕，劉象愚等譯，上海：生活‧讀書‧新知三聯書店，1984。

2. 〔美〕麥克法誇爾、費正清，劍橋中華人民共和國史（上、下卷）〔M〕，謝亮生等譯，北京：中國社會科學出版社，1992。

3. 〔法〕米歇爾‧福柯，知識考古學〔M〕，謝強，馬月譯，北京：生活‧讀者‧新知三聯書店，1998。

4. 〔法〕米歇爾‧福柯，規訓與懲罰〔M〕，劉北成，楊遠嬰譯，北京：生活‧讀者‧新知三聯書店，1999。

5. 〔英〕塞爾登，文學批評理論──從柏拉圖到現在〔M〕，劉象愚、陳永國譯，北京：北京大學出版社，2000。

6. 〔美〕費正清，觀察中國〔M〕，傅光明譯，北京：世界知識出版社，2001。

7. 〔美〕詹姆遜等，2000年度新譯西方文論選〔M〕，王逢振等譯，桂林：灕江出版社，2001。

8. 〔英〕安吉拉・默克羅比，後現代主義與大眾文化〔M〕，田曉菲譯，北京：中央編譯出版社，2001。

9. 〔法〕米歇爾・福柯，瘋癲與文明〔M〕，劉北成，楊遠嬰譯，上海：生活・讀書・新知三聯書店，2003。

10. 〔美〕華萊士・馬丁，當代敘事學〔M〕，伍曉明譯，北京：北京大學出版社，2005。

11. 〔英〕馬克・柯里，後現代敘事理論〔M〕，寧一中譯，北京：北京大學出版社，2005。

12. 〔美〕哈羅德・布魯姆，影響的焦慮——一種詩歌理論（增訂版）〔M〕，徐文博譯，南京：江蘇教育出版社，2006。

13. 〔美〕哈羅德・布魯姆，西方正典〔M〕，江寧康譯，南京：譯林出版社，2006。

14. 〔美〕布魯克斯、沃倫，小說鑒賞〔M〕，主萬等譯，北京：世界圖書出版公司，2006。

15. 〔美〕邁克爾・萊恩，文學作品的多重解讀〔M〕，趙炎秋譯，北京：北京大學出版社，2006。

16. 〔英〕拉曼・塞爾登等，當代文學理論導讀〔M〕，劉象愚譯，北京：北京大學出版社，2006。

17. 〔英〕特雷・伊格爾頓，二十世紀西方文學理論〔M〕，伍曉明譯，北京：北京大學出版社，2007。

18. 〔美〕薩義德，知識分子論〔M〕，單德興譯，北京：生活・讀書・新知三聯書店，2007。

19. 〔美〕傑弗里・哈特曼，荒野中的批評——關於當代文學的研究〔M〕，張德興譯，天津：天津人民出版社，2008。

20. 〔美〕哈羅德・布魯姆，誤讀圖示〔M〕，朱立元、陳克譯，天津：天津人民出版社，2008。

21. 〔美〕J・希利斯・米勒，小說與重複——七部英國小說〔M〕，王宏圖譯，天津：天津人民出版社，2008。

22. 〔美〕保爾・德・曼，閱讀的寓言——盧梭、尼采、里爾克和普魯斯特的比喻語言〔M〕，沈勇譯，天津：天津人民出版社，2008。

23. 〔英〕弗吉尼亞・伍爾夫，論小說與小說家〔M〕，瞿世鏡譯，上海：上海譯文出版社，2009。

24. 〔英〕以賽亞・柏林，俄國思想家〔M〕，彭淮棟譯，南京：譯林出版社，2011。

三、期刊論文部分

1. 閻綱，四訪柳青〔J〕，當代，1979，（02）。

2. 雷達，舊軌與新機的纏結——從《蒼生》返觀浩然的創作道路〔J〕，文學評論，1988，（01）。

3. 謝怡，劉紹棠浩然小說語言風格的比較〔J〕，小說評論，1990，（04）。

4. 鳳翔，當了主編後的浩然〔J〕，新聞與寫作，1991，（06）。

5. 嘉陵，《豔陽天》重版感言〔J〕，文藝理論與批評，1994，（04）。

6. 叔綏人，關於「名著」《金光大道》的對話〔J〕，文學自由談，1994，（04）。

7. 桂青山，大內容自在「信史」中——讀《活泉》隨感〔J〕，北京文學，1994，（04）。

8. 艾青，關於《金光大道》也說幾句〔N〕，文匯讀書週報，1994，10（29）。

9. 楊揚，癡迷與失誤〔N〕，文匯報，1994，11（13）。

10. 炎哥，我眼中的浩然〔J〕，中國人才，1995，（12）。

11. 童慶炳，作家的人格力量及其對創作的影響〔J〕，北京師範大學學報（社會科學版），1995，（01）。

12. 張德祥，神話的創造與破產〔J〕，文藝爭鳴，1995，（04）。

13. 何滿子，讀其書，不知其人可乎？〔J〕，文學自由談，1995，（02）。

14. 今夕，不要跟著感覺走——由金光大道的再版所想到的〔J〕，小說評論，1995，（01）。

15. 熊元義，可怕的栽贓〔N〕，文藝報 1996，01（19）。

16. 李輝，趙樹理、浩然之比較〔J〕，文學自由談，1996，（04）。

17. 木弓，關於浩然的一點隨想〔J〕，新聞與寫作，1997，（10）。

18. 焦國標，您應該寫的是懺悔錄〔J〕，文學自由談，1998，（06）。

19. 王堯，文革主流意識形態話語與浩然創作的演變〔J〕，蘇州大學學報，1999，（03）。

20. 楊新強，浩然小說 真實的虛幻〔J〕，河北大學學報，1999，（04）。

21. 章明，浩然的確是個「奇跡」〔N〕，今晚報，1999，04（03）。

22. 王彬彬，理解浩然〔J〕，文學自由談，1999，（05）。

23. 陳徒手，浩然，豔陽天中的陰影〔J〕，讀書，1999，（05）。

24. 張德祥，我所理解的浩然〔J〕，名家，1999，（06）。

25. 管樺，對「爭議浩然」現象的一點看法〔J〕，名家，1999，（06）。

26. 袁良駿，「奇跡」浩然面面觀〔N〕，中華讀書報，1999，08（25）。

27. 宗術，是是非非說浩然〔J〕，錦州師範學院學報，2000，（02）。

28. 吳培顯，有關浩然的兩個問題〔J〕，文學自由談，2000，（03）。

29. 王堯，「文革文學」紀事〔J〕，當代作家評論，2000，（04）。

30. 蔡詩華，歷史是一面鏡子——浩然及其作品評價〔J〕，文藝理論與批評，2000，（05）。

31. 鳳翔，能這樣批評浩然嗎？〔N〕，文藝報，2000，06（03）。

32. 譚解文，《金光大道》三題〔J〕，雲夢學刊，2000，（06）。

33. 木弓，不要欺負老農民〔N〕，文藝報，2000，06（03）。

34. 傅光明，人性弱點與史書眞空——讀《人有病，天知否》和《我的人生——浩然口述自傳》〔N〕，中國信息報，2000，11（16）。

35. 洪子誠，浩然和浩然的作品〔N〕，北京日報，2000，11（22）。

36. 薩支山，尷尬的文學史評價〔N〕，北京日報，2000，11（22）。

37. 段懷清，論浩然六十年代初期的短篇小說寫作〔J〕，浙江大學學報，2001，（01）。

38. 吳培顯，觀念的誤區與藝術的困厄〔J〕，理論學刊，2001，（02）。

39. 薩支山，試論五十至七十年代「農村題材」長篇小說——以《三里灣》、《山鄉巨變》、《創業史》爲中心〔J〕，文學評論，2001，（03）。

40. 程光煒，50～70年代中的農民形象〔J〕，中國現代文學叢刊，2001，（04）。

41. 楊霞，時運交移，其文代變——浩然研究述評〔J〕，南京師範大學文學院學報，2001，（04）。

42. 余岱宗，階級鬥爭敘事中的道德、愛情與苦難——重評長篇小說《豔陽天》〔J〕，文藝理論與批評，2001，（05）。

43. 劉景榮，「八個樣板戲一個作家」說平議〔J〕，河南大學學報，2001，（05）。

44. 譚解文，關於《金光大道》的幾點思考〔J〕，文藝理論與批評，2002，（01）。

45. 李書磊，再造語言〔J〕，戰略與管理，2002，（02）。

46. 鄧福田，重讀「工農兵文學」：創作與理論〔J〕，文藝理論與批評，2002（03）。

47. 鄧福田，重讀「工農兵文學」：創作與理論〔J〕，文藝理論與批評，2002，（03）。

48. 張雅秋，論浩然的小說創作〔J〕，北京社會科學，2002，（04）。

49. 郜元寶，關於文革研究的一些話〔J〕，當代作家評論，2002，（04）。

50. 朱旭晨，浩然的創作經歷及其對文壇的貢獻〔J〕，華北科技學院學報，2002，（06）。

51. 王鴻生，文化批評：政治和倫理〔J〕，當代作家評論，2002，（06）。

52. 葉君，遮蔽與敞開——關於《金光大道》與《蒼生》的對比閱讀〔J〕，

懷化學院學報，2003，（01）。

53. 賀仲明，從本土化角度看「十七年」鄉村題材小說語言的意義〔J〕，首都師範大學學報，2003，（03）。

54. 王又平，從「鄉土」到「農村」——關於中國當代文學主導題材形成的一個發生學考察〔J〕，華中師範大學學報，2003，（04）。

55. 金進，權力話語下親情的退場——論十七年農村題材小說日常生活場景的消隱〔J〕，瀋陽師範大學學報（社會科學版），2003，（05）。

56. 葉君，論《豔陽天》中的階級鬥爭想像與鄉村生活再現〔J〕，學術論壇，2003，（05）。

57. 賀仲明，20世紀鄉土小說的創作形態及其新變〔J〕，南京師大學報（社會科學版），2004，（03）。

58. 李雲雷，未完成的「金光大道」——對我國農村社會主義道路的再思考〔J〕，文藝理論與批評，2004，（04）。

59. 衛曉輝，浩然的悲喜劇——語言和政治〔J〕，小說評論，2004，（05）。

60. 杜秀珍，《豔陽天》再解讀史〔J〕，寶雞文理學院學報，2005，（01）。

61. 金進，鄉土與農村之別——試析十七年農村題材小說中的鄉土性因素〔J〕，南京師範大學文學院學報，2005，（02）。

62. 惠雁冰，論農業合作化題材長篇小說的深層結構——以《創業史》、《豔陽天》、《金光大道》為例〔J〕，文學評論，2005，（02）。

63. 余岱宗，革命的想像：戰爭與愛情的敘事修辭〔J〕，福建師範大學學報（哲學社會科學版），2005，（03）。

64. 劉納，寫得怎樣：關於作品的文學評價——重讀《創業史》並以其為例〔J〕，文學評論，2005，（04）。

65. 潘超青，小人物的悲哀——從浩然小說看「中間人物」敘事功能的變化〔J〕，福建廣播電視大學學報，2006，（02）。

66. 李雲雷，《蒼生》與當代中國農村敘事轉折〔J〕，文學評論，2006，（03）。

67. 楊守森，階級鬥爭背景的超越〔J〕，河北學刊，2006，（03）。

68. 賀仲明，鄉村生態與「十七年」農村題材小說〔J〕，文學評論，2006，（06）。

69. 任南南，歷史的浮標——新時期初期「浩然重評」現象的再評價〔J〕，海南師範大學學報，2007，（06）。

70. 葉君，論《豔陽天》〔J〕，文藝爭鳴，2007，（08）。

71. 吳穎，無可奈何花落去——時代的產兒浩然〔J〕，安徽文學，2007，（09）。

72. 肖一，浩然：「寫農民，為農民寫」〔N〕，光明日報，2008，02（21）。

73. 李敬澤，浩然：最後的農民與僧侶〔N〕，南方週末，2008，02（28）。

74. 李建軍，一分為二說浩然〔N〕，文藝報，2008，02（26）。

75. 李雲雷，一個人的「金光大道」——關於浩然研究的幾個問題〔J〕，文藝理論與批評，2008，（03）。

76. 昌切，浩然，告別一個不屬於自己的世界〔J〕，中國藝術批評，2008，（03）。

77. 紅孩，生者對死者的微笑〔J〕，文學自由談，2008，（03）。

78. 程光煒，我們這一代人的文學教育〔J〕，南方文壇，2008，（04）。

79. 雷達，浩然，十七年文學的最後一個歌者〔J〕，北京文學，2008，（04）。

80. 賀桂梅，重讀浩然：「金光」或「魅影」之外的文學世界〔J〕，南方文壇，2008，（04）。

81. 羅崗，「創業難……」浩然和他的先驅們〔J〕，南方文壇，2008，（04）。

82. 白燁，一個執拗的悲情人物——浩然印象點滴〔N〕，中華讀書報，2008：04（10）。

83. 紅孩，地域性的勝利〔J〕，作品，2008，（04）。

84. 王清學，浩然早期小說的文學譜系〔J〕，燕山大學學報（哲學社會科學版），2008，（04）。

85. 孟廣臣，與浩然相識〔J〕，北京文學，2008，（04）。

86. 許秀清，浩然作品特徵探析〔J〕，福建工程學院學報，2008，（04）。

87. 趙金九，送走浩然以後想到的〔J〕，北京文學，2008，（05）。

88. 高國鏡，浩然不會遠去〔J〕，北京文學，2008，（05）。

89. 星竹，浩然，一把做人的尺子〔J〕，北京文學，2008，（05）。

90. 陳徒手，浩然，逝去的背影〔J〕，南方人物周刊，2008，（07）。

91. 陳曉明，浩然：依然令人懷念的鄉村敘事〔J〕，朔方，2008，（10）。

92. 孟繁華，百年中國的主流文學——鄉土文學｜農村題材｜新鄉土文學的歷史演變〔J〕，天津社會科學，2009，（02）。

93. 連曉霞，民間話語觀照下的意識形態言說——《金光大道》話語分析之二〔J〕，小說評論，2009，（02）。

94. 王琳，「落後婦女」——農業合作化敘事中的「症候」〔J〕，婦女研究論叢，2009，（03）。

95. 沈文慧，文學語言的農民化——延安文學語言變革初探〔J〕，文藝理論與批評，2009，（05）。

96. 高旭國，文學創作與閱讀的政治化——浩然評價的兩難〔J〕，理論與創作，2009，（05）。

97. 趙修廣，「社會主義新人」形象塑造與其關涉的傳統文化因素——以《創業史》與《豔陽天》為例〔J〕，社會科學家，2009，（08）。

98. 葛清枝，十七年農業合作化小說人物結構關係和形象的變遷——從《三

里灣》到《豔陽天》〔J〕,現代語文(文學研究),2009,(08)。

99. 夏榆,浩然,或那個時代〔J〕,半月選讀,2009,(09)。

100. 孟繁華,鄉土文學傳統的當代變遷——農村題材轉向新鄉土文學之後〔J〕,文藝研究,2009,(10)。

101. 程光煒,當代文學60年通說〔J〕,文藝爭鳴,2009,(10)。

102. 李潔非,工農兵創作與文學烏托邦〔J〕,上海文化,2010,(03)。

103. 劉曉紅,重評浩然的文學真實觀〔J〕,樂山師範學院學報,2010,(04)。

104. 林霆,為什麼是浩然?——從《豔陽天》看小說意識形態化的成熟〔J〕,名作欣賞,2011,(01)。

105. 張清華,《西沙兒女》:作為政治文本的「奇怪的文學性」〔J〕,長城,2011,(03)。

106. 洪子誠,「當代」批評家的道德問題〔J〕,南方文壇,2011,(05)。

107. 蘇曉紅,作家身份與文學創作關係探究——以浩然為例〔J〕,語文學刊,2011,(09)。

108. 張霖,階級敘事的建立及其變調——以《金光大道》和《李自成》為中心〔J〕,《西南民族大學學報》,2012,(11)。

109. 任玲玲,浩然的政治化寫作及其歷史定位〔J〕,文藝爭鳴,2015,(03)。

110. 于樹軍,浩然的文學史焦慮與自我反省及重塑——以《金光大道》再版本的修改為例〔J〕,學術月刊,2016,(04)。

四、學位論文部分

1. 余岱宗,被規訓的激情(博)〔D〕,福州:福建師範大學,2002。

2. 葉君,農村・鄉土・家園・荒野——論中國當代作家的鄉土想像(博)〔D〕,武漢:華中師範大學,2004。

3. 孫寶靈,浩然——一個緊張的話語場(博)〔D〕,開封:河南大學,2004。

4. 楊建兵,浩然創作思想研究(碩)〔D〕,武漢:武漢大學,2004。

5. 連曉霞,金光大道——政治意識形態規約下的文學話語(博)〔D〕,福州:福建師範大學,2007。

6. 徐偉東,在烏托邦的祭壇上——對浩然小說文本演變的解讀(博)〔D〕,長春:吉林大學,2007。

7. 褚宏芍,試析「十七年」農村題材長篇小說中倫理意識的轉變(碩)〔D〕,北京:北京語言大學,2007。

8. 沈文慧,延安文學與農民文化(博)〔D〕,武漢:華中師範大學,2008。

9. 居學明,論十七年農業合作化題材小說中的愛情敘事(碩)〔D〕,南京:南京師範大學,2008。

10. 林細嬌，「十七年」農業合作化題材小說中農民與土地關係的表述（碩）〔D〕，西南大學，2008。

11. 閆薇，1950～1970 年代農業合作化小說研究（博）〔D〕，長春：吉林大學，2009。

12. 李傑俊，從《豔陽天》到《金光大道》──浩然小說藝術論（碩）〔D〕，北京：中國社會科學院，2010。

附　錄

浩然小說創作年表

1956 年

《喜鵲登枝》：載《北京文藝》1956 年 11 月號

《春蠶結繭》：載《北京文藝》1956 年 12 月號

1957 年

《一匹瘦紅馬》：載《火花》1957 年 6 月號

《從上邊下來的人》：載《前哨》1957 年 9 月號

《雪紛紛》：載《長春》1957 年 10 月號

《新媳婦》：載《芒種》1957 年 11 月號

《風雨》：載《處女地》1957 年 12 月號

《母豬作客》：載《萌芽》1957 年第 21 期

《夏青苗求師》：載《中國青年》1957 年第 23 期

《金海接媳婦》：載《中國青年》1957 年第 24 期

1958 年

《北斗星》：載《處女地》1958 年 1 月號

《監察主任》：載《文學青年》1958 年第 2 期

《腳跟》：又名《高德孝老頭》載《長春》1958 年 3 月號

《躍進小插曲》：載《長春》1958 年 4 月號

《喜鵲登枝》（短篇小說集）：1958 年 5 月，作家出版社

《蘋果要熟了》：載《中國青年》1958 年第 5 期

《石山柏》：載《長春》1958 年 7 月號

《馬車在大路上奔馳》：載《萌芽》1958 年第 8 期

《搬家》：載《處女地》1958 年 9 月號

《姑娘和鐵匠》：載《文學青年》1958 年第 10 期

《有一個小夥子》：載《文學青年》1958 年第 11 期

《過河記》：載《處女地》1958 年 11 月號

1959 年

《滿堂光輝》：載《文藝紅旗》1959 年第 1 期

《幫助》：載《文學青年》1959 年第 2 期

《愛》：載《中國青年報》1959 年 2 月 17 日

《遍地如錦》：載《中學生》1959 年第 3 期

《歡歡樂樂》：載《中學生》1959 年第 4 期

《箭桿河邊》：載《文藝紅旗》1959 年第 4 期

《朝霞紅似火》：載《文藝紅旗》1959 年第 5 期

《泉水清清》：載《長江文藝》1959 年第 6 期

《鐵牛》：載《鞍山文藝》1959 年第 7 期

《葡萄架下》：載《文學青年》1959 年第 8 期

《月照東牆》：載《北京文藝》1959 年 8 月號

《並蒂蓮》：載《長江文藝》1959 年第 9 期

《蘋果要熟了》（短篇小說集）：1959 年 9 月，作家出版社

《蒲公英》：載《前哨》1959 年 10 月號

《路上》：載《安徽文學》1959 年 11 月號

《炊煙》：載《文藝紅旗》1959 年第 11 期

《媽媽》：載《人民日報》1959 年 11 月 22 日

《新春曲》：載《延河》1959 年第 12 期

《親家》：載《解放軍文藝》1959 年第 12 期

《彩色的傍晚》：又名《傍晚》，載《萌芽》1959 年第 20 期

《百花飄香的季節》：載《中國婦女》1959 年第 12 期

1960 年

《風雪》：載《北京日報》1960 年 1 月 8 日

《老樹新花》：又名《安媽媽》，載《群眾藝術》1960 年 3 月號

《金河水》：載《北京文藝》1960 年 4 月號

《新春曲》（短篇小說集）：1960 年 4 月，中國青年出版社

《陽關大道》：載《文學青年》1960 年第 5 期

《磚》：載《北京日報》1960 年 5 月 12 日

《小樹和媽媽》：載《北京文藝》1960 年 6 月號

《珍珠》：載《新港》1960 年第 6 期

《送茉籽》：載《人民日報》1960 年 8 月 26 日

《冬暖》：載《人民日報》1960 年 11 月 19 日

《婚禮》：載《北京日報》1960 年 11 月 24 日

《賈縣長來到第一線》：載《北京文藝》1960 年 12 月號

《婆媳兩代》：載《中國婦女》1960 年第 22 期

1961 年

《隊長的女兒》：載《北京文藝》1961 年 1 月號

《信》：載《新港》1961 年第 2 期

《人強馬壯》：載《解放軍文藝》1961 年第 2 期

《瑞雪豐年》：載《北京文藝》1961 年 2 月號

《車輪飛轉》：載《人民文學》1961 年第 3 期

《半夜敲門》：載《人民日報》1961 年 3 月 8 日

《太陽當空照》：載《解放軍文藝》1961 年第 5 期

《夏青苗求師》（短篇小說集）：1961 年 6 月，少年兒童出版社

《迎接》：載《北京晚報》1961 年 7 月 28 日

《中秋佳節》：載《長江文藝》1961 年第 8 期

《鐵鎖頭》：載《北京文藝》1961 年 8 月號

《八月的清晨》：載《北京日報》1961 年 8 月 22 日

《茁壯的幼苗》：載《河北文學》1961 年第 9 期

《高升一級》：載《長江文藝》1961 年第 10 期

《晌午》：載《北京文藝》1961 年 10 月號

《靈芝草》：載《廣西文藝》1961 年第 12 期

《鋪滿陽光的路上》：載《長春》1961 年 12 月號

《蜜月》：載《新港》1961 年第 12 期

1962 年

《喜期》：載《中國青年》1962 年第 1 期

《妻子》：載《山東文學》1962 年第 1 期

《眼力》：載《北京晚報》1962 年 1 月 11 日

《水車叮咚響》：載《人民日報》1962 年 2 月 4 日

《彩霞》：載《人民文學》1962 年第 2 期

《蜜月》（短篇小說集）：1962 年 3 月，北京出版社

《杏花雨》：載《河北文學》1962 年第 4 期

《隊長作媒》：載《北京文藝》1962 年 5 月號

《果樹園裏》：載《人民日報》1962 年 6 月 4 日

《珍珠》（短篇小說集）：1962 年 6 月，百花文藝出版社

《拜年》：載《中國青年》1962 年第 7 期

《鄰居》：載《河北日報》1962 年 7 月 15 日

《萬壽》：載《東海》1962 年第 8 期

《買席》：載《少年文藝》1962 年第 7～8 期合刊

《抬頭見喜》：載《甘肅文藝》1962 年第 9 期

《翠綠色的夏天》：載《大公報》1962 年 9 月 16 日

《紅棗林》：載《解放軍文藝》1962 年第 10 期

《小河流水》（短篇小說集）：1962 年 10 月，少年兒童出版社

《老兩口》：載《大公報》1962 年 10 月 20 日

1963 年

《藕》：載《少年文藝》1963 年第 1 期

《丁香》：載《兒童文學》1963 年第 2 期

《正副隊長》：載《河北日報》1963 年 2 月 3 日

《書上鳥兒叫》：載《北京文藝》1963 年 6 月號

《辦公桌和小推車》：載《北京晚報》1963 年 7 月 10 日

《前進旅館》：載《北京晚報》1963 年 7 月 13 日

《杏花雨》（短篇小說集）：1963 年 7 月，上海文藝出版社

《認錯》：載《北京晚報》1963 年 8 月 7 日

《「小管家」任少正》：載《少年文藝》1963 年第 8 期

《幸福源》：載《解放軍文藝》1963 年第 11 期

《彩霞集》（短篇小說集）：1963 年 12 月，中國青年出版社

1964 年

《豔陽天》（第一卷）（長篇）：載《收穫》1964 年第 1 期

《撐腰》：載《少年文藝》1964 年第 2 期

《朝霞紅似火》：載《電影文學》1964 年第 4 期

《大肚子蟈蟈》：載《兒童文學》1964 年第 4 期

《翠綠色的夏天》（短篇小說集）：1964 年 5 月，百花文藝出版社

《半斤芝麻》：載《人民日報》1964 年 6 月 3 日

《追趕》：載《收穫》1964 年第 6 期

《慈母心》：載《收穫》1964 年第 6 期

《豔陽天》（第一卷）（長篇）：1964 年 9 月，作家出版社

《姑嫂》：載《少年文藝》1964 年第 10 期

《父女》：又名《桃紅柳綠》，載《北京文藝》1964 年 11 月號

《「小管家」任少正》（短篇小說集）：1964 年 12 月，少年兒童出版社

1965 年

《爭先恐後》：載《收穫》1965 年第 1 期

《老師和學生》：載《收穫》1965 年第 1 期

《翠泉》：載《少年文藝》1965 年第 5 期

《小社員石柱子》：又名《石柱子》，載《少年文藝》1965 年第 8 期

《一把草節兒》：載《北京日報》1965 年 10 月 29 日

《豔陽天》（第二、三卷）（長篇）：載《北京文藝》1965 年 11 月號、1966 年 1、2 月號（選載）

《滴水不漏》：載《北京日報》1965 年 12 月 29 日

1966 年

《棗花取經》：載《少年文藝》1966 年第 1 期

《一顆火熱的心》：載《少年文藝》1966 年第 2 期

《豔陽天》（第三卷）（長篇）：載《收穫》1966 年第 2 期

《豔陽天》（第二卷）（長篇）：1966 年 3 月，人民文學出版社

《初試鋒芒》：載《少年文藝》1966 年第 4 期

《老支書的傳聞》（短篇小說集）：1966 年 4 月，北京出版社

《翠泉》（短篇小說集）：1966 年 4 月，少年兒童出版社

《豔陽天》（第三卷）（長篇）：1966 年 5 月，人民文學出版社

1971 年

《雪裏紅》：載《北京新文藝》1971 年試刊第 1 期

1972 年

《鐵面無私》：又名《房東大娘》，載《北京日報》1972 年 1 月 25 日

《洋河邊上》：載《北京少年》1972 年試刊第 1 期

《金光大道》（第一部）（長篇）：載《北京新文藝》1971 年試刊第 2 期（選載）

《幼芽》：載《北京新文藝》1972 年試刊第 5 期

《金光大道》（第一部）（長篇）：1972 年，人民文學出版社

1973 年

《車家新傳》：載《通縣文藝》1973 年第 1 期

《七月槐花香》：載《文匯報》1973 年 1 月 7 日

《一擔水》：載《解放軍文藝》1973 年第 2 期

《趕豬記》：載《天津文藝》1973 年第 3 期

《金光大道》（第二部）（長篇）：載《北京文藝》1973 年第 4 期（選載）

《幼苗集》（短篇小說集）：1973 年 4 月，北京人民出版社

《春歌集》（短篇小說集）：1973 年 7 月，天津人民出版社

《楊柳風》（短篇小說集）：1973 年 8 月，北京人民出版社

1974 年

《西沙兒女・正氣篇》（中篇）：載《北京文藝》1974 年 3 月號（選載）

《金光大道》（第二部）（長篇）：1974 年，人民文學出版社

《西沙兒女・奇志篇》（中篇）：載《北京文藝》1974 年 6 月號（選載）

《歡樂的海》（中篇）：載《天津文藝》1974 年第 6 期（選載）

《西沙兒女・正氣篇》（中篇）：1974 年 6 月，北京人民出版社

《歡樂的海》（中篇）：1974 年 11 月，天津人民出版社

《霞光曲》：載《北京少年》1974 年第 12 期

《西沙兒女・奇志篇》（中篇）：1974 年 12 月，北京人民出版社

1975 年

《花喜鵲》：載《紅小兵報》1975 年第 427 期

《小獵手》（中篇）：1975 年 6 月，北京人民出版社

1976 年

《三把火》（中篇）：載《北京文藝》1976 年第 2、3、4 月號

《靜悄悄的中午》：載《革命接班人》1976 年第 3 期。

《金光大道》（第三部）（長篇）：載《人民文學》1976 年第 6 期（選載）

《百花川》（中篇）：又名《三把火》，1976 年 9 月，天津人民出版社

1977 年

《熱鬧的高粱地》：載《紅小兵報》1977 年第 545 期

1978 年

《七月的雨》：載《少年報》1978 年第 596 期

1979 年

《沃土新苗》：載《春雨》1979 年第 1 期

《川川》：載《運河》1979 年第 1 期

《山溝裏的小姑娘》：載《綠野》1979 年第 1 期

《勇敢的草原》（上）（中篇）：載《綠野》1979 年第 2 期

《男婚女嫁》（長篇）：又名《山水情》，載《長城》1979 年第 2、3 期

《胖娃娃》：載《人民文學》1979 年第 4 期

《道口》：載《蓮池》1979 年第 4 期

《青春的腳步》：載《北京文藝》1979 年 6 月號

《一粒砂》：載《兒童文學》1979 年第 9 期

《丁香》（短篇小說集）：1979 年 9 月，人民文學出版社

1980 年

《花皮大西瓜》：載《朝花》1980 年第 1 期

《藍藍的天空》：載《小溪流》1980 年第 1 期

《梅子媽笑了》：載《吉林青年》1980 年第 2 期

《火車上》：載《新港》1980 年第 2 期

《「機靈鬼」的兒子》：載《百柳》1980 年第 2 期

《好孩子和壞孩子》：載《長白山》1980 年第 2 期

《勇敢的草原》（下）（中篇）：載《綠野》1979 年第 2 期

《浮雲》（中篇）：載《新苑》1980 年第 2 期

《棗花姑娘歷險記》（中篇）：載《長城》1980 年第 3 期

《大肚子蟈蟈》（短篇小說集）：1980 年 3 月，少年兒童出版社

《山水情》（長篇）：1980 年 9 月，百花文藝出版社

《花朵集》（短篇小說集）：1980 年 10 月，四川人民出版社

《弟弟變了小白兔》（短篇小說集）：1980 年 10 月，湖北人民出版社

1981 年

《賣冰棍兒的小翠萍》：載《蓮池》1981 年第 1 期

《春雪》：載《沃野》1981 年第 1 期

《晨霧》：又名《他和她在晨霧裏》，載《北京文學》1981 年第 2 期

《採桑葉》：載《春風》1981 年第 2 期

《秋風吹》：載《小溪流》1981 年第 2 期

《彎彎的月亮河》（上）（中篇）：載《十月》1981 年第 5 期

《飛來的禍》：載《黑龍江青年》1981 年第 5 期

《書迷》：載《百柳》1981 年第 5 期

《爸爸當隊長》：載《江城》1981 年第 7 期

《花皮大西瓜》（短篇小說集）：1981 年 7 月，吉林人民出版社

《兩隻小蝌蚪》：載《芒種》1981 年第 11 期

《勇敢的草原》（中篇小說集）：1981 年 12 月，黑龍江人民出版社

1982 年

《姑娘大了要出嫁》（中篇）：載《春風》1982 年第 1 期

《七歲像嫩芽一樣》（中篇）：載《北疆》1982 年第 1 期

《能人楚世傑》（中篇）：載《長城》1982 年第 3 期

《高高的黃花嶺》（中篇）：載《崑崙》1982 年第 4 期

《彎彎繞的後代》：載《上海文學》1982 年第 5 期

《傻丫頭》（中篇）：又名《嫁不出去的傻丫頭》，載《芙蓉》1982 年第 5
期

《誤會》：載《百柳》1982 年第 6 期

《老人和樹》（中篇）：載《當代》1982 年第 6 期

《彎彎的月亮河》（中篇）：1982 年 9 月，百花文藝出版社

1983 年

《他很可愛》：載《海燕》1983 年第 1 期

《戰士小胡》（中篇）：載《新苑》1983 年第 1 期

《浮雲》（中篇）：1983 年 1 月，吉林人民出版社

《姑娘大了要出嫁》（中篇）：1983 年 2 月，春風文藝出版社

《在大槐樹旁邊》：載《龍沙》1983 年第 3 期

《細雨濛濛》：載《小說家》1983 年第 3 期

《老隊長的婚禮》：載《新港》1983 年第 4 期

《高高的黃花嶺》（中篇）：1983 年 4 月，百花文藝出版社

《機靈鬼》（短篇小說集）：1983 年 4 月，吉林人民出版社

《戰士小胡》（中篇）：1983 年 5 月，河南少年兒童出版社

《浩然文集》（第一卷）：1983 年 7 月，春風文藝出版社

《老人和樹》（中篇）：1983 年 9 月，北京寶文堂書店

1984 年

《雪白雪白的月光下》：載《農民文學》1984 年第 1 期

《這裡的田野綠油油》：載《新地》1984 年第 1 期

《照片上的歡笑》：載《安徽兒童》1984 年第 1 期

《倔丫頭琴琴》：載《莊稼人》1984 年第 1～2 期合刊

《趙百萬的人生片斷》（中篇）：又名《鄉村一個男子漢》，載《新港》1984 年第 2 期

《晚霞在燃燒》（長篇）：載《小說界》1984 年第 2 期

《藍背心》：又名《穿藍背心的男人》，載《北京文學》1984 年第 3 期

《寡婦門前》（長篇）：載《春風》1984 年第 3 期

《勇敢的草原》（中篇）：1984 年 4 月，人民文學出版社

《浩然文集》（第二卷）：1984 年 5 月，春風文藝出版社

《浩然選集》（一）：1984 年 5 月，百花文藝出版社

《終身大事》（長篇）：載《農民文學》1984 年第 6 期

《七歲像嫩芽一樣》（中篇）：1984 年 7 月，新蕾出版社

《浩然選集》（二）：1984 年 7 月，百花文藝出版社

《浩然選集》（三）：1984 年 8 月，百花文藝出版社

《父親、黃牛和我》：載《龍沙文學》1984 年第 7～8 期合刊

1985 年

《男大當婚》（中篇）：載《鍾山》1985 年第 1 期

《紅蠟筆》：載《兒童文學》1985 年第 1 期

《滿滿一盒紐扣》：載《兒童文學》1985 年第 1 期

《不紅的山裏紅》：載《中華少年》1985 年第 1 期

《半路夫妻》（長篇）：載《春風》1985 年第 3 期

《夜來香》：載《少年文藝》1985 年第 5 期

《那個讓狗咬屁股的》：載《文匯月刊》1985 年第 9 期

《晚霞在燃燒》（長篇）：1985 年 9 月，中原農民出版社

《鄉村一個男子漢》（中篇）：1985 年 10 月，百花文藝出版社

《小蟲子、怪玩具和大海》：載《兒童文學》1985 年第 11 期

《嫁不出去的傻丫頭》（中篇小說集）：1985 年 12 月，人民文學出版社

1986 年

《小山下小河旁》（中篇）：載《柳泉》1986 年第 1 期

《新婚》：載《鴨綠江》1986 年第 2 期

《姐妹》：載《小溪流》1986 年第 5 期

《人往高處走》：載《北京晚報》1986 年 7 月 9 日

《他和她在晨霧裏》（中、短篇小說集）：1986 年，農村讀物出版社

《鄉俗三部曲》（中篇小說集）：1986 年 9 月，春風文藝出版社

1987 年

《花瘸子秘史》（中篇）：載《大眾小說》1987 年第 1 期

《楊莊的風流事》（中篇）：載《北國風》1987 年第 2 期

《蒼生》（長篇）：載《長篇小說》1987 年 3 月總第 13 期

《樂土》（自傳體長篇）：載《小說家》1987 年第 4、5、6 期

《委屈》：載《中華少年》1987 年第 5 期

《迷陣》（長篇）：載《火花》1987 年第 7、8 期

《隱私》：載《冰淩花》1987 年總第 42 期

1988 年

《秀姑娘的遭遇》（中篇）：載《百柳》1988 年第 1 期

《笑話》（中篇）：載《長城》1988 年第 3 期

《蒼生》（長篇）：1988 年 3 月，北京十月文藝出版社

《山豆》（中篇）：載《北京文學》1988 年第 10 期

《迷陣》（長篇）：1988 年 11 月，百花文藝出版社

1989 年

《樂土》（自傳體長篇）：1989 年 5 月，人民文學出版社

《夜景》：載《北京文學》1989 年第 8 期

《俊妞》：載《河北文學》1989 年第 8 期

1990 年

《活泉》（第 1～17 章）（自傳體長篇）：載《小說家》1990 年第 5 期

《碧草岩上吹來的風》（中篇）：載《人民文學》1990 年第 7～8 期合刊

1991 年

《碧草岩上吹來的風》（中篇小說集）：1991 年 5 月，作家出版社

1992 年

《活泉》（第 18～65 章）（自傳體長篇）：載《小說家》1992 年第 1、2、3 期

《浩然選集》（四）：1992 年 6 月，百花文藝出版社

《浩然選集》（五）：1992 年 6 月，百花文藝出版社

1993 年

《活泉》（自傳體長篇）：1993 年 6 月，人民文學出版社

1994 年

《金光大道》四卷本（長篇）：1994 年 8 月，京華出版社

1998 年

《圓夢》（自傳體長篇）：1998 年 6 月，人民文學出版社

後　記

　　本書是我的博士論文，它完成於五年前。五年間，諸多人事變故不斷漫漶我的記憶，但此時，我開始爲它寫出版後記時，所有與它有關的一切又都如潮水般湧到眼前，讓這個冬日的夜晚充滿了溫暖與感念。

　　二零零七年，我拜入孟繁華先生門下攻讀博士學位，開始接受眞正意義上的學術訓練。跟隨導師讀書的四年多的時間是我此生最珍貴最溫暖的記憶之一。我並不是中國當代文學科班出身，因而學習的過程異常艱難。可以說，從剛入學的閱讀書目到讀書報告，到論文選題、收集資料，再到開題、寫作、修改，定稿，直至今天付梓出版，每一步都凝聚了導師的心血。

　　我仍然清晰地記得，剛剛入學時，我茫然不知所措，甚至開始懷疑自己的選擇，導師告訴我：一個人的出身不是那麼重要，最重要的是對專業的熱愛和勤奮；我交上去的第一個讀書報告，現在看來，寫得無比糟糕，可是導師沒有一句責備，反而鼓勵我說：大膽地邁出第一步，就是一個了不起的突破；論文開題之前，老師幾次幫助我修改開題報告，我還記得，那段時間，每天清晨都會看到導師的郵件；論文寫作期間，每每遇到意想不到的困難，覺得寫不下去的時候，是導師提出的建設性意見讓我茅塞頓開；論文修改期間，導師總會在最短的時間內將修改意見發到我的郵箱，他的修改甚至精確到了字詞和標點。可以說正是孟老師的鼓勵和幫助，引領著我一路向前。一直以來，孟老師淵博的學識，嚴謹的治學態度，他的人格魅力，他作爲知識分子對中國當下公共事務的關注和參與的熱情，都令我欽佩不已。《資治通鑑》裏說「經師易得，人師難求」。意思是說，能以其精湛的專業知識傳授他人並不難；而能以其淵博的學識，高尚的人格修養去教人如何做人就不那麼容易

了。遇到孟老師，做他的學生，聆聽他的教誨，我覺得自己非常幸運。

　　還有我的父母，感謝他們把我撫育成人。儘管他們的文化水平有限，卻為我提供了他們所能給予的最好的教育，並讓我懂得正直、善良、感恩和愛，而這是我人生最大的一筆財富。對浩然感興趣的原因之一也是因為我希望通過他的作品，更多地瞭解我的父母，瞭解他們曾經的青春歲月。他們出生於五十年代，浩然作品中所講述的農業合作化、階級鬥爭是他們在兒時和青少年時代的親身經歷。小的時候，聽到他們講起往事，對他們的經歷我覺得好奇又好玩；後來翻看他們年輕時的照片，在他們的臉上，我看到了一種陌生卻很動人的激情，我覺得不可思議，也無法理解。我想，在浩然的作品中，我找到了那種激情的來源。

　　感謝我的愛人。在我做論文期間，他不僅承擔了大部分的家務，而且還幫助我找到了許多相關的背景資料。在我焦躁不安時，是他的寬容、理解和鼓勵讓我平靜，並重新振作起來。

　　此外需要說明的是，論文通過答辯以後，在後期的修改過程中，除了修訂一些語言錯誤，刪減一些瑣屑的文字，還增添了一些新的內容，主要體現在第五章第四節和附錄部分。但因時間精力所限，仍有諸多遺憾，讀者和專家對它的批評在情理之中，我真誠期待並願虛心聆聽。

梁曉君

二零一七年一月七日